朱顏

【肆】

滄月 著

Kadokawa Fantastic Novels DX

第四十章 棄子

朱顏沒有聽從勸告，第二日，當新皇太子蒞臨赤王府行宮，代替帝君前來賞賜藩王時，她也跟著父母走了出來。

她沒想到他這一次來時的陣仗會那麼大，赤王夫婦雙雙出來迎接，三呼萬歲，叩首謝恩，而她怔怔地看著闔府上下烏壓壓跪成一片，心裡一陣陣彆扭，站在那裡似乎僵硬般一動也不動。

一旁的盛嬤嬤焦急地扯了扯她，低聲道：「郡主，還不跪下？」

她愣了一下，忽然間明白過來。昨天他讓她不必出來，就是不想讓她看到這一幕吧？如今他已經是空桑的皇太子、未來的帝君。君臣大綱、貴賤有別，只要一見面，她的父母要向他下跪，她也要向他下跪。

他們之間，已經如同雲泥一般遙不可及。

念及這一點，她心裡便如同遭雷擊一樣震動，意識一片空白。

在一片匍匐的人群中，只有赤之一族的小郡主站著。時影只是淡淡看了她一眼，並沒有任何表示，抬起手令赤王一家平身。

新皇太子按照禮節，向赤王宣達空桑帝君的恩寵，一箱箱的賀禮依次打開，無數的珍寶、無數的賞賜耀眼奪目。唱禮官不停地報著名字，府裡的侍女們不時發出低聲的驚呼。

然而，朱顏在一旁看著，眼神淡漠。這些東西，對她來說又有什麼意義？不過是買下她一生自由的出價而已。

御賜的賀禮交付完畢，時影坐下來和赤王夫婦略略寒暄了幾句便切入正題，逕自提問：「不知大婚的時間定下來了沒有？白赤兩族的長子長女聯姻，關係重大，到時候我會替帝君前來主持。」

朱顏猛然一震，幾乎將手裡的茶盞摔落。

他……他來主持？為什麼是他？他……他怎麼會答應這種事？她震驚莫名地看向他，然而皇太子只是轉頭看著赤王，並沒有分心看上她一眼。

「多謝帝君和皇太子殿下的隆恩。」赤王謝過了恩，恭恭敬敬地回稟：「婚禮的日期已經擇好，只是尚要和白王商議，一旦定下來，便立刻知會皇太子。」

時影神色不動，淡淡道：「目下是雲荒的非常時期，大約要辦得倉促一些，未免有些委屈了朱顏郡主。」

說到這裡，他終於看了朱顏一眼，眼神卻是平靜無波。

她心裡一跳，只覺得手指發抖得幾乎拿不住茶盞。耳邊卻聽父王笑道：「這些繁文縟節其實並不重要，古人戰時還有陣前成親的呢。」

雙方絮絮談了幾句其他的，赤王妃眼看大家談得投機，便在一旁笑著開口：「婚娶乃是大事。帝君龍體不安，大約也急著想看到皇太子殿下大婚吧？不知皇太子妃的冊立，殿下如今心裡可有人選？」

皇太子妃？朱顏又是一震，這次茶盞從手裡直接摔落下去。

時影沒有看她一眼，手指卻在袍袖底下無聲無息地迅速一劃。剎那間，那個快要掉落在地面的茶盞倏地反向飛起，「唰」的一聲又回到她的手中，竟是一滴水都不曾濺出。

這一瞬間的變化，滿堂無人知曉，他更是連看也沒看她一眼。朱顏驚疑不定地握著茶盞，心裡七上八下，卻只聽時影淡淡地開口，氣定神閒地回答這個問題：「兩天後，在下會去一趟白王府邸，和白王商量此事。按照慣例，應該就在白王四位未出嫁的女兒之中選一位吧。」

「白王的千金個個美貌賢淑，足以母儀天下。」赤王笑著開口：「祝皇太子殿下早日得配佳偶，雲荒也好共享喜慶。」

「多謝赤王吉言。」時影微微一笑，放下茶盞，起身告退。

最後一刻，他的眼神淡淡地掃過她，神色不動。朱顏想說什麼，卻又說不出來。這一次見面，從頭到尾他們都沒有機會說上一句話，她只能旁觀著，聽著他和自己父母應酬寒暄，就如同看著一名陌生人。

咫尺天涯，再會無期。

「恭送皇太子殿下！」當他離開的時候，再一次地，赤王府所有人都匍匐下跪，只有朱顏怔怔地站在那裡，看著他的背影——師父……他要娶妻了？是啊，他已不再是九嶷神廟的大神官，作為帝君唯一的繼承人、空桑的皇太子，他必然是要娶妻的，而且必須要從白之一族的王族裡選取皇太子妃。

一切都理所應當，可是……這一切，怎麼會發生得這麼快？快得簡直不真實，完全令人無法接受。就像是昨日他剛剛在她懷裡死去，今日卻忽然變換一個身分，重新來到這個世間一樣。

是他失去了所有的記憶，還是她忘記了？

「郡主，妳還不快……」盛嬤嬤看到郡主又在發呆，忍不住焦急地抬起手，想扯住她的衣袍讓她一起下跪。

然而朱顏微微一甩袖子，只是一瞬，整個人就忽然消失了。

八匹裝飾華麗的駿馬，拉著描金繪彩的皇家馬車，停在了王府門口。車上有著銀色雙翼，是空桑帝王之血的皇室徽章。等時影坐入馬車，大內侍從便從外面關上車門、拉上簾子。車內華麗寬敞，並無一名侍從。然而，簾子剛一拉上，又微微動了一動。

時影端坐在車內，蹙了蹙眉頭，忽然對著虛空開口：「妳跟來做什麼？」

「啊……」馬車裡空無一人，卻有一個聲音低低地開口，似乎帶著一絲懊惱。

「你……你看出來了？」

密閉的車廂裡似乎有風微微掠過，旋轉著落地。「唰」的一聲，一個人影從半空中現形，明眸皓齒、顧盼生輝，正是赤王府的小郡主。

「像你說的，如果同時施用隱身術和縮地術，就能出現新的術法。」朱顏回顧一下自己方才瞬間的身手，語氣裡有一絲得意。「剛才這個術法，連我父王都沒看出來呢。」

時影眉頭動了一動，似是掠過讚賞之意，卻沒有說話。六王是雲荒裡僅次於帝君的人物，要瞞過赤王在他的眼皮底下施用術法，已是很了不得的修為。這個小丫頭真是聰明，他只是略微點撥，立刻便能舉一反三。

然而，他沒有接她的話題，只道：「妳身為即將出嫁的赤之一族郡主，忽然跑進我的馬車裡，萬一被人知道，會給各方造成很大困擾……在沒有被人覺察之前，趕快離開吧。」

朱顏是一時衝動才跟上來，聽到他如此公事公辦的語氣，心裡剛才那點血勇和衝動冷了下來，半晌才訥訥道：「剛才……剛才那邊的人太多，一直沒機會問你問題，我才忍不住跑過來……」

時影怔了一下，神色有些異樣。「妳……要問什麼？」

朱顏一跺腳道：「你為什麼要來主持婚典？」

「就問這個？」時影不知為何鬆一口氣，端坐在馬車裡，目不斜視地看著前方，語聲平靜冷淡。「我如今是皇太子，既然帝君病了，我只能替他出面，向臣子藩王們施恩以籠絡人心。如此而已。」

「可是……可是……」她說了幾個「可是」，卻不知道如何組織下面的話。

「可是，我若插手此事，會讓妳覺得很不舒服，是不是？」他卻彷彿猜到她的想法，淡淡回答：「妳不能因為自己心裡不舒服，就拒絕帝君的恩賜。妳不是說自己已經懂事了嗎？既然都已經打定主意要嫁，怎麼會在這些小事上鬧彆扭？」

她一時無言以對。

是的，既然她都已經決定要嫁給白風麟，為什麼還要在意誰來主婚？這些細枝末節，和嫁給誰相比又有什麼意義？朱顏嘴唇動了動，臉色灰白地垂下頭，過了片刻，還是忍不住開口：「你……你真的要冊立太子妃嗎？」

「當然。」時影連眼角都沒有動。「哪個帝君能沒有皇后？」

朱顏沉默了下去，再也不說話。

馬車在飛馳，車裡的氣氛彷彿是凝固了。轉眼間馬車已經疾馳出三條街，時影直視著前方，淡淡道：「前面就快到禁宮，妳該回去了。」

朱顏怔了怔，忽然脫口道：「我……我還有一個問題要問你。」

時影皺了皺眉頭問：「什麼事？」

「那個……那個原來的皇太子時雨。」她咬了咬牙，終於鼓起勇氣開口：「他如今怎樣了？你知道他的消息嗎？」

時影一震，似乎是沒想到她會問出這個問題，終於回頭看她一眼，眼神深而冷。

「為什麼問這個？」

朱顏低聲道：「因為他是雪鷺的心上人。」

時影眉頭皺了一下。「白之一族的雪鷺郡主？」

「嗯。你知道她嗎？」朱顏沒想到他對自己的情況居然瞭若指掌，也不由得有些意外。「她為時雨茶飯不思，擔心得要命……唉，我怕再這樣下去，她真的會想不開……」

時影沒有正面回答這個問題，只是淡淡道：「妳不要管別人的事。」

「雪鶯是我最好的朋友。」朱顏看到他沒有否認，心知不妙，心裡直直沉了下去。「她……她懷疑是你殺了皇太子，我氣得差點和她吵起來。如果早點找到你弟弟，她就不會那麼無端懷疑你。」

「無端？」時影沉默了一瞬，忽然淡淡道：「怎麼，妳這麼堅信我是無辜的嗎？」

「什麼？」朱顏猛然一震，一時間說不出話。

「阿顏，不要裝了。當妳在紫宸殿深處看到我的時候，難道心裡沒有一絲疑慮？」時影端坐在皇室御用馬車裡，穿著皇太子的禮服，聲音淡淡，卻是深不見底。「我為什麼會回到帝都？我和大司命之間有什麼協議？我為了奪回原本屬於我的東西，又付出什麼樣的代價？這些，妳不會不曾想過吧？」

「可……可是……」她呆住了，看著他，聲音裡透著一種堅決。「無論如何，師父你都不可能會是這種人！」

「哪種人？」時影看了她一眼，眉宇間掠過一絲譏誚。「呵……妳真的知道我是怎樣的人嗎？」

朱顏無法說什麼，只覺得他的語氣裡有一柄冰冷的刀，一寸寸地切割，把她從他身邊徹底分離出去。

說真的，即便相處多年，對她來說，他也一直彷彿在極遙遠的地方，無法觸及，甚至無法看清。他們之間最近的那一刻，或許是在他臨死對她說出那句話的時候。——也就在那一刻，她才發現其實師父的內心完全不是她所能捉摸的。

到了此刻，即將成為帝君的他，內心又是如何？

她依舊是雲裡霧裡，永遠不能看清楚他的真實模樣。

「告訴雪鶯郡主，不必再等時雨了。」時影轉頭平視著前方，語氣冰冷，一字一句說道：「他再也不會回來。」

「什麼？」朱顏驚呆在原地，一時間如同有冰雪當頭潑下，寒冷徹骨。「天啊！難道……難道雪鶯說的是真的嗎？師父，這一切都是你做的？」

時影的手在膝蓋上無聲地握緊，卻沒有否認這個罪名，頓了頓，忽然有些煩躁地厲聲說一句：「我說過，從此以後不要再叫我『師父』！」

她說不出話來，只覺得胸中寒冷如冰，過了片刻終於艱難地再度開口，似乎不聽到答案就不會死心：「那麼，請問皇太子殿下……時雨，是真的死了嗎？」

時影直視著前方，語氣平靜冰冷：「是。」

朱顏震了一下，半晌才不敢相信地追問：「是……你做的？」

「妳覺得呢？」時影冷冷回答，卻沒有否認。「是又如何？」

朱顏身子晃了一晃，只覺得腦子裡一片空白。她踉蹌著往後退一步，靠在馬車內，彷彿不認識似地看著這個熟悉的人，眼裡的神色幾度激烈變幻。

馬車裡許久不曾有任何聲音。

不知道過了多久，時影轉過頭來，看了身側一眼，似乎是想要分辯一些什麼——然而，出乎意料地，她已經不在那裡。生平第一次，她的術法居然騙過他，就這樣無聲無息地自他的面前消失。

「阿顏！」那一瞬，他忍不住低低喚了一聲。

當馬車從街道盡頭消失後，朱顏出現在街角，臉色蒼白。她踉踉蹌蹌地往回走，腳步虛浮，魂不守舍。

『我說過，從此以後不要再叫我「師父」！』

那句話一直在她腦海裡迴響，令人幾乎喘不上氣。她神志恍惚地往前走，不辨方向。忽然間一個踉蹌，撞到了什麼。

「哎喲……痛痛！」被撞倒的是個孩子，手裡拿著一串吹糖做的小人兒，正捂著額頭發出痛呼，小手白皙如玉，面容清秀可愛。

朱顏眼睛一瞥，失聲道：「小兔崽子？你跑哪兒去了！」

她把那個跌倒的孩子拉起來，用力抱住。

「阿娘！阿娘！救命！」那個孩子卻拚命掙扎，驚聲尖叫起來。朱顏這才看清楚那個孩子的臉，怔了怔放開手——不是蘇摩……這個孩子有著黑色的長髮和眼眸，明顯是空桑人，只是她方才心神恍惚，居然看錯了。

她這一生裡，為何會有這麼多次看錯人的時候？

在伽藍帝都的行宮裡，管家正在書房向赤王回稟近日的情況，諸事一一交代完畢後，最後說了一句：「請王爺放心。屬下看這次郡主回來後有不少改變，真的已經變得懂事許多。」

「希望如此吧……」赤王嘆了口氣，揉著太陽穴。「這丫頭，從小就天不怕地不怕，現在經歷了許多事，她也該長大一點。」

「只是……」管家沉吟著，有些不安。

「怎麼？」赤王皺起眉頭，看著這個心腹說：「有話直說。」

「有件事屬下有點擔心。」管家嘆了口氣，有些憂慮。「郡主還是非常掛念那個小鮫人，雖然身在帝都，但仍再三吩咐屬下去找……」

「那你到底找到了沒？」赤王皺眉。

「稟告王爺，的確是找到了。」管家四顧看了看周圍，湊過去壓低聲音說：「昨日剛剛接到葉城那邊的消息，說有個衣衫襤褸的小鮫人在半夜敲門，門一開，就昏倒在葉城行宮外……」

「什麼？」赤王跳起來。「那小兔崽子……回來了？」

「是啊，那小傢伙還真是命大。」管家吃不準赤王對待此事的態度，小心翼翼地措辭，看著赤王的臉色。「不知道那小傢伙這些日子去了哪裡。大夫說這孩子看樣子很虛弱，似乎跋涉了上千里才回到葉城。」

赤王變了臉色，脫口而出：「該死！這事千萬不能讓阿顏知道。」

咦？原來王爺並不希望這件事發生？管家瞬間摸清赤王的心意，連忙道：「是！幸虧那小兔崽子回來的時候，郡主已經離開葉城。屬下第一時間已讓那邊的侍衛長把他單獨隔離起來，並派了兩個心腹侍女看著，不讓外人知道此事。」

「做得好。」赤王鬆一口氣，越想越煩，一時間眼裡全是怒意。「怎麼又是鮫人！上次府裡的那個鮫人，給我們惹來的麻煩還不夠嗎？」

「是。」知道了自己該站哪一邊，管家連忙點頭。「屬下已經派人將那個兔崽子嚴密看管起來，絕不會讓他再有機會跑掉。」

「看管什麼？」赤王聽到此話，卻是怒斥：「還不趕緊處理掉！」

「可是……郡主的脾氣王爺也是知道的。」管家有些為難，小心翼翼地措辭：「若是找不到那個孩子，她如何肯善罷甘休？」

「那你就想想辦法，打消她這個念頭！你不是號稱智囊嗎？」赤王恨鐵不成鋼地看著這個心腹。「明日你不用陪著我進宮，先抽身回一趟葉城，處理好這件事。務必乾淨俐落，不能再讓那個小兔崽子出現在阿顏面前！」

「是。」管家連忙點頭。「屬下知道王爺的意思了。」

赤王頓了一頓，忽然盯著他，再次反問：「真的知道了？」

管家看到赤王的眼神，暗自打了個冷顫，重重點頭應道：「是的，屬下知道！不論用什麼手段，一定讓那個小兔崽子從此消失。」

赤王的聲音很冷：「而且，要毫無痕跡、永絕後患。」

「是！」管家點頭，連忙退下。

赤王重重拍一下案几，長嘆一聲，神色複雜。

——阿顏，妳可別怪父王狠心。目下空桑大變將至，作為赤之一族唯一的郡主，妳馬上要和白之一族聯姻，怎能為了一個鮫人小奴隸，影響兩族日後的和睦？前車之鑒已經擺在那裡。無論如何，都不能讓昔年淵的事件重演。所以，這個潛在禍端，就讓父王替妳早點清除吧。就如當初，我替妳清除了玉緋和雲縵一樣。

鏡湖南端的葉城，入夜之後燈火輝煌，如同一顆璀璨的明珠鑲嵌在大海邊際，昭示著它作為雲荒最繁華城市的地位。

葉城赤王府行宮裡，有人借著燭光，端詳著榻上沉睡的孩子。

「還沒醒？」一個侍女嘆了口氣。「可憐見的，瘦得都只剩下一口氣。」

「這個孩子應該是走了很長的路，腳上都是水泡。」另一個年長的侍女也嘆了口氣。「大夫說，他昏倒前至少已經三天沒吃過飯。身上除了一個傀儡偶人，什麼都沒帶，也不知道他這一路怎麼活下來的。」

「傀儡偶人？」年輕侍女卻好奇起來。

「是啊，在這裡。」年長的侍女指了指床頭的櫃子，那裡有一個布包。「那個偶人和這個孩子長得一模一樣。」

「是嗎？」年輕侍女走過去，小心翼翼地打開看一眼，不由得低聲驚呼——那是一個不足一尺的小小偶人，不知道是什麼材料做的，觸感很柔軟，五官清晰，每一個關節上都釘著一枚金色的刺，不知道是什麼材質，四肢軟軟地垂落，一動不動。

「咦？做得好精緻，關節還能活動呢。」年輕侍女好奇地拉起小偶人的手臂。

「看上去，很像是那些傀儡戲裡的傀儡娃娃。」

她邊說著，邊忍不住拿起一塊手帕給那個娃娃圍了一件小衣服，並用別針別起來，看上去就像是訂做好的衣服。

「哎，真的和這個孩子長得幾乎一模一樣呢。」年輕侍女給那個小偶人穿好了小衣服，端詳一下，忍不住驚嘆：「這工藝真是巧了！」

那個小偶人睜著眼睛看著她們兩人，燈火下，那雙湛碧色的眼眸似乎是活的，看著年輕侍女，似乎還頑皮地眨了一眨眼。年輕的侍女嚇一大跳，「啪」的一聲將它扔回桌上，往後退一步。「這……這東西，好奇怪啊！」

「是啊，看著就不大舒服。」年長的侍女道：「還是包起來吧。」

「嗯。」年輕侍女連忙將布包重新包好，不敢再看那個小偶人的眼睛，嘀咕：「這孩子身上為何會有這種東西？」

「不知道。」年長的侍女搖了搖頭，看了一眼昏迷的病弱孩童，嘆了口氣。「聽說這孩子是郡主最近收養的小奴隸，很受寵愛，在前段時間的復國軍叛亂裡走丟了。大家都以為再也找不回來，結果他居然自己回到赤王府。」

「自己回來的？」年輕侍女吃了一驚，看著這個昏睡中的小鮫人，露出不可思議的表情。「這些鮫人奴隸個個不聽話，一看管不嚴便想方設法地逃走，這個小傢伙居然還千辛萬苦地一路找回來？」

「可能是郡主對他很好吧。」年長的侍女輕嘆。「只可惜……」

「是啊。」年輕侍女想起什麼，也忍不住顫抖一下，再度注視著榻上昏迷的小鮫人，忍不住低聲說：「真不知道管家為什麼要這樣對付一個小孩子……難道郡主會同意嗎？」

「噓！這妳就不要多問，照著上面的吩咐去做就是了。」年長的侍女淡淡道：「在王府裡，多嘴多舌的人經常不會有好下場。」

「是的！」年輕侍女連忙點頭，緘口不言。

「也不是什麼多難的事，哄個孩子而已。」年長的侍女看了一眼緊張的同伴，笑了一笑。「妳進府也有好幾年，難道還對付不了一個七、八歲的孩子？等把這孩子順利哄走，總管大人重重有賞。」

「是。」年輕侍女連忙點頭。

又沉默了一會兒，榻上那個昏睡的小奴隸還是沒有醒，燈影下的臉是如此蒼白，長長的睫毛覆蓋在臉頰上，雖然只是孩童，卻已經有著驚心動魄的美麗。兩位侍女靜默地看了一會兒，一時間都有些說不出話。

「難怪郡主那麼喜歡這個小傢伙，這麼漂亮的孩子……簡直不像是這個人間所有啊。」年輕的侍女畢竟心軟，喃喃說道。

話說到這裡，燈下的人忽然動了一動。

「哎呀，他醒了？」年輕侍女驚喜地叫了一聲。

燈影下，一雙湛碧色的瞳子吃力地睜開來，茫然地凝望著光亮的來源，嘴唇翕動著，微弱地說了一句什麼。

「你醒了？」年長的侍女抬起手，將小鮫人臉上散亂的髮絲撥開來，替他擦了擦額頭的冷汗，用慈愛的語調道：「我叫若萍，她叫小蕙，都是赤王府的人。你感覺怎麼樣？要喝點水嗎？」

那個小鮫人沒有說話，只是茫然看著她們，瞳孔裡的神情散亂，似乎一時間還沒回憶起自己在什麼地方。然而，當侍女的手指拂過他額頭的時候，那個孩子忽然震了一下，下意識地把她的手推出去。

「不要碰我！」孩子尖厲地叫了起來。「滾開。」

若萍一時不防，差點一個踉蹌跌倒在地。小蕙連忙扶住她，一回頭卻嚇得尖叫一聲。那個孩子已經坐起來，蜷縮在牆角，手裡卻握住了案頭原本用來削水果的一把小刀。在燈光下看起來，孩子的眼睛特別亮，有可怕的敵意和戒備，如同一隻準備撲過來噬人的野獸。

「妳們是誰？不……不要靠近我。」孩子竭力想要撐住身體，聲音卻虛弱至極，喃喃說道：「我……我要見姊姊。」

「姊姊？」若萍畢竟老成一些，定了定神說：「你說的是朱顏郡主嗎？」

蘇摩握著刀，不作聲地點一下頭。「她在哪裡？」

「郡主不在府邸裡。」若萍放緩了口氣，小心翼翼地不去觸怒這個孩子。「她前幾日跟著王爺一起進京了。」

「啊？」孩子怔了一怔，聲音裡滿懷失望。「那……盛嬤嬤呢？」

若萍搖頭說：「她也跟著郡主一起進京了。」

「什麼？」孩子手裡的刀尖抖了抖。「她們……她們都走了？」

從蒼梧之淵到這裡，這一路漫長而困頓，迢迢萬里。他不知道吃了多少苦，好不容易才回到葉城。可是，姊姊已經不在這裡了嗎？她……她不是說任何時候都不會扔下自己不管的嗎？

看到他這樣的神色，若萍和小蕙對視一眼。若萍開了口，聲音溫柔，試圖安慰這個劍拔弩張的小鮫人：「別怕，就算郡主不在，我們也會照顧你，快把手裡的刀放下來。」

「她……去做什麼？」孩子卻不肯鬆懈，握刀看著她們問：「什麼時候回來？」

「郡主跟著王爺、王妃進京覲見帝君。」若萍按照管家的吩咐，一字一句地說下去，謹慎地看著孩子的神色。「帝君要主持白赤兩族聯姻。等大婚典禮完畢，郡主也不會回赤王府，大概直接就去葉城的總督府夫家。」

「什麼？」那個鮫人孩子吃了一驚。「聯姻？」

「是啊，郡主嫁了個好夫婿呢。」小蕙滿心歡喜地說道，和若萍一搭一唱。「她要嫁給葉城總督白風麟了，將來多半還會是白王妃。」

孩子忽然間厲聲道：「騙人！」

若萍和小蕙同時被嚇了一跳：「怎麼？」

「妳們騙人！」孩子握著刀，刀尖劇烈地顫抖，聲音帶著憤怒和不信，瞪著她們說道：「她……她和我說過，她喜歡的明明是一個鮫人！怎麼會嫁給葉城總督，做什麼白王妃？妳們……妳們騙人！」

孩子的眼裡似乎有一團火在燃燒，憤怒中卻是條理分明，反駁得讓兩個心地玲瓏的侍女竟然不由得一怔，一時間啞口無言。

這個鮫人孩子，竟是有點難哄？

「我們可沒有騙你。」若萍定了定神，連忙開口：「你出去問問，全天下都知道我們家的朱顏郡主要出嫁了。真的！」

或許聽出她話裡的底氣，孩子不再說話，沉默了片刻，忽然開口，聲音細細的，有些發抖：「那……那她有說什麼時候來接我嗎？」

那一刻，孩童湛碧色的瞳孔裡浮出一種無措。小蕙畢竟年輕，看在眼裡，心裡居然也覺得一痛，下面總管交代過的話便怎麼也說不出口。旁邊的若萍瞪她一眼，連忙笑著開口：「你不用著急，郡主早就吩咐過啦。她讓我們把丹書身契還給你，放你自由，還給你留了一千金銖呢。」

「什……什麼？」蘇摩愣了一下，眼裡露出不敢相信的表情。

「放心，郡主想得可周全呢。」若萍將丹書身契拿出來，放在案頭笑道：「把這個拿回去，你就是自由身了。不用做奴隸，想去哪兒就去哪兒，雲荒上不知道有多少鮫人都會羨慕你。」

孩子怔了怔，看著燈下的那張紙——那的確是他的身契，上面還有葉城總督的簽名和印章，原本是保存在朱顏手裡，此刻卻被拿到了這裡。那麼說來，這一切安排，真的是她的意思？

蘇摩沉默半晌，終於開口：「姊姊……她是不要我了嗎？」

若萍和小蕙對視一眼，知道到了關鍵，便儘量把語氣放得委婉：「唉，郡主也是為你好……她已經嫁人了，總不能帶著一個鮫人小奴隸過門啊。要知道總督大人可不喜歡家裡養個鮫人——」

然而，話音未落，那個孩子忽然跳下地來，一把拿起那個人偶往外便走。

「喂，你要去哪裡？」小蕙急了，連忙追上去扯住他，忽然間痛呼了一聲，鬆開手來。滾燙的鮮血從指間滴落，竟是被割了一刀。

「滾開！不許碰我！」那個孩子拿著滴血的刀，回頭指著她們兩個，眼神惡狠狠的。「我要去帝都找她問個清楚！姊姊不會不要我的……她不會嫁給什麼葉城總督！妳們這些人的話，我一句也不信！」

孩子幾乎是喊著說完了這些話，握著短刀，頭也不回地跨出房門。

「快回來！」沒想到這孩子的性格這麼桀驁不馴，事情急轉直下，連若萍都忍不住慌亂起來，連忙提著裙襬追出去。怎麼能讓這個孩子跑了呢？管家大人吩咐下來的事要是辦砸了，那就……

然而她提著裙襬，怎麼也跑不快，竟是追不上那個孩子。

眼看蘇摩就要推開花園的門跑出去，夜裡忽然有一道黑影從門口掠過，出手如電，一下子重重擊在孩子的後腦。

蘇摩連一聲都沒喊出來，就往前倒了下去。

「怎麼搞的，兩個人還看不住一個孩子？」來人低斥，將昏迷的孩子單手拎起來，蜂腰猿臂，剽悍有力，是赤王行宮裡的侍衛長。

「大人！」若萍驚喜交加地看著眼前從天而降的人。「還好您來了！」

「真是沒用。」侍衛長看了看守孩子的侍女一眼，冷冷道：「哄個孩子都做不到？還好我來得及時，否則讓他跑了怎麼辦！」

「大人您不知道，這……這孩子好邪門啊！」小蕙捂著傷口，又驚又怕，忍不住哭了起來。「小小年紀，竟然敢動刀子殺人！」

「幸虧大人您及時趕到。」若萍連忙道：「不然就真的麻煩了。」

「這個小兔崽子，敬酒不吃吃罰酒。」侍衛長將孩子扛上肩膀，在夜色裡回頭看了兩個侍女，忽然嘆了口氣：「唉，妳們兩個，也真是不走運。」

什麼意思？侍衛長這一眼的神色有些異樣，若萍畢竟年長一些，下意識往後退了一步。然而，她腳步剛剛一動，一道雪亮的光便已經掠過來。

「呀——」小蕙想要逃，然而尖叫尚未出喉便中斷。

侍衛長帶著昏迷的孩子，頭也不回地離開，背後留下兩具侍女的屍體。

按照總管的吩咐，這件事極度機密，無論成敗，一個活口都不能留。原本即便是計畫順利，這個鮫人孩子信以為真拿了錢，永遠地走了，這兩個女人也是要被滅口的，更何況如今第一個計畫完全失敗了。

侍衛長帶著蘇摩，正準備離開赤王行宮。忽然間，黑暗的最深處傳來一個人的聲音：「怎麼，她們倆沒瞞過這孩子？」

侍衛長聽出是誰的聲音，不由得失聲道：「總管大人？」

他的臉色倏地變了，下意識往後退一步，幾乎把手裡的孩子砸到地上。那個站在花園黑暗角落裡的人，赫然是赤王府的大總管。

「怎麼，被我嚇了一跳？」總管看到侍衛長臉上的表情，不由得笑了一聲。「跟見鬼了一樣。」

「您……您不是陪著赤王進京覲見帝君了嗎？」侍衛長訥訥，驚魂不定。「怎麼會……怎麼會忽然出現在行宮？」

「唉，赤王對這小鬼的事情太上心，非要我連夜過來盯著。」總管搖了搖頭。「怎麼，都輪到你出手了？若萍她們沒能搞定他嗎？」

「是啊。」侍衛長定了定神，吐出一口氣來。「這孩子人小鬼大，可精明著呢，無論怎麼勸，他都非要去找郡主當面問清楚，連若萍這種人精都騙不過他，一個不小心還被他逃了出來。」

「還真是不知好歹。」總管皺了皺眉頭，看著那個小小的鮫人孩子，眼裡掠過一絲冷意。「本來還想做得溫和一點，只要這小兔崽子死心地乖乖離開，就留他一條命，沒想到他這麼不領情。怨誰呢？」

昏迷的孩子毫無知覺地轉頭，手裡抓著那個小小的人偶，臉龐精緻美麗，也宛如一個娃娃。

「可惜了。」總管聲音裡帶著一絲惋惜，擺了擺手吩咐：「把這孩子連夜處理掉吧，屍體也不能留，扔到海裡去。就當作這個孩子從此失蹤，從來沒有返回行宮。」

「是！」侍衛長領命，一把將孩子拖了起來。

「動作快一點，我明天還要趕著回帝都參加大婚典禮。」總管在後面叮囑一句：「處理完畢後帶個信物回來，我也好向王爺交代。」

「是。」侍衛長頷首，點足「唰」地一躍，離開行宮。

入夜後，外面的風很冷。侍衛長扛著昏迷的孩子幾個起落，掠過無人的海灘，在一塊礁石上停下來。他將孩子放下來踩在腳底，抽出長刀「唰」地插入沙灘，四顧看了看。

那裡居然已經有幾個人影在等著，靜默無聲。

「孩子帶來了嗎？」帶頭的那個人開口，聲音蒼老，眼睛在冷月下看來是湛碧色的，自風帽裡露出一縷發白的淡藍色頭髮，赫然是個鮫人。

「已經帶到了。」侍衛長將孩子從肩上放下。「差點出了意外。」

看到蘇摩落地的瞬間，老人身後一個蒙面的女子發出低低的驚呼，倏地衝過去將那個孩子抱起來，看了又看，眼裡有淚光。

「是他。」那個女子回頭，對著老人頷首確認。

泉長老鬆一口氣，對侍衛長點了點頭。「辛苦了。」

「好險。」侍衛長拍了拍手，吐出一口氣。「我今晚剛打算把這小傢伙私下帶出來，不料總管忽然從帝都趕回行宮，差點就露出馬腳。還好總管不喜歡見血，沒有跟著來，否則豈不露餡？」

「怎麼？」泉長老神色肅然。「難道赤王發現了我們的交易？」

「倒是沒有。」侍衛長想了一想道：「我猜大概是因為郡主曾經被那個叫淵的鮫人迷得神魂顛倒，所以赤王不想再讓她和鮫人扯上任何關係吧。即便是個孩子，也寧可錯殺，不可放過。」

「原來如此。」泉長老和身後的幾個人一震，相互交換一下眼色。這些空桑貴族一貫冷血自私，如果赤王真的那樣打算，倒也正中他們下懷。從此以後，這個孩子便和赤王府沒有任何關係。

侍衛長皺了皺眉頭問：「我要的東西呢？」

「不會少的。」泉長老身後的女子上前一步，將一個沉甸甸的袋子交到他的手裡。「一萬金銖，你點一下。」

「不用了。」侍衛長只是在手裡掂量一下，便大概知道數目。「還有說好的另一樣東西呢？沒有那個，我可沒辦法回去交差。」

「這裡。」泉長老淡淡點頭，身後另一個人將一物放到地上。那是一個長長的布包，揭開來裡面赫然是個死去的孩童，小小的身體佝僂成一團，瘦得形銷骨立，淡藍色的長髮糾結成一團。

「已經死了？」侍衛長有些不滿。「怎麼不找個活的替身？萬一不小心被看出來……」

「在西市找了一圈，也只有這個比較像，其他奴隸的年齡身材都不符合。」泉長老簡短地打斷他的不滿，淡淡道：「我們給這個孩子易過容，一般人看不出來，足夠瞞過赤王府總管。」

「算了。」侍衛長嘀咕一聲，走過去就是一刀，「唰」地將那個孩童屍體的頭顱給斬下來，提在手裡。「估計勉強能交差。」

「啊！」當他砍下孩童屍體頭顱的那一瞬，那個蒙面女子下意識地發出驚呼，聲音極慘痛。侍衛長忍不住轉身看了一眼，眼神裡流露出一絲詫異問：「奇怪……妳的聲音有點熟，我是不是在哪裡見過妳？」

那個女子轉過頭，不再和他視線對接，手指微微發抖。

「好了。」泉長老咳嗽一聲，打斷他們的對話。「一萬金銖差不多是你十年的俸祿了吧？不相關的事情，就不要多問。」

侍衛長從女子身上移開視線，看了一眼手裡的金銖，笑了一笑說：「也是。」他收好錢，彎腰將那個孩童的頭顱提起來。「我回去交差了。今日之事，就當作沒發生過。」

「後會無期。」泉長老聲音冷淡，目送他離開。

黎明前的大海分外黑暗，只有隱約的濤聲從天際而來，迴盪在耳邊。老人走到海灘上屈膝跪下，將那一具無頭的孩童屍體收殮好，長長嘆一口氣，又看了看女子懷裡昏迷的小孩。

「你覺得這孩子真的能成為海皇嗎？」背後有人開口，卻是三長老中的另外兩個，語氣沉重。「如此叛逆，心裡無家也無國。在蒼梧之淵被龍神認可後，他不但沒有接受海皇的身分，反而竭力想要逃離。」

「他如今不過是個孩子，還沒有真正意識到自己肩上的擔子吧？」泉長老嘆息。「改變一個孩子的心意還是容易的。」

三位長老都沉默下去，不再說話。

「先讓如意照顧他吧……就不要帶這個孩子回鏡湖大營，找個安全的地方安頓下來再說。」思考許久後，泉長老開了口：「這孩子性格桀驁不馴，把他強行帶回復國軍那邊，迫使他肩負起領袖的重擔，並不是個好主意。」

另外兩位長老蹙眉。「那該怎麼辦？」

「一步一步來。」泉長老點了點頭。「回頭要除掉這個赤王府的侍衛長，免得留下線索，讓空桑人追查到這邊。」

「好。」澗長老點頭，胸有成竹地回答：「這個人愛喝酒賭錢，經常欠債，所以才會被我們收買。讓銀鉤賭坊的老闆娘安排一下，就說是賭徒間輸紅眼動了手，趁亂把他殺了滅口。」

「好，就這樣安排。」泉長老點了點頭，頓了頓又道：「天見可憐，現在這個孩子終於平安回到我們的手裡。我們一定要讓這個孩子斬斷一切羈絆，成為真正的海皇！」

第四十一章　同族

一個平淡無奇的夜晚，一個鮫人孩子在葉城的海邊悄然「死去」了，沒有任何人知曉。第二日，赤王府的總管親自檢視過孩童的人頭之後，返回帝都覆命。所有的一切彷彿葉子上的露水，悄然消失。

在一個擁擠簡陋的院子裡，那個「死去」的孩子醒了過來。

他茫然睜開眼睛，旋即因為刺目的日光而重新閉上眼——這是哪裡？他是死了還是活著？

「這傢伙是誰啊？從哪裡來的？」耳邊模糊聽到話語，同樣是孩子的聲音。「又瘦又髒，像隻貓似的。」

「不知道，一早醒來就看到他躺在這裡。」

「真討厭，居然還占了小遙的床。」

「唉，小遙已經死了，他的床遲早會空出來給別人用。」

「我討厭這傢伙……又瘦又小，弱不禁風，只怕也活不了幾天。」

誰？是誰在說話？好吵……迷迷糊糊中，蘇摩掙扎一下，努力想要將這些嗡嗡的耳語從耳邊揮走。

「哎呀……看！他醒了！」然而他剛一動，耳邊那個喧鬧的聲音就大了起來，似是好幾個人在爭先恐後地喊著：「快去叫姊姊來！」

姊姊？孩子忽地一震。是她嗎？是她……是她終於回來了？昨天在葉城行宮裡，那些宮女說她已經不要自己，她們一定是在說謊。

「姊姊！」他身子劇烈地顫抖一下，猛然坐起來。

「呀！」他坐起得突然，面前一個正在俯身察看他傷勢的人避退不及，一下子和他撞到頭。那是一個看起來和他差不多年紀的孩子，頭上綁著一塊布巾，有著湛碧色的眼睛和柔軟的水藍色頭髮，容貌清秀，有著不辨男女的美麗。

蘇摩不由得愣了一下，在病榻前照顧他的居然是一個鮫人孩子？

他下意識地抬頭，打量周圍一圈，發現自己並不是在赤王府的行宮裡，而是在一個陌生的簡陋棚子。他接著抬頭四顧，也沒有發現朱顏的人影。這個屋子裡的所有人，居然都是年紀和他差不多大的鮫人孩子。

蘇摩不由得吃了一驚：這裡到底是什麼地方？看上去像是東西兩市專門賣鮫人的奴隸主家裡……難道，他昨天昏過去之後，是被葉城赤王府的人給賣到這裡當奴隸嗎？

不可以！絕對不可以！

「哎呀，你終於醒了嗎？」那個鮫人孩子揉著額頭，沒有因為疼痛而發怒，反而微笑著打招呼：「身上還有哪裡覺得難受嗎？」

蘇摩沒有作聲，沉默地打量周圍。

這是一個簡陋的棚子，位在一個破舊院落裡，頭頂的日光穿過破洞灑落，讓他和那個鮫人孩子身上都灑滿碎金。院子一角的空地上擺著一個架子，有好多孩子聚集在那邊。蘇摩只看了一眼就緊抿嘴唇，眼神陰沉下來。那是兵器架，上面寒光凜冽，有刀劍也有槍戟，一排排整齊地列在那裡。

這些孩子是在習武嗎？葉城的奴隸主，可從不會訓練鮫人習武。

這到底是哪裡？自己為什麼會在這裡醒過來？

「我叫炎汐，你呢？」那個孩子並沒有因為蘇摩的沉默而退卻，繼續開口問：「你餓不餓？要不要吃點東西？」

蘇摩還是沒回答，視線在他身上停留了一瞬。這個叫炎汐的小鮫人，看上去和自己差不多大，手腳上都有傷痕，脖子上卻沒有套著奴隸專用的項圈，說話的態度溫柔親切，如同此刻的陽光。

他別開視線，自顧自地撐起身體，沒有理睬對方。

「炎汐，別理他了。」一旁邊有個孩子哼了一聲，扯了扯炎汐的衣角，白了這個新來的人一眼。「擺一張臭臉，以為自己是誰呢？」

炎汐笑了一下說：「姊姊讓我們照顧他的。」

又聽到「姊姊」兩個字，蘇摩震了一下，忽然轉過頭來，終於開口：「你們……你們說的『姊姊』到底是誰？」

「如意姊姊呀。」炎汐愕然看著他。「昨天是她把你帶回來這裡……你難道忘了嗎？」

「是她？」蘇摩怔了怔，呢喃：「如姨？」

「哈哈哈！」聽到這句話，炎汐身後那個孩子忽然忍不住大笑起來，露出一口整齊潔白的牙齒，揶揄他：「哎，怎麼，你竟然叫她『姨』？那麼說來，你豈不是要叫我們『小叔叔』了？」

蘇摩眼神變了一下，瞪了那個孩子一眼。

「怎麼，還不服氣啊？」那個孩子卻不畏懼，揚起頭大聲道：「要打架嗎？來，那邊有武器，隨便你挑一件，打贏了我就叫你『小叔叔』！」

「好了好了。」炎汐連忙過來打圓場，拉開那個孩子，皺著眉頭埋怨一句：「寧涼，你不要到處挑釁，姊姊會罵你的。他剛來這裡，身上的傷都還沒好，怎麼能和你比武？」

「呸，這種臭脾氣的傢伙，不給個下馬威怎麼行？」那個叫寧涼的孩子一頭短髮亂蓬蓬的，邊說邊去推蘇摩，嘴裡罵罵咧咧：「你看，他還占了小遙的床！我看著他就不順眼！」

然而還不等他的手碰到胸口，蘇摩一把就把他推了出去。

「哎呀！」寧涼驚呼一聲，沒想到這個瘦弱的孩子忽然就動手。然而他的反應也是快，還沒向後跌倒，猛然一扭身，手掌向下按住地面，一個鯉魚打挺跳了起來，然後順勢前躍，一拳便朝著蘇摩的咽喉打過去，口中怒喝：「敢打我？該死的傢伙！」那一拳打得又迅速又刁毒，完全不像是孩子之間的打鬧，蘇摩重傷初癒，竟是完全來不及抵擋。

「夠了！」就在這一瞬，一隻手伸過來攔住。

那隻手很纖細，柔軟的手指一捏，便牢牢握住寧涼的拳頭，嗔怪著：「阿涼，你怎麼這麼頑皮，要是把少主打壞了怎麼辦？」

少主？所有孩子都吃了一驚，連蘇摩自己都怔住了，轉頭看向來人。

說話的，果然是他認識的人——如意。

那個豔絕天下的花魁此刻粗布蓬頭，臉上脂粉未施，一抬手便將打成一團的孩子們分開，一手一個扔到了兩邊，皺著眉頭訓斥，看上去如同一個忙於照顧一大堆孩子的小母親。

「什麼少主？」寧涼看了蘇摩一眼，嗤之以鼻：「這個瘦不拉幾的小傢伙，我分分鐘就能把他打死。」

「不許這樣說話！沒規矩！」然而，如意一改平日的溫柔親切，厲聲訓斥：「從今天起蘇摩就是你們的頭兒，每個人都要聽他的話，遇到危險還要用生命來保護他——這是命令，知道嗎？」

什麼？孩子們面面相覷，臉上都有不相信、不情願的表情，一時間誰都沒有說話，無數雙眼睛一起盯著蘇摩，看得他心裡有些不自在起來。

蘇摩忍不住冷冷道：「我才不要他們保護我。」

「喏，姊姊妳聽到了？」聽到這句，寧涼立刻叫起來：「是他自己說不要的！」

「好，你們少給我鬧脾氣。」如意皺起眉頭，看了一眼這群鮫人孩子，微微提高聲音說道：「你們不是都想加入復國軍嗎？戰士以服從命令為天職，我說的話你們難道不聽嗎？」

孩子們震了一下，臉上不羈的神色收斂許多，卻還是個個不吭聲。最後，是炎汐首先站出來，點了點頭表態：「我們知道了。他是我們的新成員，我們一定會用盡全力來保護他的安全。」

蘇摩卻冷笑一聲：「我才不要和你們這些人一夥。」

他的語氣充滿敵意，聽得其他鮫人孩子臉色大怒，個個恨不得上來揍他一頓。如意嘆了口氣說：「蘇摩，你……你到底怎麼了？」

蘇摩毫無所動，只是冷冷說道：「我不想在這裡，我想回家。」

「回家？你哪有家。」如意溫柔而悲哀地看著這個孩子，語重心長地說：「難道你是想回去找那個空桑郡主？你不知道嗎？她馬上要去聯姻了，哪裡還顧得上你？」

聽到這句話，蘇摩臉色大變，失聲道：「連妳也知道姊姊她要成親？」

「當然，天下人人都知道白赤兩族要聯姻。」如意嘆了口氣。「昨天晚上，赤王府的人差點要殺了你，多虧我及時趕去才把你救回來。對她來說，你已經是個累贅了，你別不知趣，非要湊上去。」

蘇摩劇烈一震，始終低頭不語。

「對那些空桑人來說，養個鮫人就和養隻小貓小狗沒區別，開心的時候摸一摸、逗一逗，一旦不方便養著了，立刻棄如敝屣。」如意看著這個沉默的孩子，語氣漸漸加重。「事到如今，你難道還在作夢？」

「胡說！」蘇摩臉色終於動了一動，惡狠狠地看著如意，大聲道：「她……她是我姊姊！她不會扔下我不管！」

「傻孩子，別作夢了。」如意急切之間一把將他拉住，幾乎讓瘦小的孩子一頭栽倒。「那些空桑人，哪裡會把一個鮫人奴隸放在心上？她現在嫁去豪門，早就已經不要你了！」

「不，妳胡說！」蘇摩惡狠狠地回頭看著她。「我不信！」

如意愣了一下。「傻孩子，你要怎麼才信？」

「除非我親眼看見、親耳聽見！除非……除非，她親口和我說，她不要我了，我才相信！」瘦弱的孩子站在那裡，握緊拳頭，整個身體微微發抖，盯著他們，眼裡的光似乎要噴出來一樣，一字一句說道：「現在，你們這些人說的話，我都不信！一個字也不信！」

如意沒想到這個孩子脾氣那麼倔強，一時間無言以對。

院子外，三位長老靜靜聽著這一切，眼裡閃過一絲憂慮的光。

看來，就算是他們苦心安排，將這個孩子從空桑人的手裡徹底搶回來，可是這個孩子中毒太深，已經無法挽回。事到如今，他竟然還是心心念念地要去找那個什麼姊姊。

七千年之後，轉世的海皇，居然向著星尊帝的後裔，毫無為海國而戰的心，還真是諷刺啊……

「要用術法試試看嗎？」澗長老蹙起花白的長眉，提出一個計策。「用洗心咒消除這個孩子這一年裡的所有記憶，讓他再也不記得那個空桑小郡主，這樣豈不是一勞永逸？」

「哪有那麼簡單？」泉長老搖頭嘆氣。「這個孩子身上有著海皇的血脈，區區洗心咒又怎麼能起作用？」

長老們沉默下去，不再說話了。

「和空桑人的最終決戰之前，我們先要完成的是這一場人心的爭奪戰。」泉長老頓了一頓，眼裡露出一絲可怕的冷光，低聲道：「先讓這個孩子在這裡安頓一段日子，再慢慢一步步來吧。反正空桑人那邊以為這孩子已經死了，不會再四處找他。我們有的是時間，去把他的心慢慢奪回來。

他是我們的海皇。這一戰，我們絕對不能輸。」

被困幾天之後，蘇摩終於知道自己此刻身處何地。

這裡果然是葉城西市，一個中州大行商商舖的後院。這個商舖屬於一位姓慕容的大商賈，那是中州首屈一指的商人世家。慕容家世代來往於雲荒和中州之間販貨，積累了上百年的基業，在商賈雲集的葉城也是赫赫有名。因為雲荒和中州路途遙遠，來回一趟需要幾年的時間，為了生意上的方便，慕容世家就乾脆在西市買下半條街的舖子，並留下心腹人手長期看管。不知道如意是哪裡來的路子，居然滲透了進來，將這裡當作復國軍的又一個祕密據點。

慕容氏的商舖規模巨大，一個院子連著一個院子，每個院子的廂房裡都擺滿中州來的貨物：一匹匹的綢緞、一箱箱的茶葉、和田的白玉、海南的沉香……還有一盒盒的瑤草，價值巨萬。

這個最偏僻的院子，卻是空空如也，只有一群鮫人孩子。

即便如此，這個院子卻看守嚴密，牆上布滿鐵絲網，連唯一的大門都用鐵柵欄鎖住，如同一個牢籠。

蘇摩沉默地坐在棚子底下，看了一圈周圍的環境，心知無法逃離，視線黯淡地投向外面的院子。

今天日光很好，那些孩子在空地上騰挪跳躍，正在練習各種武器。

鮫人生於海上，後天又接受過分腿劈骨的殘酷改造，身體天生缺乏力量，但平衡性和敏銳度比陸地上的人類更好，所以適合輕兵器或者遠距離射擊。此刻，這些孩子手裡拿的都是短刀或者短劍，還有幾個正在練習暗器和弓箭，個個聚精會神，看樣子都已是久經訓練。

蘇摩遠遠地看著，不由得有些出神。

鮫人一族裡，竟然真的有那麼多人為了所謂的復國在努力？這些和他一樣大的孩子，都曾經是奴隸，現在又都被復國軍解放了。他們各自經歷過什麼樣的人生，才會在這個院子裡聚首？

孩子茫然地想著，湛碧色的眼眸裡有複雜的情緒。

忽然間，頭頂有一陣風吹過，風裡傳來「簌簌」的聲音。蘇摩抬起頭，眼角瞥見有什麼東西從半空中飄下來，似乎是一隻蜻蜓。他一開始並沒有留意，然而那隻蜻蜓在院子上空盤繞不去，發出奇怪的聲音。

「蘇摩……蘇摩！」

那個聲音，似乎非常耳熟。

是姊姊？孩子一驚，終於忍不住回頭看了第二眼，忽然發現在上空盤旋的不是一隻蜻蜓，而是一隻小小的鳥兒。

那隻鳥只有兩寸不到，不知道從哪裡飛來，只管在這個院子上空盤旋不去，翅膀「撲刺刺」地搧著，速度越來越慢，最後一頭撞到了鐵絲網上。

「蘇摩……蘇摩！」

被鐵絲網攔住的鳥兒還在微微搧動著翅膀，發出呼喚的聲音。

多麼熟悉的聲音。那、那是……

「姊姊！」瘦弱的孩子忽然跳起來，連鞋子也忘了穿，就赤腳奔出房間，穿過院子。那些正在訓練的孩子驚詫地看著蘇摩忽然狂奔而來，直接向著牆頭撲過去，竟然完全不顧上面布滿了尖刺。

「拉住他……快拉住！」孩子不約而同地驚呼起來，扔下手頭的訓練，朝著他蜂擁追去。「站住！不許跑！」

寧涼跑得快，率先追了上去，不顧一切地抓住蘇摩的腿。

然而那一瞬間，蘇摩已經奮不顧身地躍起，抬起手臂，一把抓住那隻被卡在鐵絲網裡的紙鶴。同一瞬間，他被追來的寧涼抓住了腿，用力往回扯，整個人壓到了鐵絲網上。孩子怎麼也不肯下來，手臂在鐵絲網裡飛快地拖著，被尖銳的鐵絲刺得鮮血淋漓，卻始終不肯放開拳頭。

畢竟瘦弱，只僵持了短短的剎那，蘇摩便被孩子們抓住，重重地從牆頭跌落地面，發出沉悶的響聲，全身鮮血淋漓。

「小兔崽子！」寧涼把他壓在地上，氣急敗壞地罵道：「你想跑哪兒去？」

「不許打他！」炎汐連忙衝過來，一把拽住同伴的拳頭。

蘇摩沒有理睬他們，擦了擦臉上的血，也不喊疼，只是自顧自地從地上掙扎著爬起來，看了看捏在手心的東西——那隻鳥兒已經被捏得扁扁的，一動不動，恢復成沒有生命的紙鶴。

這……是她折的嗎？方才他明明聽到了姊姊的聲音！

蘇摩怔怔地看著，手上傷口的鮮血一滴滴流下來，染紅了紙鶴。這隻紙鶴是從多遠的地方飛過來的？穿越了千山萬水，到這裡的時候已經筋疲力盡，卻還是帶來了她的聲音。

是的，她從遙遠彼方發出呼喚，正在召喚著他回去。

她果然沒有不管他……她一直在找他！

「放開我！」瘦弱的孩子彷彿忽然間就瘋了，不顧一切地跳起來，推開堵在面前的同齡人，往大門衝過去。「讓我出去！快讓我出去！我要回家！」

「怎麼回事？」院子裡的騷動驚動了後面的人，如意匆匆走出來，一見便大驚失色。

「天啊，蘇摩，你怎麼全身是血？你……你的手怎麼了？」

如意一把抓住孩子的手臂，試圖察看蘇摩的傷勢。

「別碰我！別碰我！」在她試圖將這個孩子拉起來的時候，蘇摩猛然將她推開，眼神裡全是憤怒，小小的拳頭緊握著，近乎咆哮：「你們這些傢伙，快點把我從這裡放出去！姊姊……姊姊她在找我！」

「姊姊？」如意看到他手心裡的紙鶴，一時間臉色微微一變，壓低聲音問：「這隻紙鶴是來自朱顏郡主那裡嗎？」

蘇摩點了一下頭，大喊：「快放了我！」

「姊姊？」如意還沒想好要怎麼回答，一旁的寧涼忍不住冷笑起來，對同伴們大聲道：「你們看，這個傢伙居然叫空桑人『姊姊』！認賊作父，吃裡爬外！是一個已經被空桑人圈養熟了的家奴！」

「閉嘴！」蘇摩猛然叫起來，一拳便打過去。

「住手！」如意扣住孩子的手腕，狠狠地分開蘇摩和寧涼。她瞪了一眼寧涼，一手將受傷的蘇摩拖起來，按在座位上，開始清理傷口、止住血流。那些鐵絲扎入血肉並不深，然而因為蘇摩被硬生生從牆頭上拖下來，傷口很長，幾乎劃過整個手臂，看上去觸目驚心。

「快拿紗布和藥膏來！」不等如意吩咐，炎汐就對著寧涼開口。寧涼哼了一聲，卻顯然很聽炎汐的話，立刻不情願地跑出去，很快就拿了藥回來，也不看蘇摩，「啪」的一聲扔在一旁。

「寧涼！」如意低斥：「不許鬧脾氣！」

「是我不好……我沒管住大家，才惹出這些事情。」炎汐低下頭對著如意道歉。

「姊姊，妳不要怪寧涼。」

「我不怪你們。」如意將傷藥拿過來，看了一眼還在座位上不停掙扎的蘇摩，嘆了口氣。「我知道這個小傢伙脾氣倔強怪異，很難相處，也真是難為你們了。都出去繼續練習吧，不要耽誤了。」

孩子們都退了出去，房間裡很快就只剩下兩個人。

「放開我！」蘇摩再度掙扎一下，試圖將手臂從她手裡抽回來，然而如意乾脆封住了孩子的穴道，令他無法用力。

「別亂動。」她皺著眉頭，小心而迅速地給蘇摩塗抹著傷藥。

蘇摩掙扎片刻，發現無法逃脫，眼睛黯淡下來，隱約流露出一絲狠毒，咬著牙忽然道：「就算你們用鐵籠子也關不住我！如果不放我走，我遲早有一天會殺光這裡的所有人再闖出去！」

他的聲音裡有真正的殺意，讓如意的手停頓一下。

「你說什麼？」她抬起頭，細細端詳這個看起來只有七、八歲的孩子，眼裡的神色震驚而哀傷，喃喃道：「你在說什麼啊……蘇摩？你說你要殺了你的同族？殺了那些和你一樣的孩子？」

「我沒有同族！」孩子憤怒地叫起來。「我只是一個人！」

「胡說！你怎會沒有同族？你覺得自己很淒慘、很特殊嗎？」如意再也忍不住，一把抓起他，指著外面那些人厲聲道：「看看他們！他們和你一樣，一生下來就是奴隸；和你一樣，被關在籠子裡長大；和你一樣，父母雙亡，在這個世上無依無靠。外面那些孩子，沒有一個和你不一樣！都經歷過生離死別、飽受欺凌！」

很少聽到溫柔美麗的如意有這樣憤怒的語氣，蘇摩震了一下，小小的臉上沒有表情，然而眼神有微妙的變化。

「聽著，你不是這世上唯一受苦的人。不要以為只有你自己一個人遭到了這樣的不幸。」如意低下頭，盯著孩子的眼睛說道：「千百年來，在空桑人的統治下，我們整個鮫人一族都在受苦！每一個人都一樣！」

蘇摩默然聽著她說這些話，眼神微微變了變，然而垂下頭看到手心裡那隻帶血的紙鶴，又猛然一震，仰起頭大聲說：「就算……就算他們也都受過苦，就算每一個鮫人都在受苦，那又關我什麼事？我為什麼必須留下來？我為什麼必須要和他們一樣？」

「什麼？」如意顫抖了一下，似是不相信自己的耳朵。「就算每個人都在受苦，也不關你的事？」

「是！」蘇摩冷冷說道，看了一眼外面的寧涼。「我討厭他們。」

「討厭？」如意看著孩子冷然的小臉，嘴角浮起一絲苦笑，喃喃說：「是了，你從小似乎就沒喜歡過誰，一個玩伴都沒有，也難怪……可是，為什麼你喜歡那個空桑人？她……對你施了什麼術法嗎？」

孩子的臉色變了一下，緊抿嘴唇，扭過頭去。

「不關妳的事。」半晌，他只短促地說了那麼一句。「不許……不許妳說姊姊的壞話。」

「好，那我不說了。」如意知道他的脾氣，立刻避開敏感的爭議話題，無奈地嘆了口氣。「蘇摩，你若是肯和他們好好相處，就會發現他們都是好孩子，比那個空桑人更值得當你的同伴。」

蘇摩冷冷地「哼」了一聲，並沒有回答。

「我介紹給你看。」如意嘆了口氣，指點著外面的同齡人。「炎汐是孩子裡的頭兒，他性格很好，能團結不同的孩子，有大局觀，將來會是個領袖。」如意又指了指那個和他打架的孩子。「寧涼是和炎汐一起被送來這裡，在武學上有天賦，脾氣卻很火爆，經常和人起衝突，孩子們都很怕他，但我挺喜歡他的。那個很高很壯的叫廣漢，鮫人一族有這樣體格的比較少見，他是孩子裡唯一一個能使用重兵器的。那個害羞不說話的孩子叫瀟，她和她的妹妹汀，是一起被送到我們這裡的，我覺得這對姊妹花將來會大有作為。還有那個瘦小輕靈的孩子叫碧，輕身術很好，就是身體有些虛弱，經常生病……」

如意指著外面的孩子，一個一個介紹給蘇摩。然而蘇摩只是漠然看著外面那些同齡人，眼裡的神色還是冷冷的，忽然開口問了一個問題：「妳把他們都關在這裡訓練，又有什麼企圖？」

「哪有什麼企圖？」如意愕然地回頭看著這個孩子。「他們都是我們從東市、西市裡救出來的。」

「可是現在他們已經獲救了……你們為何還不放他們走？」蘇摩看著外面受訓的同齡人，眼裡全是陰暗的猜疑。「你們救他們是有企圖的，是吧？是想從小訓練他們，讓他們成為復國軍的戰士，為你們去送命。」

「不！都是他們自己願意留下來的！」如意微微提高聲音，嚴肅了起來。「外面世道如此黑暗，鮫人出去了只能當奴隸。他們不願意為奴為婢，寧可留在這裡為自己而戰。」

蘇摩冷冷道：「說得漂亮。」

如意真的生氣起來，將手裡的藥物一摔。「好，你現在就去外面問問，他們哪一個不是自己選擇留下來的？我有強迫他們分毫嗎？如果有，我立刻把頭割下來給你！」

蘇摩沉默了一下，似乎沒有想到什麼反駁的話。

「我要妳的頭做什麼？」最終，孩子只是彆扭地嘀咕一句。

「其實，即便是在這裡，他們要活下來也不容易。」如意看了看外面那群孩子，嘆了口氣。「這個地方最多的時候收容過近二十個孩子，如今只剩下十一個。」

「為什麼？」蘇摩皺眉問：「剩下的去哪裡？」

「死了。」如意的聲音低下去，神色難掩哀傷。「這些孩子被救回來的時候，本身就奄奄一息，往往傷病纏身。最近因為葉城鎮壓復國軍，海魂川被毀，我們很缺藥物，也很難找到大夫。小遙就是三天前因為肺病惡化而死。那個可憐的孩子，死了之後還被……」

說到這裡，她停頓一下，臉色微微蒼白——那個孩子死了之後，他的屍體被長老們拿去做蘇摩的替身，以便於侍衛長斬下頭顱回去覆命。

「他死了之後怎麼了？」蘇摩敏銳地感覺到她情緒的波動，蹙眉追問。

「他是為海國而死的。」如意長長嘆一口氣。「好孩子。」

然而，聽到這樣的話，蘇摩全身一震，聲音尖銳了起來：「妳覺得這很光榮嗎？要一個孩子為你們的海國而死？」

他的眼神讓如意激靈地打了一個冷顫，心裡一沉——這個她曾經看著長大的孩子，如今已經不一樣了。難怪長老們如臨大敵，一定要不擇手段地改變他的想法。

「你很牴觸我們是嗎，蘇摩？你不喜歡復國軍？」她看著身邊的孩子，儘量把語氣放得柔和。「為什麼？我們都是你的同族啊……比外面那些世代壓迫、奴役我們的空桑人，豈不是要好上一千倍？為何你非要把我們看成是敵人呢？」

「同族？」蘇摩忽然冷笑起來，指著院牆上的鐵絲網和門上的鐵柵欄。「有這樣把我關在鐵柵欄裡的同族嗎？」孩子看了她一眼，聲音裡滿是敵意：「在蒼梧之淵的時候，我就已經說過我不要當什麼海皇，可是，你們還是把我弄來這裡。」

「可是，龍神認定了你是我們的海皇。」如意看著孩子鐵青的臉，嘆了口氣。「我們好不容易找到你，哪能讓你就這樣一去不復返？要知道，外面的空桑人也在找你，萬一你落到他們的手上，那就……」

「胡說！」蘇摩不耐煩地叫起來：「我不要當你們的海皇！」

「你怎麼能那麼說？」如意蹙眉。「你知道我們等待海皇轉生，已經等待了多久嗎？整整七千年啊……」

她說得聲情並茂，然而蘇摩眼睛裡只有譏誚。「整整七千年？可是，你們有問過我願不願意嗎？」

如意皺眉。「你難道不願意成為我們的皇？」

「為什麼我非要願意？我又不是外面那群被你們訓練成戰士的傻瓜。」孩子的嘴角浮起一絲厭惡，話語變得鋒利而刻薄。「你們這些大人，自己沒有本事復國，卻總是想把自己的夢想強加在我們身上！」

如意愣住了，被噎得一下子說不出話來。

長久以來，她都把反抗奴役、獲得自由、重建海國作為人生最高的奮鬥目標，不惜為此獻上所有一切，心裡便以為所有族人也都如她一樣信念堅定、毫不猶豫，如今竟是第一次遇到這樣的叛逆孩子。

而且這個孩子，偏偏是他們的海皇。

如意看著這個陰鬱桀驁的孩子，喃喃說：「但你是我們復國的希望啊……」

「不要把自己的希望寄託在別人身上！」蘇摩煩躁起來。「我說了，我不要當什麼海皇！放我走！」

如意眼看他去意堅決，忍不住也沉下臉。「怎麼，你一定要去找那個空桑人嗎？那個侍衛長也說了，朱顏郡主現在已經去帝都大婚……你早已經成了一個累贅。她和她的家族，都不要你了。」

「胡說！」蘇摩握緊拳頭。「姊姊她在找我！妳看！」

蘇摩斬釘截鐵的語氣讓如意沉默了一下。她低下頭，看了看捏在孩子掌心裡的紙鶴，眼神默然變幻著——是的，那隻血跡斑斑的紙鶴被附加過靈力，應該是來自遙遠的彼方。那個遠嫁帝都的空桑貴族少女，居然真的未曾忘記這個小小的奴隸，還在四處搜尋蘇摩的下落，甚至找到了這裡來。

如此執著，對這個孩子而言，到底是幸抑或不幸？

如意看著那隻紙鶴，心裡轉過千百個念頭，長長嘆了口氣說：「長老們讓我好好看管你，勸你回心轉意，但我從小看著你長大，也知道你的脾氣……如果這樣一直關著你，你一定會發瘋或者死掉。你絕對不會屈服，是不是？」

「是！」蘇摩咬著牙點了點頭。

「你是魚姬的孩子，我怎麼會忍心看著你死呢？」如意嘆了口氣，似乎終於下定決心，輕聲道：「既然你非要見她一面才死心的話，那麼，我就成全你吧……」

蘇摩震了一下，失聲道：「真的？」

「真的。」如意點了點頭。「你要走，那就走吧。」

孩子沉默了一下，似乎有點動心，小心翼翼地看了她一眼，低聲問：「要怎麼走？」

「那裡。」如意指了指院子後面的那口井。「這口井下面有水脈直通鏡湖，本來是我們作為暗道逃生之用。如果你體力足夠、不怕死，說不定可以一直穿過鏡湖游到伽藍帝都，去找你的那個姊姊。」

孩子不說話了，雙手不停地握緊又鬆開，似在考慮。

「妳……妳不會是在騙我吧？」蘇摩抬起眼睛，深深地看了如意一眼，眼神充滿疑慮。「如姨，妳說的是真的嗎？」

如意沉默了一瞬，卻還是點了點頭說：「當然是真的。」

「那好。」蘇摩在一瞬間就下定決心。「我這就走。」

「不，現在你還不能走，長老們都在這裡。」如意低聲道：「我先去探聽一下，看長老們何時起身返回鏡湖大營。等他們一走，我把炎汐他們都支開，你就可以離開了。」

蘇摩看著她，終於點了點頭說：「謝謝……如姨。」

他的聲音裡第一次出現某種柔和的依賴，一如遙遠的童年時代。

「說什麼謝謝呢？你是魚姬的孩子……」如意抬起手，輕輕撫摸著孩子柔軟的水藍色長髮，嘆息道：「人心是不可以扭轉的呀……就算你是我們的海皇，如果不能真心替海國而戰，又有什麼用呢？所以，我還是決定讓你走。」

然而，嘴裡這樣說著，她的眼裡卻有奇特的光一閃而過。

第四十二章　選妃

月圓之夜，光影籠罩雲荒中心的伽藍帝都。

天還沒有黑，白王行宮裡卻已布置得花團錦簇，一盞盞宮燈挑了起來，疏疏落落地點綴在花園裡。雖然還沒有點上蠟燭，但每一盞燈都綴著水晶片，只要有一點點光射入，便流轉出無數璀璨光芒，美得不可形容。

單單這一百盞燈便花了上萬的金銖，遑論其他。

「皇太子殿下什麼時候到？」白風麟看著一切都準備妥當，不由得轉頭問了心腹侍從福全一聲。

福全恭敬道：「剛剛傳來的信報說，辰時已經從宮內出發。根據紫駿的腳力，大概再有半個時辰便要到了。」

「那就讓郡主們準備起來。」白風麟將摺扇在手心敲了一敲，低聲道：「特別是小九，她一貫拖遝散漫，可別等人來了，連梳妝都沒好。」

「是。」福全知道白風麟是偏心和自己一母所生的雪雁，今日有意想將她推薦給前來的皇太子，便笑道：「屬下一早派人去催過了，郡主今天從清早開始就很緊張，這會兒只怕是妝都化過兩遍了。」

「是嗎？」白風麟不由得笑了，想著妹妹平日的樣子。「小九她也會緊張？平日可不是眼高於頂，誰也不理嗎？」

「今日來的是皇太子嘛。」福全笑道：「任憑誰都會緊張一點。」

白風麟想了一下，低聲叮囑：「你告訴小九，到時候可以活潑大膽一些……皇太子應該喜歡有活力的妙齡少女，不是安靜端莊的大家閨秀。」

「是嗎？」福全沒想到總督大人還有這一說，不由得有些吃驚。

「但是千萬不要在他面前提到白嫣皇后，哪怕稍微沾點邊也不可以。」白風麟仔細地想一下相關的細節，叮囑：「也不要提皇太子以前在九嶷山的經歷。這些都是忌諱，一說就糟糕了。」

「是。」福全逐一記在心頭。「屬下這就去稟告雪雁郡主。」

「對了，我記得雪雁以前跟著族裡的神官修行過，會一些術法，如果今天有機會倒是可以露一手，但千萬別演砸了。」白風麟又想了一下道：「我能想到的也就這些，剩下的就看小九她的福分。」

雪雁和自己是一母同胞，也是白王女兒裡年紀最小的一個，雖然不是嫡出，容貌也不比其他兩位待字閨中的姊姊出色多少，卻勝在嬌憨活潑，只怕正合時影所好。畢竟這位新晉的皇太子從小是個苦修者，唯一長久相處過的女子只有朱顏，而那個赤之一族的小郡主，正好是那樣類型的少女。

會愛屋及烏嗎？白風麟心裡默然盤算著這一切，眼神幾度變化，心裡略微有點不是滋味。雖然時影算是自己的表兄弟，然而不知為何，一想起那個人，他心裡總是充滿難以言說的陰影。

當皇太子從紫宸殿駕臨白王行宮的時候，天色還是亮的。

日影西斜，映照在園子裡的水面上，盈盈波光折射在水晶燈下，似乎落下了滿園的星辰。紫駿停住，輕袍緩帶的皇太子走下馬車，從水晶之中穿行而來，看上去宛如天人。

那一瞬，白王府上下所有人的神思都不禁為之一奪。

「哎呀，哥哥，他……他居然長得這般好看？」雪雁站在白風麟身後，忍不住扯了扯哥哥的衣服，低低地喊，有說不出的開心。「真是太好看了。」

「莊重點。」白風麟忍笑呵斥，心裡卻有些不是滋味。

這個人簡直是上天的寵兒，生下來便有著雲荒最高貴的血統。雖然小時候被驅逐出帝都、受盡冷落，但今日忽然翻了盤，一下子又回到皇太子的位置。不像自己因為出身不好，雖然努力了半生，費盡心機，如今卻還是得看人臉色，一個不小心就會失去白王的歡心。

人和人，有時候真的是一比就寒心。

「恭迎皇太子殿下。」白王領著家眷迎上去，一群人烏壓壓跪了一地。

時影淡淡地令白王府上下平身，和白王略微敘了敘，便起身入內。

天色尚早，未到賞燈時間，白王便帶著時影在行宮裡四處遊覽一圈，將府裡幾處精心設計過的園林景觀介紹一番。白風麟帶著幾位郡主跟在他們身後，每到一處，主人殷勤向貴客介紹景物，那些盛裝打扮的貴族少女便有意無意地在眼前走過，輕聲笑語，美目流盼，衣香鬢影，亂人眼目。

然而時影的神色只是淡淡的，說話不多，客氣有禮，眼神不曾在隨行的任何一個女子身上停留。白王一直察言觀色，卻絲毫看不出皇太子的意向，不由得有些納悶起來：莫非他的幾個女兒，皇太子竟是一個也看不上？這可如何是好？

「哎呀！」一行人剛路過九曲橋，一個小丫頭沒踩穩滑了一跤，周圍的女子發出了一片驚呼。

眼看那個小侍女就要跌落，水面「嚓啦」一聲響，卻驟然凝結，化成了冰。冰面迅速擴大、變厚，轉眼就托住那個落水的侍女。

所有人一起轉頭看去，發現居然是雪雁郡主雙手結印，控制住了水面。

旁邊的人鬆一口氣，連忙伸手將那個小侍女拉上來。雪雁郡主輕聲斥責一句：「今天有貴客在，走路小心一點，小娅！」

「謝……謝謝郡主！」侍女臉色蒼白，連忙叩首。

一場小騷動很快平息，遊園隊伍繼續往前，時影卻是多看了那一位郡主幾眼。那是一個非常年輕的少女，只不過十六、七歲，眉目靈動，頗有朝氣，烏黑的頭髮綰成雙鬟，只用一根玉簪綰起，不像其他姊妹一樣插滿珠寶首飾，更顯得簡潔大氣，頗為不俗。

「這是本王最小的一個女兒，雪雁，今年十六歲。」白王看到他神色一動，立刻介紹：「她以前跟著族裡的神官學過一點術法皮毛，今日竟然敢在皇太子面前獻醜，真是自不量力。」

「算是不錯了。」時影淡淡地回答：「不愧是白王的女兒。」

「多謝皇太子誇獎。」

白王終於看到皇太子誇了自家女兒一句，不由得鬆一口氣。看來，這一回皇太子還是有了一個看得上眼的人吧？雪雁這丫頭雖然是庶出，卻和胞兄白風麟一樣機靈，日後應該有大出息。只是，白風麟已經是要接掌王位的人，若再讓雪雁當太子妃，其他幾房一定會說他偏心二房吧？後院又要起火了。

白王心底已經開始盤算，同時陪著時影往前走。

此刻，一行人已經來到迴廊的盡頭，正要回到大堂裡就座用膳。時影卻忽然在芭蕉下停了一停，轉頭看向另一處，露出一絲詫異的神情。

怎麼？白王也是一怔，因為同時聽到了園子深處傳來哭聲，不由得心裡一沉。前面便是聞鶯閣，是雪鶯住的地方。

怎麼了？今天下午剛剛告訴她，準備將她嫁給紫王的內弟做續弦，這個小丫頭便哭得昏天黑地、死活不從。他生怕她再鬧下去會打擾皇太子的蒞臨，便特意把她關在房間裡不許出來，還派了嬤嬤盯著，不想還是出了這等事情。

雪鶯這個該死的丫頭，一點也不聽話，真是白疼她了。

然而，不等白王想好要怎樣把這事遮掩過去，只聽「吱呀」一聲響，聞鶯閣的門被推開來，裡面兩個侍女驚叫著往外跑，大喊：「不好了……不好了！郡、郡主她拿了刀，要尋短見！」

什麼？白王大吃一驚，沒想到這當口上會出這種事，正不知道如何是好，身邊風聲一動，皇太子卻忽然消失了。

「殿下……殿下！」白王驚呼著，連忙攬衣朝著聞鶯閣奔過去。剛奔出幾步，看到身後的一行人也拔腳跟了上來，生怕這等醜聞會擴散出去，不由得站住腳步，回頭呵斥其他人：「都給我在外面等著！一個人也不許進來！」

白王朝著聞鶯閣奔去，心裡惴惴不安。

今天他把一切都安排妥當了，眼看皇太子也順利選定太子妃，沒想到最後還是出了差錯。雪鶯那個丫頭向來柔弱順從，怎麼會有自殺的膽子？這種事算是家醜，絕不能外傳，偏偏被皇太子給撞見了，可怎生是好？

看到父王和皇太子都離開了，其他三位郡主都臉色不悅，相互交換一下眼神。雪鶯本來是她們之中最得父王寵愛的，然而因為時雨皇太子被廢，便迅速失去父王的歡心。她們原本以為，只要和另外兩個姊妹競爭就夠了，沒想到事到臨頭居然還鬧起了這種事。

「我說，雪鶯姊姊是故意的吧？」雪雁忍不住皺了皺眉頭，有些氣憤地嘀咕。「明明知道今天是皇太子要來，還大聲哭哭啼啼引人注意，分明是恨父王不給她機會，想找機會毛遂自薦一下。」

「是呀。」另一個郡主冷冷笑了一聲。「有手段的可不只有妳一個。」

雪雁一怔，臉色便有些不好。剛才在過橋的時候，她故意安排貼身侍女假裝失足落水，好讓自己有展露身手的機會。這事情她以為自己做得天衣無縫，並無外人知曉，原來姊姊們雖然不動聲色，卻都看在了眼裡。

「不要得意得太早。」兩位姊姊冷哼一聲，從她身邊走了過去。「晚宴和歌舞都還沒開始，不知道皇太子最後會選中誰呢。」

聞鶯閣幽深，共分三進院落，雪鶯的居所位於最裡面。當白王三兩步跑進去時，看到他的女兒橫臥在榻上，氣息奄奄，胸口鮮血淋漓，一把小刀掉落在她腳邊，已經斷成兩截。

時影就站在她的身邊，將手按在傷口上，淡淡的紫色在他五指之間湧動，飛速地癒合著那個可怖的傷口。

「這……」白王愣住了，一時竟然不知道說什麼來圓場。

「抱歉，來得晚一步，還是來不及阻攔令千金。」時影邊用術法替雪鶯療傷邊說道：「幸虧這一刀沒有刺中要害，應無大礙。」

「這……」白王怔了一怔。「謝謝皇太子！在下立刻去傳大夫來！」

「不用，這種傷我很快就能治好，何必驚動外人，惹來是非。」時影探了探雪鶯的脈搏，眉頭忽然一皺，眼神變得有些奇怪。「奇怪，這是……」

怎麼了？白王心裡一跳，不知道哪裡不對，時影忽然轉頭看著他問：「奇怪，白王，你明明有四個女兒，為何只讓我見了三個，唯獨藏起這一個？」

什麼？白王大吃一驚，臉色有些變了。

雪鶯雖然沒有被正式冊封為太子妃，但她和時雨從小親密，此事在帝都無人不知、無人不曉，想必時影也早已知道。如今時雨不在了，新的皇太子來選妃，於情於理，自然是不能再將雪鶯送出去。

沒想到，聽皇太子的口氣，竟然是在責備自己？

白王背後一冷，連忙道：「稟……稟皇太子，小女雪鶯已經許配給紫王內弟，所以……所以就沒有讓她出來見駕。」

「是嗎？」時影微微蹙眉。「婚書已經下了嗎？」

「婚書還不曾下。」白王連忙搖頭。「只是信函裡已經許婚。」

「哦，那就還不是定論吧？做不得準。」時影淡淡道，回頭看了一眼白王。「白王覺得紫王那個年近五十歲的內弟，會比在下更合適做東床快婿嗎？」

「不……不敢！」白王大吃一驚，猛然搖頭。「哪能和皇太子相提並論！」

「那就是了。」時影的語氣還是冷淡，似是說著和自己無關的事，擺了擺手道：「既然如此，不如從長計議。」

「這……」白王一時間有些愣然，不知如何回應。然而時影皺眉看著半昏迷中的雪鶯郡主道：「我要繼續給郡主療傷，麻煩王爺先自便。等治好了雪鶯郡主，晚上她便可以和我們一起用膳。」

白王一時間心裡驚疑不定，只能訥訥點頭。

怎麼回事？皇太子……竟然看上了雪鶯？難道是為了賭氣，非要和時雨搶？但無論如何，他選中雪鶯，總比一個都沒看上來得強吧。這個皇太子，真是令人捉摸不透啊……專門喜歡撿弟弟的舊人嗎？

白王退了出去，臉色青白不定。

當白王離開房間後，時影看了一眼雪鶯郡主。只是短短片刻，她身上的傷口已經完全癒合，一滴血都沒有留下。他伸出指尖在雪鶯郡主的額心點了一點，那個臉色蒼白的貴族少女應聲醒來，睜開眼睛，看到面前的陌生人，一時間有些茫然。

「我……是活著還是死了？」雪鶯氣息奄奄。「你……你是誰？」

「妳最恨的人。」時影淡淡回答一句。

雪鶯的視線漸漸清晰，忽然間全身一震。

「皇天？是你！」不知道哪來的力氣，她倏地坐起來，直視著面前這個人，眼裡燃燒著憤怒的火焰。「你……你就是時影？你就是白皇后的兒子？」

「是。」他聲音平靜，並不以對方的無禮為意。

雪鷲聲音發抖，打量著他的一身衣飾。「你……你現在是皇太子？」

「是。」時影的聲音依舊平靜。

「你得逞了啊……這個殺人兇手！」雪鷲再也忍不住地叫了起來，拳頭握緊，聲音哽咽。「把時雨還給我！你現在都已經是皇太子……還要把時雨怎樣？求求你，放他回來！」

時影一時間沒有說話，只是低下頭打量她一下。這個貴族少女容貌絕美，氣質如同空谷幽蘭，論容姿甚至比朱顏更勝一籌，溫柔安靜、弱不禁風。然而，她此刻眼裡充滿憤怒的光芒，宛如雷霆。

「時雨不會回來了。」他聲音冷淡。「妳就死了這條心吧。」

「什麼？」雪鷲身上的戰慄忽然止住了，一瞬間瞳孔睜大，看著他說不出話來，連呼吸都停止。「你……你說什麼？」

「你不用等他了。」時影語氣平靜，並沒有流露一絲感情。「我弟弟已經死了，妳接下來要好好為自己打算。」

「渾蛋！」那一刻，雪鷲不顧一切地跳起來，抓起那把染血的短刀，一邊喊著一邊就對著時影直刺了過去。

然而，時影居然只是站在那裡看著她，一動也不動。

只聽「唰」一聲，這一刀刺入他的心臟，直扎了對穿。雪鷲在狂怒之下拔起刀，又想第二次刺下去，卻忽然怔住了——那一刀原本正中心臟，然而一刀下去全無血跡，等拔出來後，那個傷口也倏地消失。

這、這是怎麼回事？

她不可思議地看著眼前的人，一回頭卻看到另一個時影站在自己身後，淡淡地看著她問：「解恨了沒？」

那一刻，她忍不住失聲尖叫，又是一刀刺過去。

「膽子不小。」時影只是一抬手，便扣住她瘦弱的手腕，令她不能動彈分毫，冷冷道：「敢在白王府裡刺殺皇太子，不怕滿門抄斬嗎？」

「渾蛋！我要殺了你！」雪鷲完全失去理智，想要再次刺過去，身體忽然一麻，無法動彈。

時影並沒有動怒，看了她一眼說：「妳是阿顏的閨中好友吧？我好像聽她提起過妳的名字。」他審視著她，眼裡忽然露出一絲奇特的神情，頓了頓低聲道：「反正好歹也得選一個，不如就選妳算了。」

雪鷲一下子怔住了。「作夢！我死也不會嫁給你！」

「是嗎？妳真的想就這樣死了？」時影抬頭看著這個絕望的貴族少女，眼裡有洞徹一切的亮光，淡淡道：「只怕妳捨不得吧。」

他頓了頓，低下頭在她耳邊說了一句什麼。

「什麼？」雪鶯全身一震，如同被雷擊中，臉色上連一絲血色都沒有，顫聲道：「你……你怎麼會知道？誰告訴你的？」

「這世上的事，能瞞住我的可不多。」時影的語氣並無任何誇耀之意，彷彿只是在說一個事實。「妳的父王還不知道這件事吧？所以想著要把妳嫁給那個老頭子當填房，對不對？」

雪鶯說不出話來，在這個人冷酷的語氣裡發抖。

這個人，還是第一次見面，但為什麼他好像什麼都知道？簡直是個魔鬼！

「呵，妳心裡也知道，嫁是萬萬不能的，否則該怎麼收場？」時影看著她蒼白如死的臉色，語氣還是不緊不慢。「妳已經被逼到沒有退路，所以才想乾脆尋個一死？真是懦弱。」

雪鶯咬著牙，說不出話，眼裡卻有大顆的淚珠滾落。

「如果妳真的橫了一條心想死，本來我也管不著。」時影淡淡道：「可是時雨已經死了，即便是為了他，妳也該稍微努力一點活下去吧？」

她全身發抖，死死地看著眼前這個人。「你……你到底想說什麼？」

「我說得很清楚：如果妳不想死，就來當我的太子妃。」時影淡淡地開口，語氣無喜無怒。「這個邀約，在今天我離開這兒之前都有效。妳想清楚了，如果妳還想苟活下去，等會兒就來找我。」

「不！我死也不會嫁給害死時雨的凶手！」雪鶯淒厲地大喊。

「唉……」時影的臉色終於微微動了一下，似是不易覺察地嘆一口氣，低聲說：「如果我告訴妳，時雨並不是我殺的呢？」

雪鶯怔了一下看向他，而這個新任的皇太子也在冷冷地看著她，眼神平靜冷澈，如同冷秋的湖面，空空蕩蕩，無所隱藏。

雪鶯本來極為激動，和他眼神對視，心裡不知為何忽然一靜，竟是不知為何忽地信了幾分，然而立刻便警醒起來，生怕是中了對方的術法迷失神志，脫口道：「我不信！一定是你……除了你還會有誰？」

時影沒有再辯解，淡淡道：「不信就算了。我只是指給妳一條生路。」

「為什麼？為什麼你要指給我生路？」她聲音劇烈地發抖，看著眼前的人，不敢相信。「你既然已知道這一切，為什麼不乾脆殺了我，滅口了事？你……你這麼做，到底有什麼企圖？」

「企圖？」時影似乎也想了一想，眼神轉瞬露出複雜的情愫，卻只是淡淡回答：

「可能……我只是覺得自己愧對時雨吧。」頓了頓，他補充：「我的企圖並不重要。重要的是，妳想不想活下去？」

雪鶯怔在那裡，劇烈地顫抖，不知道該如何回答。

「妳仔細想一想吧……我會在那裡等妳到最後一刻。」時影沒有再多說什麼，手指微微一轉，解除了她身上的禁錮，低聲道：「如果妳真的還是想不通，就死在這裡也無妨。」

他將那把短刀扔到桌子上，轉身離開，再也不見。

雪鶯長長地吐出一口氣，手指痙攣著，握緊桌子上那一把帶血的短刀，轉過頭看著鏡子裡容顏憔悴的自己，反復思量剛才的那一番話，身體顫抖得如同風中的樹葉。

除了他給出的邀約，她沒有選擇了嗎？

不，她還是有選擇的——她可以選擇死。

可是……她真的想這樣死了嗎？如果死了，那……

最終，雪鶯鬆開刀柄，在鏡子前頹然坐下，抬手輕輕放在小腹上，臉色如同雪一樣蒼白。

歌舞方歇，皇太子被白王府裡的美人們簇擁。幾個郡主圍繞在他身邊，一邊保持著貴族的矜持，一邊不失優雅地和貴客笑語，言語間有微妙的勾心鬥角，幾乎隱約聽得見兵刃交錯的錚然。

雪雁用術法在杯裡凝出一朵玲瓏剔透的冰花，向著皇太子敬酒，然而時影端起酒杯，視線越過她，看著廳外台階上的人影，嘴角浮起一絲奇特的笑意，低聲說：「怎麼來得這麼晚？」

所有人悚然動容，抬頭看去，不由得大吃一驚。

白日裡還在尋死的雪鶯郡主，此刻居然盛裝打扮來到這裡。剎那，連白王都為之色變，一時間不知道該說什麼。雪鶯鼓足勇氣來到這裡，卻發現席間已經坐滿，她怔怔地站在人群外面，一時無措，臉色分外蒼白，在暗夜裡看去如同一朵即將凋零的花朵。

時影眼裡卻沒有絲毫意外，只是微微頷首，從美人環繞中從容站起身來，親自迎了出去。「酒都已經快冷了。來。」

雪鶯身體微微發抖，直視著他的面容，眼神複雜而激烈，充滿了憎恨和無奈，似乎時時刻刻都想再抽出一把劍刺入對面這個人的心口。然而，她最終還是拿起酒杯，對著他一飲而盡。

「一杯就夠了，喝多了對妳身體不好。」時影放下酒杯，從懷裡拿出一樣東西，放在她的面前。「請收下這個。」

放在她面前的是空桑帝君賜給每一個皇子的玉佩，華美潤澤，上面有著皇室的徽章，是身負帝王之血的皇子最重要的信物之一。身為皇太子的時影，在眾人面前將這個玉佩交給她，便是對所有人表示自己已經選好了未來的王妃。

那一瞬間，其他郡主都怔住了，每一張臉上有各種不同的錯愕表情。

雪鶯還沒回過神來，白王卻是鬆一口氣，在一旁搶先起身離席，匍匐下跪說：「多謝皇太子抬愛。」

當皇太子在席間將玉佩交給雪鶯郡主的時候，整個白王府邸裡的人都震驚了。旋即，整個帝都也被震驚了。

雖然早就知道太子妃必然會從白之一族裡選出，但是誰也沒料到皇太子居然會選雪鶯郡主。要知道，那個少女曾是時雨皇太子的愛侶，還差點被正式冊封為太子妃，而新的皇太子居然不避嫌地將她納入後宮？

這算是什麼樣的……胸懷？

「咳咳……影做事，還……真是從來不按常理啊。」消息剛剛傳入紫宸殿，連臥病的帝君也發出一聲苦笑，對著一旁的人道：「你也沒想到吧？」

坐在他身邊的大司命搖了搖頭，又點了點頭。

「他該不會是負氣吧？」北冕帝喃喃說著，眼神複雜。「和我當年一樣，覺得這輩子反正沒什麼指望了，所以……不如隨便選一個？結果就這樣害了阿嫣……也害了秋水。咳咳。」

「阿珺，你就不要操心這些了。」大司命打斷兄長的話。「都已經是半截身子入土的人，保命要緊，還是少耗費心力。」

北冕帝喘了一口氣，低聲道：「幸虧你活得長，時影身邊有你輔佐……咳咳，我也放心了……」

大司命苦笑一下，搖了搖頭說：「只可惜，我的壽數也快要到了。」

「什麼？」北冕帝一驚，撐起身體。

「別這麼看著我。我好歹是大司命，能預知自己的壽數。」大司命望向窗外的夜空，苦笑說道：「你看，我的星辰已經開始黯淡……屈指細算，我的壽命也就在這兩年之間。」

「怎……怎麼會這樣？」北冕帝臉色灰白，喃喃道：「你……你身體好好的，為什麼會這兩年就……」

「當然不是自然死亡。」大司命語氣平靜。「而是血光之災。如果沒算錯，我應該死於被殺。」

「不可能！」北冕帝脫口而出。「這個雲荒，誰能殺得了你？」

「呵，對於這個問題，我自己也很好奇……」大司命淡淡道，看著外面的星辰。「這個雲荒上，能超越我的人幾乎已經沒有了——要殺我，除非是影他親自出手吧？」

「時影？」北冕帝沒想到會聽到自己兒子的名字，不由得變了臉色。「他一直視你為師，怎麼會殺你？這……咳咳，這不可能！」

「沒有什麼不可能，我為了雲荒的天下，曾經做過一些見不得人的事。」大司命搖了搖頭，嘴角露出一絲意味深長的苦笑。「如果他知道我暗地裡做了什麼，一定會想殺了我吧。」

北冕帝沉默下來，彷彿忽然間明白了什麼，抬頭看著大司命，一字一句道：「那就永遠別讓他知道。」

大司命的臉映照在燈火裡，陰暗凹凸，深不見底。

「先別說這些。」大司命搖了搖頭，試圖將凝滯的氣氛化開，轉過了話題：「既然影已經選定妃子，後面的一切就該抓緊時間辦了。要知道，青王已經在領地上開始調集軍隊。」

「是嗎？」北冕帝聽到這個噩耗卻沒有露出太大的震驚，喃喃說：「青王果然狼子野心，被逼得急了，還真的是要公然造反啊……」

「放心，根據探子發回來的情報，迄今為止還沒有一個藩王站在他這一邊。」大司命低聲說：「原本由青罡負責的驍騎軍，如今已由玄燦接管，白王和赤王也已經各自調動軍隊準備入京。這天下的局面，一時間還是傾覆不了的。」

「咳咳……」然而北冕帝只是虛弱地咳嗽，憂心忡忡。「可是……青王呢？難道就任由他在領地厲兵秣馬？他……他是不是還勾結了西海上的冰夷？雲荒北面的門戶，萬一被滄流帝國攻陷……」

「不會的，你別擔心。」大司命嘆了口氣，振衣而起。「青王的事，我會親自過去處理，不會讓他繼續亂來。」

「什麼？」北冕帝一驚。「你……你要做什麼？」

「擒賊先擒王。」大司命淡淡道：「趁著他們還沒正式舉旗反叛，我去紫台青王府先將青王給殺了。只要群龍無首，反叛之事多半也就成不了氣候。」

說到孤身於萬軍中取首級之事，他卻如同喝一杯茶那般淡然。

「你……你一個人去？」北冕帝伸出手，一把抓住胞弟的手腕，劇烈地咳嗽著。「太危險了！咳咳……絕對不可以！」

「唉，阿珺，現在可不是兄友弟恭的時候。」大司命嘆了口氣，回過身凝視著垂死的帝君。「空桑天下岌岌可危，你又隨時可能駕崩，在這種時候，我若不當機立斷先行一步，只怕被別人搶得先機。」

「這麼……這麼危險的事情……你一個人……」北冕帝一急之下劇烈地咳嗽，連話都說不清楚。「不……不行……絕對！」

大司命沒料到他的反應會那麼激烈，倒不禁愣了一下，拍了拍胞兄枯瘦的肩膀，低聲安慰：「我好歹是雲荒大地上首屈一指的術法宗師，以一敵萬不敢說，但以一敵百還是可以的。青之一族的神官很平庸，不足為懼。我孤身深入，就算殺不了青王，全身而退至少還是不難……你不用太擔心。」

北冕帝漸漸鬆開手來，眼神卻還是擔憂，低聲道：「要不，我再去請求劍聖一門出手？」

「算了吧，劍聖一門？」大司命苦笑起來，拍了拍他的手背。「他們千百年來一向遠離雲荒政局，獨立於朝野。你上次能請動他們幫你清除內亂已經令我很吃驚了，難道還能再請一次？」

北冕帝沉默下去，呼吸急促，半晌才低聲道：「早知道……我應該留著先代劍聖的那道手令，好讓、讓他們這一次跟你去青王府……咳咳……何必用在誅殺青妃這種事情上？」

垂死之人說得急切，到最後又劇烈咳嗽了起來。

顯然是被胞兄的真切所感染，大司命眼神變幻了一下，忍不住嘆息：「阿珺，你難道忘了我不久前還想要你的命嗎？我雖然是你的胞弟，但這一生對你所懷的多半是恨意，並無多少親近之心，你為何還這樣替我設想？」

北冕帝咳嗽著，半晌才說出話來：「我的一生……亦做錯過很多事。」

大司命沉默了片刻，拍了拍胞兄的肩膀說：「你好好休息，我去去就回。事情順利的話，說不定還能回來趕上大婚典禮。」

老人轉身離開，黑色的長袍在深宮的燭影裡獵獵飛舞。

入夜，白塔頂上的風更加凜冽，吹得人幾乎站不住。然而，璣衡前有人一動不動地默默佇立，只有一襲白袍在風裡飛舞，眼裡映照著星辰，手指飛快地掐算著，到最後，身體一震。

「怎麼，還在推測那片歸邪的位置嗎？」大司命不作聲地出現在時影的背後，淡淡道：「你找不到的。我已經反復推測過了，它被一種更大的力量隱藏起來，超出我們所能推算的範疇了。」

「不。」時影搖了搖頭，低聲道：「我在看昭明的軌跡。」

「昭明？」大司命怔了一怔。

「你那時候不是提醒我，影響空桑未來國運的力量不只有一股嗎？」時影負手看著夜空，眉宇之間有解不開的煩憂。「如果歸邪是代表海國，那昭明又代表了什麼？漂浮海外的流亡一族嗎？這些力量交錯在一起，千頭萬緒，令我看不清這個雲荒的未來。」

大司命搖了搖頭，不以為然：「要知道，連區區一個人的命運都會被無數股力量左右，謂之『無常』，更何況是一個國家的命運？」

時影思考著師長這番話，忍不住苦笑一聲：「是了。我曾經自不量力，以為可以用一己之力扭轉未來，卻終究還是失敗……」

大司命看著這個年輕人感嘆：「能說出這句話，真是難得。影，你居然心平氣和地認輸了？你從小出類拔萃，從未失敗過。這一次意外失手，連我都擔心你會因此崩潰。但你終究還是撐住了，做出正確的選擇。」

時影微微蹙眉，下意識地反問：「正確的選擇？」

「是。」大司命的聲音平靜。「比如選了白王之女為妃。」

「我以為你會來訓斥我。」時影頓了一頓苦笑說道：「會斥責我不該選時雨的未婚妻為妃。」

「呵呵……我哪敢訓斥你？」大司命笑了起來，無奈搖頭。「影，我從小看著你長大，知道你的性格。你原本是無情無欲的世外之人，如今願意回到帝都繼承王位、迎娶白王之女，已經是做了超出我意料的最大讓步。我要是再強求更多，未免逼人太甚。」

時影看著大司命，眼裡的神色柔和起來，最終嘆了一口氣：「我不怪你。說到底，你即便對我一再苦苦相逼，也都是為了空桑。」

「你能諒解我的苦心就好。」大司命垂下眼簾，語氣意味深長：「要知道我即便是不惜弄髒自己的手，做一些不足以為外人道的事，也並不是出於私心。」

「我知道。」時影斷然回答：「我能體諒。」

「是嗎？」大司命看了他一眼，欲言又止，最後咳嗽了一聲，抬頭看了看天幕。

「其實，今晚我是來向你告別的。」

「告別？」時影吃了一驚，轉頭看著老人。「你要去哪裡？」

「北方的紫台，青王府。」大司命嘆了一口氣，指著遙遠的北方盡頭。「山雨欲來啊……眼看青王庚勾結冰夷，就要舉起叛旗，我不能坐視不理。」

「你一個人？」時影悚然動容。「那怎麼行！」

「俯覽整個帝都，當前並無一人堪用。」大司命冷笑一聲。「我若孤身往返，一擊不中還能全身而退，若要照顧其他庸才，可真的會把我的老命送在那兒。」

「我跟你去。」時影斷然回答。

「不行！」大司命毫不猶豫地打斷他。「若你現在還是九嶷神廟的大神官，自然可以隨我同行，但你現在是空桑的皇太子，怎能親身深入險境？萬一你出了什麼事，整個雲荒就要傾覆。」

時影沉默了下去，無法反駁。

「更何況，你馬上就要大婚，也離不開這裡。」大司命低聲說著，指著腳下燈火輝煌的鏡中之城。「帝君病危，伽藍帝都是雲荒的心臟，需要人鎮守。你就留在這裡安心做個新郎吧。」

時影嘆了口氣，低聲道：「我怎能安心？」

「影，你身上背負著整個空桑，不能再為外力亂心。」大司命抬起頭來凝視著這個年輕的繼承者，一字一句地叮囑：「要知道天上的星相千變萬化、不可捉摸，唯一可以把握的，只有自身。你身負帝王之血，只要你守護著這個天下，無論多少敵人虎視眈眈，又有何懼？」

時影眼神漸漸凝聚，無聲地點了點頭。「恭聆教誨。」

「好好照顧你父王吧，讓他多活幾天。」大司命最後笑了一笑，拍了拍他的肩膀。「我會儘量早點趕回來參加你的婚典。」

語畢，老人從長袍裡拿出黑色的玉簡，指向夜空。風裡傳來撲簌簌的聲響，有一隻巨大的神獸乘著風雲浮現在虛空裡，向著大司命匍匐待命。那是空桑大司命的御魂守——金瞳狻猊。

「再會。」大司命衣袖一拂，倏地消失在夜裡。

「看，宿命的線在彙聚啊……」

遙遠的星空下，有另一個人也在同一時刻抬起頭，凝望著伽藍白塔上的星空，用含糊不能辨的聲音發出一聲低沉的嘆息。那是一個藏在深深陰影裡的人，宛如一團霧氣，唯有一對璀璨的金色瞳子，如同神殿裡的魔。

他坐在一艘船上，如風馳騁，抬頭仰望夜空裡的群星。

「歸邪被隱藏了……被一股很強的力量。」坐在陰影裡的那個人喃喃說著，吐出含糊不清的聲音。「有趣……這個雲荒，在七千年後還是出乎我的意料。」

船艙外有衣裾拖地的窸窣聲，有人膝行而來，停在外面。

「智者大人。」聖女跪在船艙外面，恭敬地稟告：「我們很快就要抵達雲荒北部了，準備在寒號岬登陸，特來請示您的同意。」

智者微微點了點頭。他坐在黑暗裡，凝望星辰許久，微微對著天空屈起手指，似乎抓住了什麼看不見的東西。

終於要回到那片土地了嗎？幾千年前，這隻手創造了空桑的一切；那麼幾千年後，再由這隻手毀去一切，也是理所應當的吧？

畢竟，魔之左手，司掌的就是毀滅的力量。

一念及此，一身黑袍頓時獵獵飛起，金瞳裡忽然迸發出如呼嘯箭雨一樣的凌厲。跪在地上的聖女在殺氣中戰慄著匍匐下身體，不敢直視。

十年前，這位神祕的智者大人從東而來，在一場席捲一切的海難中拯救了漂浮海上的冰族。那個人甚至獨力抵擋住海嘯，托住下沉的島嶼，讓成千上萬沉入海裡的族人，奇跡般地從海難中生還。

他展示的力量令所有人為之震驚，幾乎被所有冰族視為神祇。

所以，當這個神祕來客提出要將自己的力量傳授給冰族、帶領大家重返雲荒時，整個滄流帝國的族人立刻沸騰了。

擊潰空桑，奪回雲荒——光是這樣兩句話，就足夠令漂流在外幾千年的冰族目眩神迷。

但是，族裡的長老對這個不知從何而來的神祕人並不信任。雖然將智者禮遇為上賓，卻不允許他進入滄流帝國的核心權力圈。長老們以為，只要時間久了，便能知道這個陌生人的真正用心。

然而出乎所有人意料，這個不知來自何方的人，竟在短短的時間裡滲透進滄流帝國，給所有人帶來從未見過的驚人力量。

那個神祕的智者向軍隊出示了一本名叫《營造法式》的書籍，告訴他們這可以改變整個冰族的命運。軍工坊的匠作們研究了那本書，發現分為征天、靖海、鎮野三卷，每一卷都詳細記載了不同武器的製造方法。按照這些卷軸上的指示，他們不僅可以製造出力量巨大的火炮、輾壓陸地的戰車，甚至還能製作出飛翔天宇的風隼、潛入深海的螺舟。

「怎麼可能？瘋了吧？」當時，匠作監總管看著手札嘀咕：「鐵塊和木頭怎麼可能飛？」

然而，當第一架風隼從初陽島呼嘯而起、翱翔海天的時候，所有冰族人都因為震驚而說不出一句話——他們發現對方似乎來自一個遙遠的國度，他所掌握的智慧，遠遠超出雲荒大地上的人類。

這個神祕人，真的是高深莫測、近乎神祇。

「只要按照我的指引，不出三十年，冰族就能奪回雲荒。」

被這樣的許諾激發了熱血，尚武激進的年輕冰族紛紛投向這個神祕人物。保守的長老們儘管憂心忡忡，卻也無法勒住如脫韁駿馬一般的民意。

最終，這個自稱為智者的神祕人一躍成了滄流帝國的領袖。

在得到了擁護、掌握了權力之後，那個所謂的「智者」便在滄流冰族裡進行了大刀闊斧的改革，先是重新從族裡遴選出十巫，取代原來的長老們；然後建立了元老院制度，從而避免普通百姓對於讓一個外來者統治國家的異議。雖然元老院可以處理日常事務，但是在軍政大事上要事事經過智者的批准。

經過這樣的層層控制，智者最終從幕後掌控了西海上的滄流帝國。

然而奇怪的是，自始至終，從未有人看過他的臉。那個穿著黑袍的神祕人，一直彷彿一團虛無的影子，融於黑暗，寂靜而沉默，只有一雙金色的眸子璀璨如魔，令人不敢直視。

隨著冰族日益強大，智者大人的地位也日漸提高，他的所作所為沒有任何人敢質疑。就像是這一次，當十巫鎩羽而歸之後，智者大人突然離開西海前往雲荒，雖然整個帝國上下疑惑不已，卻是無人敢勸阻他。

「由寒號岬登陸，去九嶷郡的紫台。」智者沉默片刻，用一種聖女才能聽懂的含糊語音開了口。「青王……他此刻估計需要我們的協助。」

「是。」聖女躬身而退。

只是一瞬間，海面上的孤舟呼嘯而起，如同飛行一樣在月下滑行。

第四十三章　良夜

葉城最冷清的小巷裡，有人徹夜未眠。

小小的身體在床上輾轉，湛碧色的眼睛一直睜著，在黑暗裡凝視著屋頂。周圍的同伴們都睡著了，無論是炎汐還是寧涼，都在一天辛苦的訓練之後陷入酣睡。孩子們的鼻息均勻、起伏綿長，耳後的鰓也伴隨著呼吸一開一合，偶爾發出喃喃的夢囈。

蘇摩獨自在黑夜裡靜靜地聽了許久，眼裡掠過一絲複雜的感情。

在這個雲荒生存了那麼多年，這還是他第一次聽到族人的呼吸如此平靜。在這個世界裡，鮫人從出生到死，哪一天哪一夜不在痛苦中掙扎？或許如姨說的是對的，這些和他一樣的同齡孩子，是心甘情願留在這裡，接受為海國而戰的命運，心裡充滿崇高明亮的犧牲意志。

和他比起來，似乎完全是另一個世界的孩子呢……

剛想到此處，子夜過後，窗櫺上忽然有一道影子悄然移過，將門拉開一線看了進來。蘇摩倏地一驚，赤足跳下地，一把抓起床頭的小傀儡偶人，小心翼翼地繞過熟睡的小夥伴，朝著門口無聲無息地走過去。

門外月色如銀，一個美麗的女子站在那裡，對著他招了招手，神色嚴肅——是如意，按照約定的時間來接應他了。

孩子一言不發地跟著她往後走，來到那一口井旁邊。

在冷月下，那口古井爬滿了青苔，依稀看得到井台上刻著繁複的花紋。井口黑洞洞的，最底下似乎有汩汩的泉水，在冷月下，極深處掠過一絲絲的光，如同一隻睜開在大地深處的神祕眼睛。

不知道為什麼，蘇摩一靠近這口古井，忽然間就打了個寒顫。

這口井就是通往鏡湖的水底通路。

「好，今天下午長老們都回去鏡湖大營了，趁著這個空檔，你快走吧。」如意壓低聲音，指著黑黝黝的井底。「從這裡沿著泉脈往前游，游出一百里，就能進入鏡湖水域。然後你浮出水面看看伽藍帝都的方向，再潛游過去……可能要游上三、四天才能到，能支撐住嗎？」

蘇摩點了點頭，沒有說話。

「帶上這個。」如意將一個小小的錦囊掛在他的脖子上，叮囑：「這裡面是我為你準備的一些乾糧和藥。你身體還沒恢復，這段路又那麼長，真怕你到半路就走不動了……唉，記住，如果找不到姊姊，要回來的話，這裡的大門隨時對你敞開。」

「不。」孩子抬起頭，一字一字地回答：「我一定會找到姊姊。」

如意看著他堅定的眼神，眸子裡掠過一絲黯然，摸了摸孩子的頭說：「好吧，那你就去吧……要留住人心，談何容易。」

孩子沒有再說話，只是赤足走向井邊。

他在井口邊上站住了身，最後一次回望冷月下美麗的女子。葉城的花魁看著他，眼裡不知為何流露出一絲哀傷的表情，嘴唇動了動，欲言又止，最終只是嘆息了一聲：「你一路小心。」

「嗯。」孩子停頓一下，輕聲說：「謝謝妳，如姨。」

那一瞬，如意的身體卻微微顫了顫。

蘇摩吃力地攀爬上石台，然後毫不猶豫地一躍，跳入那口深不見底的井，如同一隻撲向火焰的蒼白單薄的蝶。

「啊！」那一刻，如意再也忍不住，失聲發出輕輕的驚呼，隨即咬緊了牙關，臉色蒼白。

蘇摩躍入古井，奇怪的是，下墜的過程出乎意料地漫長。孩子幾乎有一種恍惚，彷彿自己置身於不見底的黑暗河流，不知道過了多久，才感覺自己接觸到水面。

接觸到水面的那一刻，孩子心裡有一絲微微的詫異。

這個古井下面的水，竟然是溫的。

溫暖而柔軟，從四面八方漫上來，溫柔地包裹住躍入其中的瘦小孩子。蘇摩在一瞬間覺得難以言表地舒服，不知不覺就放鬆神志，讓自己不停下沉、下沉……如同回到了遙遠的母胎裡。

當那個孩子小小的身影從井口消失後，如意依舊站在冷月下，怔怔地看著那口深邃的井，眼神黯然，忽然間有淚水奪眶而出。

「怎麼，捨不得嗎？」一個蒼老的聲音冷冷問。

冷月下，三位原本應該回到鏡湖大營的長老，赫然出現在此處。

「長老。」如意連忙拭去眼淚行禮。

泉長老問：「妳把那個符咒放到他身上了嗎？」

「是的。」如意低聲回答，臉色蒼白。「他……一點戒備都沒有，以為那只是我送他路上吃的乾糧。」

「很好。這樣一來，那孩子就毫無防備地墜入『大夢』之中了。」泉長老走到井台旁，俯視一眼黑洞洞的井口。「這孩子身負海皇之血，如果不讓他放鬆警惕，我們的術法可是很難起效果。全虧了妳，如意。」

如意沒有說話，臉色蒼白。

「今晚這件事情絕密，只有我們四個人知道。」泉長老看著其他三個人，一字一頓說道：「不能讓第五人知道。大家明白了嗎？」

「明白。」幾位長老斷然回答，毫不猶豫。

泉長老回過頭，對著另外兩位長老說道：「好，時間不多，我們開始吧。『大夢之術』是雲浮幻術裡最高深的一種，需要我們三人合力，趁著月光射入井口的瞬間進行。大家快一點。」

「好。」三位長老連袂，圍住了古井，就在那一瞬間，所有遮蔽井台的青苔頓時消失，自那些古老的石頭上發出閃耀的光芒。

那是一圈圈的符咒，被鐫刻在井上，密密圍繞著井口，如同發著光的圓圈，通往黑黝黝的另一個世界。

三位長老在冷月下開始祝頌，聲音綿延宏大，似是用盡了全部的靈力在操控著什麼。隨著咒語不斷吐出，深井裡的水忽然微微泛起了波瀾，一波一波翻起，形如蓮花，在月色下盛開。隨著水波的湧動，水裡無知覺漂浮的孩子也微微動了動，如同在母胎羊水裡沉睡的胎兒，顯得無辜而純淨。

他的脖子上掛著如意送給他的那個小錦囊，裡面也有同樣的金光隱約透出，一圈一圈擴散，將孩子圍繞在水裡。

如意不忍心再看下去，回頭走回前廳，掩上了門。

蘇摩此刻應該很開心吧？那個小小的孩子，毫不猶豫地從井口一躍而下，便以為可以拋下國仇家恨，從此海闊天空，自由自在地回去尋找他的姊姊，尋找他自己想要的那種生活。

可是，這個天真的孩子不知道，這一切都是不能被容許的。

作為鮫人的海皇、背負一切的復興者，怎能就這樣拋下一切，回到一個空桑人身邊去度過餘生？所有的族人，甚至是她，都不會允許這樣的選擇存在。人心的力量是強大的——可是，一個人的心意，又怎能比得過無數人的執念呢？

「沒事，他只是睡著了……在一個深深的夢境裡。」

她的聲音輕如夢囈，似乎是在安慰自己。

「等這孩子醒來，一切都好了……他會從夢裡醒來，忘記不該記得的東西。我們的海皇會回來，我們的海國也會復生。

一切都會好起來。」

蘇摩被困在一口古井裡，介於生死之間，不知身在何處。他並不知道，他所要尋找的朱顏，此刻也陷入漩渦之中，被一個晴天霹靂震驚。

「你們聽說了嗎？皇太子已經選好了太子妃呢。」

「皇太子？他不是失蹤了嗎？」

「呸呸，當然不是說原來那個皇太子！現在誰還關心那個人啊……我說的是帝君新冊立的皇太子，白皇后生的嫡長子！」

「啊？是那個大神官嗎？他……不是剛回到帝都嗎？這麼快就冊妃了？」

「動作快得很，不愧是趕來撿便宜的。嘿嘿……昨天晚上就去白王在帝都的府邸選妃，聽說當場就下了定呢。」

「哎，那他選了白王家哪個郡主？肯定不會是雪鶯郡主……難道是雪雁？」

「那你就猜不到了吧？人家偏偏選了弟弟的女人……嘻嘻。」

「啊！不會吧？天啊……」

「真的真的。白王府那邊的玉兒告訴我的，我也嚇了一跳呢。」

「天啊……新的皇太子不會是發瘋了吧？」

一大清早，朱顏剛剛醒來，模模糊糊中照例聽到外間侍女的竊竊私語，如同聚在一起的一群小鳥。她習慣了這回事，也懶得睜開眼睛，想多睡一會兒，然而聽著聽著，便被聽到的消息震得從榻上跳起來。

「什麼？」她一下衝出去，抓住正在低聲閒聊的侍女，失聲問道：「妳們……妳們剛才說什麼？」

「郡、郡主？」外面兩個侍女冷不丁嚇了一大跳，手裡的金盆差點落在地上，結結巴巴說：「您……您這麼早就醒了？」

「妳們剛才說什麼？皇太子……皇太子昨晚去白王府邸選妃？」朱顏一把抓住一個侍女的衣領，幾乎把她提起來，厲聲道：「他到底選了誰為妃？快告訴我！」

侍女戰戰兢兢地回答：「選……選了雪鶯郡主。」

「雪鶯？」朱顏的手僵硬了一下，下意識地脫口而出：「胡說八道！怎麼可能是她？」

「是……是真的啊。」侍女喘了口氣，小聲地說：「昨晚消息就從白王府傳出來了，大家誰都不敢相信……可是今日清早，帝都下達了正式的旨意，準備派御史給白王府送去玉冊，這事情便千真萬確了。」

「開……開什麼玩笑！」朱顏失聲。「雪鶯要嫁給他？不可能！」

她臉色倏地蒼白，赤著腳不由分說便往外跑去。

「我去問問雪鶯！這到底是怎麼一回事？」

「郡……郡主！」侍女不由得嚇了一跳。「您還沒梳妝呢！」

然而侍女們哪裡叫得住？只是一轉眼，朱顏便已經消失在外面。

侍女們怔在原地，不由得面面相覷。

這……到底是怎麼回事？郡主和雪鶯不是非常要好的姊妹嗎？如今雪鶯出人意料地被皇太子選中，郡主難道不應該替好姊妹高興嗎？為何她乍一聽說，卻是這種激烈的奇怪反應？

從赤王府行宮到白王府行宮有十餘里，然而朱顏氣急之下，顧不得帝都內不許擅用術法的禁令，竟然用了縮地術，只是一瞬便抵達。她顧不得繁文縟節，越過了宮牆，倏地出現在雪鶯的房間裡。

房內香氣馥郁，簾幕低垂，寂靜無聲。

她熟門熟路地往裡衝過去，撩起簾子，在昏暗的光線中看到床上的雪鶯。她的閨中好友顯然還在沉睡，繡金的錦緞裡只看到一張臉蒼白得毫無血色，單薄憔悴，眼角有斑駁的淚痕，在夢裡還在喃喃喊著時雨的名字。

朱顏只看了好友一眼，心裡便定了一定，氣頓時平了——雪鶯這種樣子，怎麼看也不像是剛被冊封為太子妃啊。外面那些流言蜚語，哪是能信的呢？

她不想打擾好友的睡眠，剛要悄然退出，全身卻忽然僵住了。

玉佩！在雪鶯的枕邊，赫然放著那一塊她熟悉的玉佩！

朱顏顫抖了一下，彎下腰一把拿過來，反復看著，臉色漸漸蒼白——這塊價值連城的玉佩，正面雕刻著空桑皇室的徽章，反面雕刻著一個「影」字。她確定是時影的隨身物品。

朱顏身體晃了一下，彷彿被燙著一樣鬆開手。「叮」的一聲，玉佩跌落在床頭，發出清脆的聲響。

「誰？」雪鶯被驚醒，矇矇矓矓睜開眼睛，看清楚了來人，失聲驚呼：「阿……阿顏？妳怎麼來了？」

清晨的光線裡，她看到最好的朋友從天而降，正臉色慘白地看著她，嘴唇微微顫抖著，似乎想說什麼卻又說不出話來。那枚玉佩已經滑落，跌在枕邊。

她知道了？雪鶯下意識地握緊那枚玉佩，臉色也是倏地蒼白。

「是真的嗎？」沉默了許久，朱顏只問了那麼一句話。

雪鶯轉開頭去，不敢和好友的視線對接，點了點頭。

「是真的？妳……妳要嫁給他？」朱顏還是不敢相信。「妳不是很恨他嗎？這到底怎麼回事啊！妳是瘋了嗎？」

雪鶯不知道說什麼好，纖細雪白的手指有些痙攣地握緊玉佩。昨日自裁的那一刀還在胸口隱隱作痛，然而好友的這句問話比尖刀更加刺心。

「啟稟雪鶯郡主，已經過辰時了。」寂靜之中，侍女隔著門小聲地稟告：「王爺、王妃說今日大內御史一早便出發前來冊封太子妃，眼看就快要到了，還需郡主起來梳洗接駕，耽誤不得。」

話語一出，朱顏身體一顫，房間裡一片沉默。

原來，竟是真的！

半晌，雪鶯才低低「嗯」了一聲道：「退下吧。」

侍女退去，朱顏站在錦繡閨閣裡，看著面前的好友，臉龐蒼白得毫無血色。雪鶯被她盯著看得別過了臉去，手指微微發抖。

「這……這到底是為什麼啊？」過了很久，朱顏才開了口，聲音微微發抖。「妳不是恨死他了嗎？為什麼還要嫁給他？不要拿這種事開玩笑！」

雪鶯沉默著，許久才低聲掙出一句：「我……也是走投無路。」

「什麼走投無路？妳明明可以逃走！」看到好友沒有否認，朱顏氣急之下忍不住大喊起來：「我早說了我會幫妳逃跑的！妳……妳分明是留戀富貴、貪生怕死！太子妃這個名頭，就這麼有魔力嗎？」

她說得犀利尖刻，雪鶯臉色慘白地聽著，全身發抖，忽然抬頭盯著她看了一眼。

「阿顏，妳……妳為什麼這麼生氣？」

朱顏震了一下，一時間忽然啞了，半晌才喃喃說：「妳做了這樣荒唐亂來的事，我怎能不生氣！妳……妳不會是想著嫁過去，然後找機會替時雨報仇吧？」

「我害不害他、嫁不嫁他，與妳何干？」雪鶯看著好友，神色也是異樣。「為什麼妳那麼緊張？莫非……妳認識那個人？」

「我——」朱顏脫口，然而剛說一個字便頓住了。

被九嶷的戒律約束，她雖然幼年上山學藝，和時影之間卻從未有過正式的拜師儀式，即便是神廟的名冊上也不曾留下師徒的名分，在外界更是無人知曉。在父王的要求下，她甚至不敢對外提起他們之間的關係。到了現在，她還是不知道該不該和雪鶯提及。

那麼久遠的緣分、那麼漫長的羈絆，到最後，卻不敢與人言說。

雪鶯看著好友微妙的表情，恍然大悟。「妳真的認識他？」

朱顏沉默著，臉色青白不定。

「難怪妳那麼緊張……原來妳是生我這個氣？」雪鶯愣了一下，苦笑道：「害他？妳也太高看我了。他這種人，是我能害得了的嗎？」

朱顏愣了一下，脫口道：「也是。」

是的，師父是何等人？他修為高深，對一切都洞若觀火，又怎麼可能會被雪鶯給輕易騙了過去？

「我在想什麼，皇太子心裡可是明鏡似的……」雪鶯握起那塊玉佩，垂下頭說：「可是，他明明什麼都知道了，卻還是主動提出這個婚約。」

「什麼？是他主動提出來的？」朱顏整個人一震，失聲道：「不可能！」

「是啊，我也不明白他為什麼要這麼做。明明他可以有更好的選擇。」雪鶯若有所思地呢喃：「唉，阿顏，我知道妳一定會生我的氣，但我也是沒辦法……我真的沒有別的路可走了。如果不是為了……」

她說著，忽然間覺得手裡一痛，那塊玉佩竟被劈手搶走。

「不行！妳絕對不能這麼幹！」朱顏攥緊了玉佩，眼裡似乎有烈焰在燃燒。「雪鶯，妳不能昧著良心嫁給完全不喜歡的人，葬送妳自己的一生！」

「我……」雪鶯半晌才長長嘆了口氣，臉色慘白地呢喃，失魂落魄。「我也是沒有辦法啊。」

「到底是為了什麼？」朱顏實在是無法理解。「什麼叫沒有辦法？」

雪鶯沉默許久，終於狠下心來，咬牙低聲說一句：「因為……因為我有了。」

「嗯？」朱顏一時間沒有回過神來，莫名其妙地問：「什麼有了？」
「我有孩子了！」雪鶯的聲音細微，略略顫抖，垂下眼睛撫摸著自己的腹部，眼神哀傷而溫柔。「我……我沒有別的辦法。」
「什麼！」朱顏驚得幾乎跳起來，往後退了一步，端詳著好友，不可思議地喃喃說著：「這……這什麼時候發生的事？不可能！你有他的孩子了？」
一邊說，她一邊又看了看雪鶯的小腹。雖然凸起得並不明顯，但和她消瘦的體型大不相配，的確是有了兩、三個月身孕的樣子。那一瞬，朱顏臉色煞白，只覺得一股怒火從心底直沖而起，轉身打算奪門而出。
雪鶯連忙拉住了她說：「不！是時雨的孩子！」
「時雨？」朱顏怔了一下，將正要往外急奔的身形硬生生地頓住，臉上的表情也從狂怒轉為驚訝，然後從驚訝轉為尷尬和恍然，頹然重新坐下。「啊？是……是時雨的……遺腹子？」
「嗯。」雪鶯低下頭，眼裡漸漸有淚水盈眶。「那一次，我們偷偷相約跑出來去葉城遊玩，一路上都住在一起，時雨他天天纏著我，非要……我拗不過他，就……」
「好、好，我知道了。」朱顏心裡恍然，也不知道是鬆一口氣還是沉了一分，頓足失聲：「妳也太輕率了！怎麼就這樣被那小子的花言巧語給騙上床？沒成親妳就懷了孩子，萬一被妳父王知道，他一定會……」

說到這裡，她猛然愣了一下：是了！白王先將雪鶯許配給紫王內弟，後來又同意這門婚事，顯然並不知道雪鶯已經懷孕。否則，任憑他有多大膽，也不敢把懷著時雨孩子的女兒許配給時影。

「如果時雨還在，就算我懷了孩子，父王也只會欣喜若狂地催我們快成親，所以那時候玩得瘋，我倒是不怕。」雪鶯低聲道，眼神卻全是絕望，哽咽出聲。「可是誰會想到如今的情況？時雨不在了，我私下托人去找青妃娘娘，但寫了幾封信一直沒有回應。我……我真不知道該怎麼辦。」

朱顏跺腳道：「妳為什麼不早點跟我說？」

「我不敢告訴任何人。」雪鶯看了一眼好友，眼裡有羞愧和感激的神色交錯而過。「我不敢告訴父王，也不敢告訴母妃……這個孩子是時雨唯一的遺腹子，身分特殊，我生怕一被人得知，便會……」

朱顏愣了一下，心裡不由得一冷。

雪鶯終究還是信不過她。她是擔心自己會把祕密洩露出去，威脅到腹中孩子的生命，所以才絕口不提。

如果時雨還是皇太子，那麼她腹中的這個孩子就會成為雲荒的繼承人。但如今局面急轉直下，白王決定擁立時影，轉向與青王為敵，她肚子裡的孩子無疑便成了一個隱患，若是被她父親知道，只怕會為了免除禍患而催逼女兒墮胎吧？雪鶯這麼害怕，也是有原因的。

朱顏愣了半天，忽地問：「那時影……他知道這個孩子嗎？」

「他……他什麼都知道。」雪鶯輕聲說著，臉上露出奇特的表情。「他說只要我答應當太子妃，他便會保護我們母子不受任何傷害。」

「什麼？」朱顏怔住了，一時間完全無法理解。「他沒發瘋吧？」

「我……也覺得這事情太不可思議。」雪鶯停頓了一下，似乎不知道怎麼回答，只能露出一個無可奈何的苦笑。「可是，就算我不信又有什麼用呢？我如果不答應他，就得被父王逼著嫁給那個老頭子……到時候事情暴露，依舊是一屍兩命，死路一條。」頓了頓，她彷彿用盡最大的勇氣，輕聲道：「反正都是沒有活路了，我……我還不如去搏一搏。」

朱顏沉默下來，只覺得腦子裡一下子被塞進太多訊息，一時間有點紊亂，思前想後，只明白了一件事，看著好友喃喃說：「那麼說來，妳真是自願的了？」

「是的，我是自願嫁給時影。我沒有其他的路可走。」雪鶯苦笑著，看著好友。

「阿顏，我沒妳那麼大的本事，可以獨身闖蕩天下，什麼也不怕。除了接受命運，我……我不知道還能怎麼辦。」

「怎麼會沒有？」朱顏看著好友蒼白憔悴的臉，心裡有一股熱血慨然而起。「別的不管，我只問：妳是真的想要這個孩子嗎？」

「當然！」雪鶯脫口回答，眼神裡有亮光，哽咽說道：「如果不是為了這個孩子，我怎麼還會苟活在世上？這是時雨的唯一骨血！」

「好！」朱顏很少在這個柔弱的好友身上看到這樣堅決的眼神，慨然道：「我可以帶妳離開帝都、給妳錢、幫妳找地方住，安頓妳的下半生！妳何必陪葬自己的一生，去嫁給時影當幌子？他害死時雨，妳不是恨死他了嗎？」

雪鶯停頓一下，低聲道：「他……他說，時雨不是他殺的。」

「是嗎？」朱顏怔了怔，脫口而出：「他說不是那肯定就不是了。」

話說到這裡，她想起時影曾在馬車裡對她親口承認時雨的死和自己有關，心裡不由得一冷——當初她也追問過他同樣的問題，得到的卻是默認。他說得那麼波瀾不驚，就好像兄弟相殘不過是理所當然，甚至令她信以為真。

師父這樣高傲的人，是從不肯為自己辯白的，哪怕是被舉世誤解，也懶得抬手抹去那些黏上來的蛛絲。可是，為什麼他獨獨和雪鶯說了實話？

他……他難道就這麼想說服雪鶯嫁給他嗎？

一想到這裡，朱顏只覺得一股怒火直往上沖，跺了跺腳，咬著牙道：「不行！無論如何妳都不能嫁給他！」

「現在帝君已經下旨，我還能怎麼辦？」雪鶯聲音軟弱，哀哀哭泣。「阿顏，我相信人的一生都有命數。我就要被冊封為太子妃，妳也馬上要嫁給我哥哥……一切都已經太晚了。」

「誰說的？不晚！」朱顏卻不信，咬牙道：「來得及！」

「那妳想怎麼辦？」雪鶯抬起蒼白的臉苦笑。「現在帝君已經派御史到門外，妳讓我這時候悔婚出逃，父王怎麼交代？白之一族怎麼交代？」

「總有辦法交代的……先跑了再說！」朱顏不耐煩起來，跺腳說道。不知怎的，一想到自己最好的朋友就要懷著孩子嫁給師父，她心裡頓時亂成一團。這世上，怎麼到處都是這種匪夷所思、顛倒錯亂的事？

師父是腦子壞掉了嗎？為什麼想要娶雪鶯？是不是在夢華峰頂接受五雷之刑後連神志都被震碎，所以才會做出這種奇怪荒唐的事情？

不，她絕對不能坐視這種事發生！

然而，就在兩人對峙的時候，聽到外間簾影簌簌一動，侍女緊張地跑進來，隔著臥房的門小聲稟告：「郡主……來冊封太子妃的御史，已經到一條街之外了！王爺、王妃都已準備好接駕，來催您趕緊出去！」

冊封太子妃的御史？帝都的動作竟然那麼快！昨夜才定下人選，今天便要冊封？如此雷厲風行，真不愧是他的風格。

朱顏再也按捺不住，劈手奪了那塊賜婚用的玉佩，問了雪鶯最後一個問題：「他有給妳玉骨嗎？」

「玉骨？」雪鶯怔了一下。「那是什麼？」

聽到這個回答，朱顏的眼裡忽然一亮，忽地笑起來：「太好了……果然還不晚！」

「阿顏，別胡鬧了！妳要做什麼？」雪鶯失聲，虛弱地掙扎起身。「快、快把玉佩還給我……大內御史快要到門外了！」

話音未落，眼前紅影一動，人早已消失。

朱顏出了白王行宮，一路便朝著紫宸殿方向奔去，然而剛剛奔出一條街，道路便已經被封鎖，出現把守的士兵，上前大聲說道：「御史奉旨前往白王行宮！閒雜人一律回避！」

御史？是拿著玉冊來冊封太子妃的嗎？已經到這裡了？

朱顏本來已經足尖一點躍上牆頭，準備奪路而走，聽到這句話不由得頓住腳步，回頭看了一眼前來的一行人。她忽然間一跺腳，手指飛快結一個印，身形就消失在日光之下。

外面已是正午，深宮裡卻還是簾幕低垂，暗影重重，有森然的涼意。那是濃重的死亡陰影，悄然籠罩這個雲荒的心臟，帶來不祥的預示。

北冕帝頹然靠在臥榻上，喘息了許久。最近幾日他的身體狀況越來越糟糕，像是有一股力量在抽取著他的生命，每做一個微小的動作都幾乎要耗費全部精力。

「別動。」時影從榻前俯下身，手按在北冕帝的膻中上。每一次替父親續命，都需要消耗他大量的靈力。

「大司命他……他去了北方。」等略微好一些，垂死的北冕帝開了口，對嫡長子道：「咳咳，紫台……青王府。」

「我知道。」時影靜靜道：「他來和我告別過了。」

「那傢伙……還真是任性啊。」北冕帝喃喃說道：「都一大把年紀了……咳咳，誰的話也不聽……說走就走。讓他帶一些人手去……咳咳，也不肯聽我的。」

「大司命是為了空桑大局才冒險前去。我相信以他的修為，即便不能成功，要全身而退也不難。」時影的聲音平靜，對父親說道：「您身體不好，就不要多操心這些事了。」然而，他的語氣裡並沒有溫度，也不關切，似乎服侍父親只是一件必須要做的事情。

北冕帝過了半晌，忽然道：「你……為什麼選了雪鶯？」

時影放在膝蓋上的手指動一下，聲色卻不動：「您並沒有說過雪鶯郡主是不可選擇的，不是嗎？」

「是。」北冕帝點了點頭，喃喃說：「可是，你為什麼要這麼做？即便是青妃害死你的母親，但現在……咳咳，你已經報仇了。為何……為何還要意氣用事，非要將時雨生前所愛的女子也據為己有？」

「您未免太小看我。」時影聽到這句話，眉頭微微動了一下。「我這麼做有我的理由，做決定之前也已經想得很清楚，並非意氣用事。」

北冕帝皺了皺眉頭問：「你的理由是什麼？」

時影沒有回答，只道：「現在還不能說。」

北冕帝沉默了一下，抬起昏沉的眼睛看著嫡長子——二十幾年過去，那個自小在九嶷山苦修的少年已經長大成冷峻挺拔的青年，在深宮的燭光下端坐，穿戴著皇太子的冠冕，俊美端莊猶如神靈。然而，他的眼睛是冷的，似乎任何光線都無法穿透。

北冕帝直直地看了兒子許久，忽然嘆了口氣。「那麼……咳咳，你已經把玉骨給雪鶯郡主了嗎？」

「玉骨？」時影震了一下，搖頭道：「不，昨日用的是玉佩。」

北冕帝的眉頭皺一下，低聲說：「那玉骨呢？」

「還在這裡。」時影探手入懷，將一枝通體剔透的玉簪拿出來。

北冕帝在燈火下凝視著這件舊物，眼神複雜地變幻著。「玉骨……是空桑皇帝給皇后的結髮簪啊……咳咳，你既然已選定太子妃，為何只給了玉佩，卻沒有用玉骨呢？」

時影淡淡回答：「在空桑皇室規矩裡，並沒有要求必須用玉骨做聘禮。」

「咳咳……動不動就抬出皇室規矩來堵我。」北冕帝看著自己的嫡長子，混濁的眼裡閃過一絲洞察的光。「影，我怎麼覺得……咳咳，你的確是在意氣用事。終身大事……要想清楚了。」

時影沉默下去，似乎不想回答這個問題。

「我這一生非常失敗，是個糟糕的丈夫……咳咳，和更糟糕的父親。而這一切的一切……都源於我選擇了錯誤的婚姻。」北冕帝虛弱地咳嗽，抬起枯瘦的手，緊緊握住兒子的手腕。「影，你是我的嫡長子，我希望你……咳咳，希望你，不要重蹈我的覆轍。」

時影全身一震，觸電一般抬頭，對上老人垂死卻灼熱的凝視。畢生隔閡的父子在深宮內默然相對，長久無語。

「不會的。」沉默了片刻，時影低聲說：「我知道自己在做什麼。」

「不。」帝君卻開了口，衰弱的語氣裡透露出一種罕見的嚴厲，斷然反駁：「你不知道自己在做什麼。」

時影雙眉一蹙，忍不住長身立起，硬生生壓住怒意，只道：「此事不用多議，我已經選定了太子妃。」

「不行。」北冕帝蹙眉，劇烈地咳嗽起來。

聽到這兩個字，時影愕然回頭，冷笑一聲說：「怎麼，您對我袖手旁觀了那麼多年，不會在這當口上忽然跳出來，要在我的婚事上顯示您作為帝君和父親的雙重威嚴吧？如今天下局面岌岌可危，空桑皇室和白族這次的聯姻意義重大，您應該也清楚。」

「可是……咳咳，終身大事，同樣意義重大啊。」北冕帝咳嗽著，低聲說：「無論如何……不能操之過急。」

時影不想繼續和他談論這件事，只是淡淡說一句：「您就好好養病吧。」

他伸出手，想從父親的手裡要回玉骨，然而北冕帝死死地將玉骨攥在手心，竟是不肯交還給嫡長子，劇烈地咳嗽著說道：「不！這玉骨……咳咳，這玉骨不能給你。不然……所托非人。」

「那你就自己留著吧。」時影冷然，聲音裡也動了一絲氣性。

話音未落，忽地聽到門外有急促的腳步聲傳來，內侍匍匐在簾子外，聲音帶著幾分惶恐：「啟稟帝君，大內御史有急事求見！」

大內御史？那不是早上剛剛奉旨去白王那邊冊封新太子妃嗎？冊封禮儀複雜，至少要耗費一日的時間，怎麼這麼快就回來覆命？

北冕帝怔了一下，咳嗽著說：「宣。」

一聲旨下，門外簾子拂開，大內御史口稱萬死，踉踉蹌蹌地連滾帶爬進來，在病榻前跪了下去，磕頭如搗蒜，連一旁的時影都不由得吃了一驚。

「平身。」北冕帝虛弱地道：「出……什麼事了？」

「臣……臣罪該萬死！今日臣奉旨前去白王行宮，不料在半路上被人搶劫！」平時風度翩翩的大內御史有些語無倫次，帽子不見了，頭髮散亂，顯然是受到極大的驚嚇，喃喃說：「在天子腳下……竟、竟有狂徒膽敢如此！」

「搶劫？」北冕帝愣了一下。「搶了什麼？」

「冊、冊封太子妃用的玉冊！」大內御史臉色青白，聲音發抖。「光天化日下……真是……真是……」

此話一出，不要說北冕帝，連一旁的時影臉色都沉了一沉。

「到底怎麼回事？」北冕帝咳嗽起來，旁邊的時影不作聲地抬起手扶著，同時蹙眉扭頭看向地上的人。

大內御史在這種日光下只覺得有無形的威壓，聲音更是顫抖得凌亂無比，訥訥道：「臣……臣奉旨出了禁城，一路都好好的，可剛剛到白王行宮門口，馬車忽地自動停下來！無論怎麼抽打，卻都不肯動！就好像中邪了一樣！」

聽到這裡，時影眉頭又皺了一下。

——這分明用的是術法。又是誰做的好事？

「咳咳……到底怎麼回事？」北冕帝不耐煩地咳嗽。「後來呢？」

大內御史連忙磕頭道：「臣……臣只能命人去察看出了什麼事，可是，剛一掀開簾子，就看到一陣風捲進來！臣也沒看到人影，只覺得手裡一空，玉冊竟然被劈手搶走！」

「什……什麼？」北冕帝也怔住了，不敢相信會有這樣的事。「是誰這樣大膽妄為？光天化日之下……咳咳，為何要搶走玉冊？」

「臣罪該萬死！竟然連人影都沒看清！」大內御史匍匐在地，不停地叩首，顫聲說：「那人身懷絕技，來去如風，不但御馬不肯動彈，連左右侍從都來不及護衛！那時候臣想要拚死保護玉冊，結果被那人……」

說到這裡，御史捂住了臉，不敢再說下去。

在他白胖的臉上，赫然留著一個清晰的掌印——手指纖細，竟似是女子，然而力氣之大，又媲美壯漢，幾乎把半邊臉打腫。

時影聽到這裡終於皺了皺眉，開口：「那個人有說過什麼嗎？」

「沒……沒有。」御史羞愧地捂著臉，訥訥道：「臣……臣死命護著玉冊，不肯放手，被她抽了一個耳光，耳朵裡嗡嗡作響，跌倒在地。只依稀聽見她冷笑了一聲，劈手搶了便走……聽聲音似乎是個年輕女子。」

「年輕女子？」時影看著御史臉上的掌印，神色有些複雜。

「是……是的。」御史捂著臉，不是很確定地說：「好……好像還穿著紅衣服？臣……臣被打得頭暈眼花，只看到一道紅影一閃，人就不見了。」

北冕帝聽到這裡，眼裡忽然露出一種奇怪的光，扭頭看著兒子。時影一直沉默，臉色卻是複雜地變幻著。

「臣罪該萬死！」大內御史連忙磕頭。「請帝君降罪！」

然而，當灰頭土臉的大內御史跪在地下，驚慌失措地痛陳自己遭遇了怎樣的驚嚇和虐待時，臥病已久的帝君聽著聽著，不知道想通了什麼事，竟然忍不住大笑起來：

「哈哈哈……有趣！」

「帝君？」御史怔了一下，被北冕帝反常的態度震驚。

「有趣……有趣！」虛弱重病的老人在病榻上放聲大笑，竟似聽到了什麼極好笑的事情，笑得咳嗽起來。「真是個有趣的女娃兒！」

御史跪在地下，愣是回不過神來。

帝君這是怎麼了？在堂堂帝都、天子腳下，冊封皇太子妃的玉冊被人攔路搶劫，居然會覺得有趣？帝君……不會是病入膏肓到神志不清了吧？

「好，此事已知悉。」不等御史有機會表示疑惑，坐在帝君身側的皇太子冷冷地說了一句，打發他下去。「帝君身體不好，已經累了，你也先退下去養傷吧。此事從長計議。」

「可是……」大內御史訥訥，一頭霧水地退出來。

玉冊丟了是大事，難道不該馬上發動緹騎去緝拿犯人嗎？

當大內御史退下後，空蕩蕩的深宮裡，只有父子兩人相對無言。北冕帝笑了半晌才漸漸平息，開始咳嗽起來，嘴角卻猶自帶著笑意。

「是她吧？」北冕帝喃喃說著，看向嫡長子。

時影沒有回答，卻也沒有否認，神色複雜。

「那丫頭……還真是大膽。」北冕帝咳嗽著，看了兒子一眼。「居然敢在光天化日之下劫持御史，搶走玉冊？咳咳……砍頭的大罪啊。」

「我現在就去把玉冊拿回來。」時影沒有回答父親的問話，只是簡短說一句：「簡直無法無天。」

「影！」老人抬起枯瘦的手按住兒子。「你要想清楚。」

「我想得很清楚了。」時影不動聲色地從北冕帝手底下抽出了袖子。「放心，為了保證安全，等這一次奪回玉冊，我會親自帶著御史去白王府，一路把玉冊交到未來的太子妃手上。」

北冕帝看著兒子冷冷的側臉，說不出話來。

影的脾氣從來是遇強則強、從不退縮，想做的事就算九頭牛也拉不回來。那個小丫頭，怎會以為搶走了冊妃的玉冊，便能阻止事情發生？

「你……」知道無法阻攔嫡長子，帝君只是頹然長嘆：「影，你自幼天賦過人，樣樣出類拔萃，但在如此重大的事情上竟然棋錯一著，將來……咳咳，將來你一定會後悔的。」

時影的背影在門口停頓一下，沉默不答。

「這不是我能夠選擇的。」當北冕帝以為嫡長子終於有所動搖的時候，卻聽到他低聲說了一句話，語氣裡竟然有無盡的低回。「我只是被選擇的。要說後悔，也不是我能後悔。」

什麼？北冕帝吃了一驚，握緊玉骨。

聽這語氣，難道……是那個女娃兒不要他？

然而尚未來得及開口詢問，時影已經拂開了重重簾幕，轉身從宮殿的最深處走出去，頭也不回。

外面正是盛夏的光景，綠蔭濃重、烈日如焚。那樣炙熱的陽光如同岩漿，從天宇直瀉而下，將所有一切都籠罩在無法躲避的熱浪裡。一襲白袍的時影在深宮裡獨自行走，卻顯得毫無暑氣，甚至他走過的地方也是陰涼頓生。

然而，剛穿過長廊，日光忽然微微暗了一下。那只是極其微妙的暗，轉瞬即逝，如同一片巨大的蟬翼掠過。

那一瞬間，時影霍然抬手。

風聲剛起，他頭也不回，左右兩隻手卻分別在袖子中結印，飛快地釋放兩個不同的咒術。兩道光從袍袖中直飛出去，攔截住什麼無形的東西，只聽轟然一聲響，整個庭院都震了一震。

一道紅影從薔薇花架子上落下來，落地時輕呼一聲，似乎扭了腳。

時影頭也沒有回，淡淡道：「妳竟然還敢來這裡？」

那是一個紅衣少女，大約十八、九歲的年紀，容顏明豔如同此刻盛開的紅薔薇，歪歪斜斜地靠著柱子站著，揉了揉腳跟嘀咕：「我……我在這裡等你半天了。你和帝君一直在裡面說話，我也不敢貿然闖進去……唉，外頭可熱死了。」

他沒有聽她囉唆下去，只是抬起一隻手說：「拿來。」

「什……什麼拿來？」朱顏下意識地往後退一步，以為他又要釋放什麼咒術，然而時影只是抬起手，不動聲色地說道：「玉冊，還有玉佩。」

「啊？」畢竟年紀小沒有心機，朱顏瑟縮一下，完全忘了抵賴，脫口道：「你……你怎麼這麼快就知道是我？」

看到她承認，時影的神色終於略微動了一動，嘆了口氣：「不是妳還會是誰？這世上，還有誰會做這等大膽荒唐的事情？」

朱顏聽到這裡，臉忽然紅了一紅。

然而，她還沒來得及繼續想下去，只聽他冷冷道：「不要胡鬧了，再鬧下去就是大罪。快把玉冊和玉佩還回來，不要耽誤正事。只要交回來，這一次就不追究。」

「不！」她往後退一步，護住手裡的東西。「不能給你！你拿了這些，又要去娶雪鶯了！你……你不能娶雪鶯！絕對不行！」

「絕對不行？」他的神色終於冷下來，看著她忽地失去耐心。「我是空桑的皇太子，雪鶯郡主是白王的嫡女，這門婚事門當戶對，空桑上下無不贊成，妳憑什麼說『不行』兩個字？」

她從未領教過他的這種語氣，一時間臉色煞白，不知道該怎麼回答，嘴唇微微顫抖，只道：「我……我……」

他只是冷冷將手伸過去說：「還給我。」

然而，話音未落，只聽「喀嚓」一聲，朱顏死死地盯著他，忽然一跺腳，竟然硬生生將那塊玉佩一分分捏得粉碎。那一瞬，她眼裡烈焰般的光芒，竟然讓時影震了一下，回不過神來。

「好！還給你！」朱顏咬著牙，將捏碎的玉佩扔在地上，又將玉冊抽出來，想一把掰斷。「都還給你！」

「妳！」時影低喝一聲，抬起手指。

朱顏只覺忽然間手裡一痛，玉冊被無形的力量瞬間飛快地抽走，她自己也立足不穩，幾乎跌倒在地。然而她也是反應迅速，不等站穩，反手便起了一個訣，一道光從指尖飛射而出，只聽「叮」的一聲，凌厲的光芒擊碎玉冊，順帶著將背後的薔薇架子都削去半邊，神殿前頓時一片狼藉。

「居然在這裡用出落日箭？」時影看著勢如瘋虎的她，終於忍不住真正動了怒。「妳瘋了嗎？」

彷彿是怕她繼續發狂，他一出手就用了縛靈術和定魂咒，另一隻手結了印，準備對付她後續的反抗。從蘇薩哈魯回來之後，最近一年她進步神速，不可小覷，更何況現在是在伽藍帝都的禁城內，若不迅速制服這不知天高地厚的小妮子，只怕要把這內宮攪得天翻地覆。

然而，出乎意料的是，直到他的咒術落到她身上，朱顏都沒有任何反抗的意思。她擊碎了玉冊、捏碎了玉佩，彷彿完成一個心願，只是站著抬頭定定地看著他，一動不動，眼睛裡蓄滿淚水。

時影心裡一驚，下意識地將縛靈術飛快地撤回來，只怕真的落下去傷到她。然而，在他撤回術法的那一瞬，她忽然飛身撲了上來。

那一瞬，撤回的縛靈術正以雙倍的力量反擊回他自身，在這當口，如果她再釋放咒術順勢攻擊，即便是他，一時間也定然難以抵擋。

然而，朱顏沒有用任何術法，也沒有任何防護，就這樣撲入他懷裡，爆發出一聲啜泣：「師父！」

他吃了一驚，下意識地想往後退，卻還是被她一把抱了個結實。

「師父！」她不顧一切地撲上來，抱住他的脖子，抽抽噎噎：「到底是怎麼了？事情……事情怎麼會變成這樣子……」

她哭得那樣傷心，像個受盡委屈的孩子，滾燙的眼淚如同斷線的珍珠一滴滴落下，打濕他的衣領。那一瞬，盛夏灼熱的陽光似乎更加熱了起來，幾乎是灼烤著人的心肺，令他呼吸都幾乎停頓。蟬鳴、風聲瞬間寂滅，天地間只有她的哭聲在耳邊迴盪，那麼近，又那麼遠。

「不要哭了。」他有些苦痛地閉上眼睛，低聲嘆息，只覺得心裡忽然間有一種軟弱洶湧而來，無法阻擋。

「到底是怎麼了！」她趴在他的肩上，哭得撕心裂肺，完全不顧會不會被旁人看見，嗚咽著說：「你……你為什麼要娶雪鶯！她明明不喜歡你，你也明明不喜歡她！你……你為什麼要做這種莫名其妙的事！」

「喜不喜歡，又有什麼關係呢？」時影茫然地回答，語氣中充滿嘆息。「在這個世上，本來就很少有人真的能和自己所愛之人在一起。」

「可……可是，那也不能和一個毫不相干的陌生人耗上一輩子啊！能活一次多不容易。」她抬頭看著他，明亮的眼睛裡有晶瑩的淚水，搖搖欲墜，幾乎像火焰一樣耀眼奪目。「師父……我、我不想你這樣。」

他吸了一口冷氣，僵在那裡，很久很久沒有說話，眼神複雜地變幻著，最終深深吸了口氣，只是艱澀地開口：「我說過不要再叫我『師父』。」

「不，我就是要叫！」她卻不管不顧。「這一輩子你都是我的師父！」

時影苦澀地笑了一下，搖頭說：「一輩子？這一切早已結束。妳已經被許配給白王之子，我也冊封了太子妃，事情該塵埃落定。」

「那又怎樣？」她氣急，大聲說：「你又不喜歡雪鶯！」

他淡淡道：「你怎麼知道我不喜歡？」

朱顏脫口而出：「你連玉骨都沒給她！」

他猛然震了一下，說不出話來。

「師父，你……你不能就這樣莫名其妙地把自己的一生葬送了！我好不容易才把你救回來的！」她死死抓住他的衣襟，急得幾乎要掉眼淚。「你明明不喜歡雪鶯，為什麼還要娶她？你……你喜歡的不是我嗎？」

她說得如此直白又熾熱，如同此刻頭頂傾瀉下來的盛夏日光。

時影一震，沒有否認這句話，然而也不知該如何回答，沉默了片刻，只是反問：

「那妳難道是真的喜歡白風麟嗎？」

「當然不啊！」她想也不想，脫口而出：「我只喜歡師父！」

時影猛然震了一下，臉上血色盡褪，蒼白如玉。他吸了一口氣，併起指尖，不知道想要釋放讀心術還是要將她推開，然而心神劇烈地震盪，那個對他來說簡單至極的咒語竟是無法完成。

『我當然喜歡淵！從小就喜歡！你！你竟然把我最喜歡的淵給殺了！渾蛋……我恨死你了！』

『可是，我……我不想留著它了！每次只要一看到它，我就會想到是你殺了淵！我……我怎麼也忘不了那一天的事，再也不想看到它！』

不知道為什麼，在這樣的瞬間，很久以前聽過的那兩句話，又從記憶裡浮出來，在腦海裡一遍遍地迴響，蓋住她此刻灼熱的告白。

每一句，都伴隨著刀鋒割裂心臟似的痛苦。

到底哪一句是真的呢？

這個他看著長大的女孩，看上去是這樣率真無邪，為什麼行事卻如此反復無常，令人無法捉摸？或者，她之前所說是假的？或者，現在所說也是假的？她只是因為不甘心？即便是有著讀心術的他，也無法猜透她說的哪一句話是真，哪一句話又是假。

算了……算了吧，不要去想。

只要斬斷眼前這一切，他再也不會有這樣的苦惱。她所說的一切，無論真或者假，都無法傷害他分毫——那一刻，他竭力克制住胸中的洶湧情感，一分分地推開她的手，沉默不語。

朱顏並不知道在那一瞬他的心裡轉過了多少個念頭，卻也明白他眼裡漸漸熄滅的光芒意味著什麼。她心急如焚，忽然間一跺腳，不顧一切地撲上去，用力一把抱住眼前的人。

「別……」他失聲呢喃，然而剛一動，便有柔軟的唇舌貼上來。西荒少女的吻熱烈而馥郁，如同最烈的醇酒，一瞬間便能令人沉溺。

他在暈眩中踉蹌著後退，背後一下子撞上神殿的門。

沉重的門在瞬間洞開，他們兩人齊齊向內倒去。

在失衡的瞬間，她卻死活不肯鬆開手，彷彿生怕一鬆手就會失去他。兩人一起跌倒在地上，壓倒了一條垂落飄飛的帷幔，發出撕裂的聲響。帷幔從高高的穹頂墜落，覆蓋住他們，如同千重錦幃。

帷幔的背後，露出神像的寧靜面容。黑眸和金瞳從虛空裡一起凝視，看著腳下的兩個年輕人，喜怒莫測，沉默不語。

天光透過神廟的穹頂射落，將少女的側影籠罩在神聖的光與影之中，美得不可方物。朱顏不顧一切地俯下身來，親吻眼前的人，唇舌熱烈又魅惑，連呼出的氣息都似乎帶了馥郁的甜香，令人沉醉。

這種感覺……簡直像是夢境。

愛欲於人，竟是比任何咒術都蠱惑人心。

他的手指觸及她赤裸的肌膚，卻無法使出一點點力氣將懷裡熾熱美麗的少女推開。這一刻降臨的時候，多年苦修竟然不堪一擊，她緊緊擁抱他，如同沙漠的小小獵豹，咬住了獵物怎麼也不肯放開，呼吸間都是香味。

然而，那個熱烈而笨拙的吻剛剛到一半，忽然停住了。

他有些愕然地看向她，有一瞬間的猶豫。那個美麗的少女披散著捲曲的長髮，趴在他的胸口上，微微喘息，似乎有些不知所措地抬頭看著他，紅著臉不好意思地嗤嗤笑了，喃喃說：「啊……那個……接下來，該怎麼做？我……我不知道……師父……你教教我？」

少女的臉龐緋紅，眼神清澈又動人，兼具孩童的天真和美豔的魅惑，只是看一眼，便能令最心如止水的修行者也無法自拔。

「阿顏！」他再也忍不住伸出手，將她擁入懷中。

「皇太子去哪裡？帝君正在找他！」

從中午起，皇太子便失蹤了。內宮被找了個天翻地覆，卻四處不見人影。當夜色降臨的時候，內侍們終於從宮內一路找到伽藍白塔頂上，然而剛剛接近神殿，忽地便有一陣風捲來，巨大的白色羽翼從夜色裡升起，掠過神殿，「唰」地攔住去路。

「神鳥！」內侍們驚呼，往後退一步。

那居然是重明，蹲在白塔頂上，全身羽毛都抖開，四隻血紅的眼睛狠狠地盯著這些靠近的人，喉嚨裡發出低沉的「咕嚕」聲，嚇得內侍們不敢再上前。

對峙了片刻，看到他們還不肯走，重明忽地一伸脖子，一把叼起當先的一個內侍甩下台階。

頓時，所有侍從發出一陣驚呼，連滾帶爬地離開塔頂。

白塔重新安靜下來，重明神鳥收斂了殺氣，卻沒有離開，只是安穩地一屁股蹲在通往塔頂的道路口，喉嚨裡「咕嚕」了一聲，如同一隻正看守著大門的忠犬。如果有人在這時候仔細看去，會發現此刻那四隻血紅的眼睛裡，其實充滿溫柔的笑意。

神廟裡燈火熄滅，良夜安靜，連風都很溫柔。

第四十四章 如風長逝

朱顏在雲荒的最高處沉睡，感覺自己作了一個漫長的夢。

恍惚中，她忽然置身於伽藍帝都的南門外，站在一望無際的鏡湖旁。湖面映照著月光，廣袤而縹緲，宛如幻境。她怔怔看著水面，忽然發現水的深處有什麼東西冉冉升起，朝著她而來。剛開始她以為是一條魚，仔細一看居然是個人影。

那……是個鮫人嗎？

她內心一動，情不自禁地往前走了幾步。裙裾在水面上浮起，如同一朵盛開的花。湖面寧靜無波，有一種反常的絕對靜美，從更高處看過去，她彷彿是站在一面巨大的鏡子上，身周映照出奇特的幻境。

看到她站在那裡，那個水底的幻影停了一停，轉身往回游去，藍色的長髮如同綢緞一樣在水底拂動。

「淵！」那一瞬，她脫口而出：「是你嗎？」

依稀中，她似乎真的看到止淵。那個陪伴她從童年到現在的溫柔鮫人重新出現了，隔著水面回望著站在鏡湖裡的少女，湛碧色的眼眸溫柔而欣慰，卻沒有繼續靠近，只是回過身無聲無息地游向鏡湖深處。

「淵……淵！」她失聲喊道，不顧一切地涉水追去。「你要去哪裡？」

她一腳踩空，整個人往下沉。冰冷的水灌滿她的口鼻，令她無法呼吸。她拚命地想要浮起來，然而彷彿有一隻無形的手按在頭頂，怎麼也不讓她重見天日。她的掙扎漸漸微弱，沉入無盡水底。

「姊姊。」忽然間，身邊有人輕輕叫了一聲。

誰？她渙散的神志忽然一震，勉力睜開眼睛看去。

模模糊糊中，身邊不知何時出現一雙湛碧色的眼睛，宛如霧氣裡的星辰。小小的影子在水下游動，細小瘦長的手臂伸過來，托起她下沉的身體。

「蘇摩？」她不由得脫口驚呼：「是你？」

那個孩子沒有回答，眼裡卻蘊藏了無限的渴盼和不安。

「小兔崽子，你去哪裡？都急死我了！」她不知道哪來的力氣，想要抓住那隻小小的手。然而就在那一瞬，整個湖面天昏地暗、狂風四起，那些撲過來的浪，居然是血紅色的。

「蘇摩！」朱顏猛然一顫，瞬間清醒過來。

醒來的時候，心還在撲通狂跳，她有一瞬的恍惚。一睜開眼，映入眼簾的是兩雙沒有溫度的眼睛：一雙純黑如墨，一雙璀璨如金，正從半空中俯視著她，眼裡都帶著莫測的表情。

這是在……在……伽藍白塔頂端的神廟裡嗎？

下一剎那，朱顏倏地清醒過來，回憶起昨天發生的一切，臉色倏地飛紅，彷彿做賊似地抓起帷幔掩住胸口。周圍很安靜，沒有人影，她這才定了定神，朝四周看去，發現自己正靠在神像腳下的蒲團上。整個神殿裡空空蕩蕩，幾乎能聽到風的迴響。

他……他呢？朱顏心裡一驚，跳了起來，在神殿裡找了一圈。然而，時影已經不在，似乎從沒出現在這裡一樣。

她心裡又冷又驚，披上衣服衝出去。

剛剛踏出神廟，朱顏就不由自主地站住了。原來，這一覺的時間大概過去了五、六個時辰，外面已是子夜。月至中天，群星璀璨，在龐大的璣衡上空緩緩運轉，分野變幻，無聲無息。璣衡下靜默地坐著一個人，披著一身淡淡的月光，手裡扣著玉簡，默然看著蒼穹變幻。

原來……他在這裡？

那一瞬，朱顏心裡定了定，想出聲喊他，卻又莫名其妙地覺得有些畏縮，一時間居然呆在那裡。她自幼天不怕地不怕，從沒有過此刻縮手縮腳的尷尬，簡直不知該上前還是後退。

他一個人在那裡想什麼？會不會……是在後悔？

朱顏遙遙地看著他的背影，糾結了半天，還是沒有勇氣上前，頹然轉過身。然而足尖剛轉過方向，背後忽然傳來一個聲音：「要去哪裡？」

朱顏被這突如其來的問話嚇得顫了一下，忍住了幾乎就要拔腿逃跑的衝動，站住身，強自裝作鎮定地回答：「回……回家啊！都半夜了，我還沒回去，父王一定急死了。」

時影還是不看她，淡淡地問：「回赤王府？」

「嗯。」她怯怯地應一聲，心裡有些忐忑，低著頭不敢看他，竟是不知道期盼他挽留自己還是不挽留自己。

時影點了點頭說：「妳連夜回去，是為了不讓家人知道今天來過這裡嗎？」

「對啊……不然要被打斷腿。」她回答著，愣了一下，忽地明白他想說什麼，連忙點頭保證：「放心！今天……今天的事，我一定不會告訴任何人！」

「是嗎？」時影神色微微一變，冷冷道：「妳想當作什麼事都沒發生？」

「啊？」他的語氣裡有一種尖銳，讓朱顏一下子張口結舌。「不、不是的……不過，反正你不用擔心，我、我先回去再說……」

她剛要溜之大吉，時影卻霍然回過頭，沉聲道：「妳打算就這樣回去，嫁給白風麟？」

「我……」那一刻，她被他眼裡的光芒震懾，嚇得往後又退一步，腳下一絆，磕在璣衡的基座上，「啊」了一聲整個人往後摔倒。

時影眉頭一皺，也不見起身，瞬間便出現在她身旁，一伸手就將她托起來。其實以朱顏的本事，即便是被絆了一腳，也不見得會真的跌倒，但被他那麼一扶，只覺得心神一亂、腳下一軟，便真的跌在他懷裡，頓時全身痠軟，連站起來的力氣都沒有。

他的眉眼近在咫尺，呼出的氣息吹拂著她的髮梢，一眼瞥過，還能看到他衣領下修長的側頸和清瘦的鎖骨。朱顏耳朵一熱，只覺得心口小鹿亂撞，一下子力氣全無，全身微微發抖。

「怎麼了？」他卻以為她是在害怕，冷然道：「昨天妳不是還膽子很大嗎？居然敢在神殿裡——」

然而，話說到一半，他忽地停住了，臉微微一紅。

那一刻，朱顏色迷心竅，不知道哪來的膽子，忽然攀住他的肩膀，將嘴唇驟然貼上去，狠狠又親了一下。

這一次，他依舊猝不及防，僵在了原地，但手裡下意識地一鬆，「啪」的一聲把她給摔到地上。朱顏剛得手便跌了個屁股開花，不由得痛呼一聲。

遠處的重明神鳥「咕嚕」了一聲，四隻眼睛翻起，尷尬地扭過頭去。

「好，別鬧了。」僵持了片刻，時影終於定下神來，伸手將她從地上拉起來，語氣平靜地問道：「妳到底想怎樣？」

「我……我不想怎樣。我……我一定是鬼迷心竅……」朱顏嘀咕了一句，臉色飛紅，低下頭去。「反正今晚的事情是我自己心甘情願的……不不，是我自己主動要求的，不關你的事。」

「不關我的事？」時影眉梢一挑，冷然道：「怎麼會不關我的事？」

「你放心。」朱顏卻以為他是擔心別的，當下拍著胸口保證：「我們大漠兒女敢作敢當、敢愛敢恨，從來不拖泥帶水，更不會苦苦糾纏別人。」

時影微微蹙眉問：「什麼意思？」

「我……我的意思是……」朱顏咬了咬牙，狠下心道：「今天的事情是我自己胡鬧在先，自己跑來，怨不得別人。我不會告訴任何人今天發生過的事，包括我的父王和母妃。你不用擔心。」

時影微微一震，冷冷道：「那要多謝妳了。」

他的話語裡含著譏誚，朱顏臉色一白，似乎被人當胸打了一拳，過了半晌才低聲說：「我……我也不知道自己怎麼了，本來都說好了各過各的，可是早上一聽到你要冊妃的消息，腦子一熱，就什麼也不管地跑來這裡……」她說到一半又說不下去，只覺得心裡一團亂麻似的，羞愧交加、又苦又澀，沉默了片刻，咬牙道：「反正，事情已經這樣，就當作沒發生吧。父王母妃為我操心了半輩子，我可不能這時候再讓他們失望。」

時影沉默，半晌才道：「妳現在竟然如此懂事？」

她一時間沒聽出他這是譏誚還是讚許，嘀咕了一聲：「身為天潢貴胄、王室之女，做事再也不能不管不顧——這是你說過的，不是嗎？」

「對。」他嘴角露出一絲複雜的笑意，點了點頭。「所以，妳就不管不顧地闖來這裡，做了這種事？」

朱顏的臉頓時飛紅，耳根熱辣辣的。

時影冷冷看她一眼，似乎不想再和她說下去，朱顏卻一把抓住他的袖子說：「不過，你無論如何都不應該娶雪鶯。真是太荒唐了！你會害了雪鶯，也害了自己。你明明知道她不喜歡你，是吧？」

「是。」時影淡淡道。

她豁出去地問：「她懷了時雨的孩子，你也是知道的吧？」

「是。」聽到這樣的消息，他仍是不動聲色。

「那你為什麼還要娶她？」朱顏氣急了，不敢相信這竟然會是他的選擇。「太荒唐了……這門婚事，明明是不對的！」

「對不對，又有何重要？」看著她急切的表情，時影語氣卻淡漠而平靜，似乎說的是旁人的人生。「對錯的標準，原本就因人而異。於普通百姓而言，婚配當然是自由的；但我是空桑的儲君，就必須迎娶白之一族的一位郡主——這哪裡有對錯可言？」

朱顏怔住，一時間竟然無言以對。

「於我而言……」時影的聲音低沉，一字一頓地說道：「既然非要從白王的女兒裡挑一個，我為什麼不選一個我認為合適一點的呢？」

「合適？」朱顏怔住了。「你……你覺得雪鶯合適？」

「對。」時影看她一眼。「她是妳的好朋友，妳也希望她能熬過這一關吧？」

「當然！」她斷然回答。

他淡淡點頭道：「那我這麼做，至少滿足了妳這個願望。」

朱顏怔了一下，心裡又苦又甜，卻依舊據理力爭：「可是，明明還有別的許多方法，同樣能令她熬過這一關。可以不用賠上她和你的一輩子的方法。你為什麼非要這麼做？」

「因為還有別的顧慮，比如，她腹中孩子的未來。」時影抬頭看著星空，忽然間嘆息一聲。「我虧欠時雨，希望能在他的孩子身上彌補……若沒有這個遺腹子，等我死了，空桑的帝王之血也就斷絕了。」

「怎麼會？」朱顏失聲道：「你將來遲早會有自己的孩子啊。」

「不會有的。」時影的聲音疏遠而冷淡，一字一句說道：「此生此世，我已經準備孤獨終老，永遠不會有妻與子。」

他的語氣波瀾不驚，卻讓她怔在原地。

「所以，我需要一個名義上的皇后。如果還能有一個名義上的子嗣，豈不是更完美？」時影抬起頭，淡淡看了看天空。「所以，我為什麼不能娶雪鶯郡主呢？從各方面衡量，她都是白王所有女兒裡最適合我的一個，不是嗎？」

朱顏怔在原地，無法回答，甚至漸漸覺得呼吸快要停住。他的語氣很平淡，可是裡面有極深的疲倦和絕望，令她聽得全身發冷卻無法反駁。

即便是到了這樣的絕境，他依舊還能如此冷靜。

「不！」她忍不住叫了起來：「你不能這樣過一輩子！」

「那還能如何？我只能在各種壞的選擇裡，挑選一個略好的。」他的眉梢微微動了一下，看向她，眼神卻是平靜的。「我沒有別的選擇，因為妳並沒有給我那個選擇。」

「我……」朱顏身子猛然一晃，突如其來的刺痛讓她瞬間崩潰，淚水再也無法控制地奪眶而出，接二連三地滾落面頰。她全身劇烈地發抖，卻不能說出一句話。

「妳哭了？」他看著她的表情，眼眸裡有一絲不解。「為什麼？」

「我……」她哽咽著，不知從何說起，只難受得全身發抖。

時影凝視著她，語氣意味深長：「阿顏，我一早就和妳說過，如果妳不願意嫁給白王的兒子，我一定設法替妳取消這門婚事……可是，妳非要說妳是自願聯姻。就算到了現在，妳只要再說一句不願，我一樣可以讓妳自由，可是，妳為什麼什麼也不肯說，還一再拒絕？」

「因為……」那一瞬，她心頭巨震，幾乎要脫口而出。然而那些話湧到舌尖，卻又硬生生地凝結了。巨大的情感和巨大的責任在爭奪著她的心，只是一瞬，便幾乎把她生生撕裂。

時影一直在等她的回答，但等來的只有高空呼嘯的風聲。許久，他終於搖了搖頭，苦笑一聲。

「好，我知道了。」他站起身來，語氣已經悄然改變。「既然這是妳最後的選擇，那我尊重妳。趁天還沒亮，妳回赤王府去吧，就當我們今天沒見過面。」

「我……我……」她全身發抖，心裡天人交戰。

「重明。」時影轉過身呼喚神鳥：「送阿顏回去。」

重明神鳥「咕嚕」了一聲，懶洋洋地拍打一下翅膀，翻起四隻眼睛看了看這邊，居然扭過頭去，壓根兒沒有理睬他的呼喚。

「重明！」時影厲聲喝道。

重明神鳥翻了個白眼，終於飛過來，卻在半空中一轉身，化成鴿鷹大小，停在他的肩膀上，「咕咕」低語了幾句。時影剛要說什麼，臉色卻凝住了，眼神瞬間變得分外可怕。

「什麼？」他看了一眼重明神鳥。「你說的是真的？」

重明神鳥「咕」了一聲，懶洋洋地翻了個白眼，看了看一旁的朱顏，「唰」地振翅飛起，頭也不回地離開白塔塔頂，竟是將兩人撇在原地。

「等一下！」時影厲聲道，一把拉住正要轉身走下白塔的朱顏。

朱顏嚇了一跳，回頭看他。這一瞬，他的眼神忽然變得非常奇怪，裡面有閃電般的亮光隱約浮現，交錯著極其複雜的情緒，幾乎是帶著憤怒。朱顏不知道重明剛才對他說了什麼，下意識地往後退一步。

「這件事是不是和大司命有關？」時影凝視著她，忽然問了一句：「他對妳說過什麼？」

「啊？」她嚇了一跳，脫口而出：「你……你怎麼知道？」

話一出口，時影的臉色就沉下去，咬著牙短促地說了兩個字：「果然。」

朱顏張了張嘴，還是無法說什麼，然而時影已經抬起手，「唰」地點在她的眉心，一道光從他的指尖透出——讀心術！他明明說過，以後再也不會對她使用讀心術了！

朱顏奮力掙扎卻無法擺脫，只能眼睜睜看著他控制住自己，直接讀取她腦海裡的所有隱私。一時間，憤怒、屈辱和如釋重負同時湧現，她整個人都在發抖，眼裡有淚奪眶而出。

時影看著她的表情，手指又收了回來。

「對，我答應過妳，再也不對妳使用讀心術。」他的眼神恢復平靜，似乎是強行克制住自己，嘆了一口氣說：「阿顏，我不逼妳，還是由妳來告訴我到底發生了什麼吧？我就知道，大司命不會平白無故把星魂血誓教給妳，一定有他的條件。」

朱顏遲疑了一下，還是搖了搖頭說：「我……我不能說。」

他的手一緊，幾乎捏碎她的肩膀，聲音裡帶著怒意：「都到這個時候了，妳還不說嗎？」

「我……」她的嘴唇動了動，千言萬語凝結在舌尖。

「重明剛才跟我說，在我死去的那幾天，大司命一直把妳關在神廟裡。」他看著她，神色凝重而冷肅。「妳現在的一切行為，是不是和那時候他對妳所做的有關？」

朱顏全身發抖，並不回答。

「大司命到底對妳說了什麼，讓妳變成現在這個樣子？」時影凝視著她的神色。「我剛剛回想一下從我復活到現在妳的所作所為，的確反常。妳願意犧牲自己來救我，卻又要把玉骨還給我，為什麼？」

她全身發抖，還是咬著牙說：「我不能說。」

「說！」時影厲聲道：「妳這是在逼我！」

她很少聽到他這樣帶著殺氣的聲音，心裡一顫，無數情緒在心中飛快地堆積，幾乎如同一座山，沉默了半晌，忽然間再也忍不住，終於爆發似地哭起來：「我……我不能說！我也立下過誓言！如果……如果違背了……會、會有很多人因此而死！」

時影震了一下，似乎明白過來，沉聲道：「有我在，大司命不能把他們怎樣。」

「不……大司命很厲害。」朱顏哽咽著，眼裡有著恐懼。「我不怕死，可是……我不能拿他們的命來冒險！」

時影厲聲道：「『他們』是誰？」

朱顏想要說什麼卻又硬生生忍住，最後只是低聲道：「那些人裡……也包括你。」

時影猛然一震，沉默了下來，許久才點了點頭，語氣森冷：「我明白了。我回頭會去好好地問大司命，查個水落石出。」頓了頓，他又補充一句：「但是，在那之前，妳也不能成親。」

朱顏一驚，訥訥道：「可是……帝君已經下旨賜婚……」

「不要去管這些！」時影的語氣嚴厲，看著她說：「妳自己想要怎樣，告訴我就好。妳是真的想嫁過去聯姻嗎？」

「不！」她脫口而出：「可是大司命……」

她還沒說完，時影便打斷她：「別再提什麼大司命！」提起這個長輩，時影的語氣裡再也沒有以往的敬意，面沉如水。「我不知道他到底和妳說了些什麼，才導致現在這樣的局面，但妳放心，只要有我在，他就沒辦法傷害到妳。等他從紫台回來，我會好好和他算這筆帳！」

朱顏剛要說什麼，忽然聽到遠處一陣呼喊。兩人一驚，一起回過頭，看到一排侍從跪在離神殿還有兩、三層的台階上，不敢上前，正仰著頭看著這邊，喊著「皇太子殿下」。

「怎麼？」時影蹙眉，走到漢白玉欄杆前俯視眾人。

「稟……稟皇太子！」領頭的是紫宸殿內侍。「帝君下令，讓屬下們立刻找您回去……再找不到，就要砍了屬下們的腦袋！」

時影沒想到北冕帝也有這般暴虐的時候，不由得有些意外。

「哎，你就先回去吧。」朱顏雖然捨不得塔頂兩人獨處的時光，但看到下面那些嚇得臉色蒼白的侍從，不禁嘆了口氣。

時影回頭看了看她，點了點頭。

「我陪你去。」朱顏顯然還是捨不得離開他，吐了吐舌頭，拉住他的衣袖，手指一劃，結了一個隱身的咒。「偷偷的！」

半夜時分，紫宸殿深處，自昏睡醒來的北冕帝看了看空無一人的榻旁，眼裡露出一絲焦躁。

「臣已經派人去找了。」內侍看了看外面漸漸亮起來的天色，有些戰戰兢兢地回答：「皇太子殿下……大約是去了塔頂的璣衡那邊吧？可是，重明神鳥把守著神殿，誰也無法靠近。」

「重明？」北冕帝的眼神略微露出驚詫。「奇怪。」

沉默中，外面有「簌簌」的衣裾拖地聲，有人悄然從後門進來，卻是北冕帝多年來的貼身心腹，大內總管寧清。

「有事稟告帝君。」大內總管袖手站在榻邊，眼裡露出遲疑的神色。「打擾帝君休息，罪該萬死。」

北冕帝對著內侍揮了揮手，示意所有人退下，咳嗽著轉過頭看著大總管。「怎麼……咳咳，我讓你找的后土神戒……找到了嗎？」

二十多年前，白嫣皇后被貶斥，不久便死於冷宮，后土神戒便落到掌管後宮的青妃手上。如今青妃已伏誅，自然要將這一國之重寶重新覓回。

「啟稟帝君。」大內總管知道帝君精力不濟，便長話短說：「日前青妃被帝君賜死之後，屬下便立刻派得力人手，查封她所住的青蘅殿，所有物品都翻檢過了，但目前為止，尚未找到后土神戒。」

「咳咳……」北冕帝臉色微微一變。「該死！她、她藏去哪裡了？」

「帝君息怒，后土神戒想必遲早會找到，但是……」大內總管停頓了一下，接著說：「在查抄青蘅殿的過程中，意外翻出了一封從外頭剛剛傳進來的密信。」

「密信？」北冕帝咳嗽著，愕然問：「是……青王寫給她的嗎？」

「不，事情奇就奇在這裡。」大內總管壓低聲音，露出凝重的表情。「這封信……是來自白王府的。」

「什麼？」北冕帝吸了一口冷氣。「白王府？」

白王和青王乃是對立的宿敵，為何白王府竟還有人和青妃私相授受？

「屬下拷問過那名私下傳帶的侍女，那封密信的確是來自白王府。她貪了一萬金銖的賄賂，甘冒風險替人傳遞消息給青妃，但青妃尚未來得及回信，便被帝君誅殺了。」大內總管從懷裡抽出一封信，恭恭敬敬地呈遞上去。「事關重大，屬下不敢自專，特意第一時間趕過來請帝君過目。」

北冕帝伸出枯槁的手，顫巍巍地拿過來看了一眼。信封上是娟秀的字跡，顯然是出自女子之手，柔弱無力，上面密封的火漆猶在。

大內總管稟告：「據青蘅宮的侍女交代，這封信是青妃伏誅當天中午剛剛送入宮中的，所以尚未有人拆開看過。」

「哦。」北冕帝微微納悶，不懂白王府的女眷為何會和青妃往來。然而抽出信箋，看了一眼內容，臉色頓時大變，劇烈地咳嗽起來。

「帝君！」大內總管吃了一驚。「您……您沒事吧？」

這封信上到底寫了什麼，竟讓帝君如此震怒？

「居……居然……咳咳咳！該死！」北冕帝將那封信捏在手心，緊緊揉成一團，咳嗽得整個人都佝僂起來，半晌才勉強平穩了呼吸，臉色發青，也不說什麼，只道：「這封信……你看過了嗎？」

大內總管心裡一驚，立刻跪下。「這封信來源蹊蹺，屬下哪來的膽子敢擅自拆看？自然是第一時間就拿到帝君面前。」

「嗯……」北冕帝急促地喘息著，打量這個多年的心腹臣子，最終還是緩緩點了點頭。「這些年來你一貫做事謹慎……這一次，算是救了你的命。」

大內總管只覺得背上一冷，有刀鋒過體的寒意。

北冕帝冷冷道：「這封信的事，不能和任何人提及，知道嗎？」

「是。」大內總管心裡詫異，卻不敢多說。

「還有，青……咳咳，青衡殿內所有服侍青妃的人，包括那名私下傳信的侍女……統統賜死。」北冕帝微微咳嗽著。「一個……一個都不能留。」

「是。」大內總管吃了一驚，連忙點頭應道。

這些年來，北冕帝耽於享樂，日日歌舞昇平、酒池肉林，然而並不是一個暴虐的帝君。該不會到了垂死的時候，整個人的性格都變了吧？或者是那封信裡，藏著可怕的原因？

「下去吧。」北冕帝揮了揮手，竟是毫不解釋。

當房裡再也沒有外人的時候，北冕帝重新展開手心裡揉皺的信箋，緩慢地重讀一遍，眉頭慢慢鎖緊，呼吸也粗重斷續起來，顯然有激烈的情緒在衰弱的胸中衝撞，令垂死的老人輾轉不安。

「冤孽……冤孽啊！」許久，北冕帝重重將手捶在床榻上，嘶啞地呢喃，轉頭召喚外間的內侍，語氣煩躁而憤怒：「快去！咳咳……快去找皇太子過來！再找不到……要你們的狗命！」

「是。」內侍從未見過帝君如此聲色俱厲，嚇得匆匆退下。

北冕帝劇烈地咳嗽著，斜斜靠在榻上，頭暈目眩的感覺越來越重，然而他仍勉強提著一口氣，怎麼也不肯躺下。視線空茫地落在華美的青銅燈樹上，那些火焰跳躍著，映照出明明滅滅的光影，彷彿有無數幻象浮現。

那一瞬，彷彿是臨死前的迴光返照，他一生所有的事都如夢幻泡影一樣掠過：秋水歌姬、白嫣皇后、青妃、兩個兒子、六位藩王、無數的臣子民眾……所有的一切幻影，都如眼前的殘燈一樣，在風中搖曳，即將熄滅。

事情怎麼會變成這樣？自己……是造了什麼孽嗎？

過了不知多久，外面傳來腳步聲，北冕帝震了一下，以為是時影回來，正撐起身體掙扎著開口，卻聽到侍從在外面稟告：「帝君，白王求見。」

北冕帝怔了一下。白王？如今還不到寅時，天色未亮，為何白王一大早就獨自入宮？難道……他也是得知了這封密信上的事，所以匆匆趕來？這樣的話……豈不是……

北冕帝忍不住劇烈地咳嗽起來。「宣。」

片刻後，白王進入內殿，隔著垂簾問安，言辭恭謹，神色卻欲言又止。北冕帝緩慢地回答了幾句，不住咳嗽，看著藩王的臉色，暗自不安。白王隔著簾幕應答了幾句，終於開口：「為何不見皇太子在左右侍奉？」

終於還是提到了時影嗎？北冕帝聲色不動，只道：「他已經在此守了多日，我剛剛派他去處理一些事。」

「皇太子……是去查辦昨日那個大膽妄為的逆賊吧？」白王臉上露出羞愧之色，忽地攬衣而起，匍匐謝罪。「是小王無能，竟然讓前來賜婚的御史在光天化日之下蒙羞。」

「咳咳……」北冕帝咳嗽了起來，臉色一變。

白王重重叩首，繼續謝罪：「雪鶯剛剛承蒙聖眷，卻不料遭此意外，不但玉冊丟失，連皇太子賜予小女的玉佩都被逆賊奪去。小王內心如沸，夜不能寐，特意趕來請帝君降罪。」

「哦……」聽到這樣的話，白王竟是鬆了口氣，喃喃道：「原來……你一大早趕來，是為了這件事？」

白王愣了一下，不知道帝君為何有此一問。昨天在白王府門口出了這麼大的岔子，賜婚的使者被劫、玉冊失落，他擔心得一宿未睡，一大清早就特意過來向帝君賠罪，為何帝君的反應卻是如此奇怪？

「如此就好……」北冕帝脫口說了三個字，立刻回過神來，沒有再多說什麼，將手裡捏著的那封信收起來，問道：「除了玉冊，連玉佩都被奪了嗎？」

白王連忙叩首道：「那個逆賊膽大包天，竟闖入雪鶯房中竊取了玉佩。」

「是嗎？」北冕帝卻沒有問那個逆賊的下落，只是關切地問：「雪鶯郡主沒事吧？她身體不大好，咳咳……可不能出什麼事。」

白王連忙道：「多謝帝君關心。雪鶯只是略微受了驚嚇，並無大礙。」

「嗯……那就好、那就好。」北冕帝鬆了口氣，昏沉的眼睛裡掠過一絲光，不知道想著什麼，只是搖了搖手，淡淡道：「起來吧。」

「小王不敢。」白王匍匐在地。「還請帝君降罪！」

「降什麼罪呢？咳咳……」北冕帝咳嗽著。「在天子腳下出了這種事，按理說……咳咳，最該怪罪的就是朕了吧？朕治國無方啊……」

「帝君言重！」白王連忙叩首。「一些宵小而已，相信皇太子一定能很快將其捉拿歸案。只是冊封太子妃乃國之大事，不能因此耽誤……」

他本來想委婉提醒帝君，應該再度派出御史，重新賜予玉冊，然而北冕帝眉頭緊鎖，忽然道：「光天化日之下，玉冊和玉佩居然會不翼而飛……咳咳，此乃不祥之兆啊……看來這門婚事還需要從長計議。」

「什麼？」白王忽地愣住了。

帝君是什麼意思？難道……是想藉機取消這門婚約？

「還好沒有正式冊封。」北冕帝在榻上咳嗽著，聲音斷斷續續，卻是從未有過地堅決。「回頭……回頭我再請大司命出面，請神賜下旨意，重新決定太子妃人選。愛卿以為如何？」

「這……」白王怎麼也沒想到帝君會忽然說出這樣的話，一時間僵在原地，心裡又驚又怒。天家婚娶，一言九鼎，豈有出爾反爾的道理？莫非帝君早就對這門婚約不滿，如今只是藉機發難？

想到這裡，白王忽然一個激靈：難道，白日裡那個忽然闖出來搶走玉冊和玉佩的神祕人，竟是奉了帝都的旨意？

然而，白王畢竟城府深沉，心中雖然劇震，臉上卻始終不曾露出絲毫不悅，沉默了一瞬，只是叩首道：「帝君說得是，此事應從長計議。」

「咳咳……你可不要誤會。」北冕帝咳嗽著，語氣卻是溫和的，安慰著滿腹不滿的藩王。「白之一族始終是空桑巨擘、國之柱石……世代皇后都要從白之一族裡遴選。這一點，咳咳，這一點絕不會變。只是……」說到這裡，北冕帝頓了頓，意味深長：「只是雪鶯不合適。」

白王心裡一跳，知道帝君話裡有話，想必是暗指雪鶯昔年和時雨的那一段情，想了想只能小心翼翼地道：「帝君說得是，雪鶯自小身體孱弱，小王也覺得不合適替帝王之血開枝散葉。但皇太子殿下一意孤行……」

「冊封太子妃之事，決定權在朕，不在皇太子。」北冕帝精神有些不濟了，說的話也短促起來。「你……咳咳，你回去好好安撫雪鶯吧……回頭把她送進宮裡住幾天，絕對不能因此委屈了她。」

「是。」白王不敢再說什麼，眼神卻閃爍。

白王走到門口，還是忍不住回頭看了北冕帝一眼。只見那個垂死的老人半躺在厚重的錦繡被褥裡，臉上並無半點血色，神色莫測。皇太子時雨失蹤，青王造反在即，空桑如今風雨飄搖，而這個行將就木的帝君心裡，到底又在想什麼呢？

等白王離開之後，北冕帝合起了眼睛。

當左右侍從以為老人又已經陷入昏睡時，榻旁的帷幕動了動，有一個挺拔的身影從側廂緩步而入，來到榻前，微微躬身問道：「父皇找我？」

北冕帝一驚，睜開了剛剛合上的眼睛。已經有整整一天未曾出現，皇太子不知去了何處，歸來時一襲白衣依舊一塵不染，神色也和昨日並無二樣。北冕帝吃力地看了他一眼，抬了抬手。內侍們明白帝君的意思，立刻紛紛退下。

當房裡只有父子兩個人時，氣氛變得分外靜謐，只能聽到帝君遲緩凝滯的呼吸，如同迴盪在空廊裡的風聲。北冕帝沒有問他昨夜去哪裡，只是合起眼睛，疲倦地說了一句：「剛才……咳咳，剛才我和白王說的話，你都聽到了？」

「是。」時影點了點頭。

北冕帝淡淡道：「我替你取消了和雪鶯的婚約。」

時影沉默了一會兒道：「兒臣並無意見。」

「並無意見……呵呵，並無意見！」北冕帝卻忽然冷笑起來，提高聲音，從病榻上勉力抬起手臂，「唰」的一聲將一物迎面摔過去，厲聲道：「你看看……咳咳，你看看你做的好事！」

事出突然，時影未曾料到父親如此震怒，臉色微微一變，卻沒有閃躲。

「不許打他！」就在那一瞬間，一個聲音忽地叫了起來。憑空一聲裂響，那東西還沒接觸到時影，就四分五裂、化為齏粉。

「住手！」時影倏地出手拉住對方，低喝：「阿顏，不許無禮。」

隱身術被打破，一個紅衣少女從虛空裡浮現出來，站在燭光下，滿臉緊張地擋在時影面前，如臨大敵。

紫宸殿最深處寂靜無聲，只有紙屑紛紛而落，如同漫天的雪片。原來北冕帝迎面扔過來的，竟是那封被截獲的密信。

「咳咳……是你？」北冕帝看著那個從時影身後冒出來的少女，臉上的驚訝漸漸退去，枯槁的嘴角忽地露出一絲笑意。「我認得妳……妳，咳咳，妳是赤之一族的小郡主，是不是？」

朱顏本來是悄悄跟在時影後面，但一看到帝君動手，生怕師父會吃虧，在情急之下便衝了出來。此刻，看清楚扔過來的不過是一張紙，不由得也僵在原地，愣了愣，睜大眼睛說不出話來。

北冕帝看到她目瞪口呆的表情，不由得笑了起來：「原來……咳咳，原來昨天晚上，影是和妳在一起？你們去哪裡了？」

「我……我……」朱顏張口結舌，大膽直率如她，此刻居然有幾分羞澀，下意識地看了旁邊的時影一眼，似是求助。時影抓著她的手腕，將她輕輕拉到身後，看著北冕帝，平靜簡短地回答一句：「她和我在一起。」

什麼？他居然在父親面前一口承認？朱顏的臉倏地紅到脖子根，連頭都抬不起來，只能抓著他的袖子躲在他後面，不敢看病榻上的帝君。

「唉，你們兩個……真是……」北冕帝打量著他們兩人，臉色忽轉，忽然間笑了起來。「好……好！咳咳……太、太好了！」

抱病在床的老人忽然發出了大笑，竟然有說不出的歡喜和暢快。朱顏有些傻眼，不知所措地看了看帝君，又看了看時影。然而這父子兩人一個動、一個靜，竟是誰都沒有理睬她。

不知過了多久，北冕帝終於穩定了咳嗽，看了一旁的嫡長子一眼。「好了……本來我想好好責罵你一頓，咳咳……現在看來不用了。這世上的事，就算到了我快要死的最後一刻，依然會峰迴路轉啊……」北冕帝又轉過頭，打量他身邊的紅衣少女，嘴角含著深深的笑意，咳嗽著轉頭對時影道：「看在她的分上，暫時饒了你。」

朱顏卻是不忿。「他又沒做錯什麼，為什麼要你饒？」

「咳咳……怎麼？還沒嫁過來，就這麼護著他了？」北冕帝啼笑皆非地看著這個少女，咳嗽著，指著碎裂一地的紙張。「你看看他做的好事。如果……咳咳，如果不是總管查獲了這封信，我還被他蒙在鼓裡。」

「信？」朱顏怔了怔，看了看一地的紙片。

時影微微皺眉，平舉起手掌，「唰」的一聲，那些碎裂的紙張從地上飛起，瞬間在他掌心拼合，完整如初。

他只看了一眼，眉頭就皺起來。

這是雪鶯郡主的筆跡。那個白之一族的郡主，絲毫不知深宮凶險，在走投無路的情況下，竟然貿然給青妃寫了一封求救信。她不知道青妃自身難保，於是這封信便毫不意外地被總管查抄，送到了帝君面前。

時影看著信裡的內容，眉頭也漸漸蹙起，看了一眼父親。

「雪鶯郡主……她、她居然懷了時雨的孩子。」北冕帝指著時影，聲音沙啞低沉。「這麼大的事，你居然瞞著我？」

什麼？帝君……帝君他居然知道了！

朱顏嚇了一大跳，一時間不知道說什麼好。然而時影的神色還是淡淡的，手指一鬆，那封信在他手裡重新化為齏粉，散落一地。

一時間，紫宸殿深處的氣氛幾近凝固。

「影，你就是為了這個原因，才選她當太子妃吧？」沉默了很久，北冕帝看著嫡長子，眼神複雜。「你說我小看你的心胸……咳咳，還真的是。呵……我怎麼也沒想到，你、你居然會心胸寬廣到母子一起收。」

憤怒之下，北冕帝的語氣很重，時影沉默著承受父親的怒火，並沒有回答。朱顏惴惴不安，有心想替師父說話，又不知該怎麼辯解，嘴唇動了動又沉默。

「你想什麼呢！」北冕帝捶著床沿，厲聲道：「你是要把他們母子收入宮中，當自己的孩子撫養嗎？你就不怕這孩子養大了，會殺了你報仇嗎？」

「報什麼仇啊？」朱顏忍不住爭辯一句。「時雨又不是他殺的！」

什麼？北冕帝微微一怔，看向嫡長子。

然而時影並未替自己分辯，只是淡淡道：「殺我報仇？如果那孩子將來有這樣的本事，倒是空桑之福。」

「你……」北冕帝被這個兒子給氣得苦笑起來，劇烈地咳嗽。

「帝君，您快歇一歇！」朱顏看得心驚膽跳，生怕這個垂死的老人一口氣上不來，想上前替他捶背。「不要說那麼多話了……消消氣、消消氣，要不要叫御醫進來看看？」

北冕帝沒有理睬她，只是死死地盯著兒子，咳嗽著說：「總而言之，雪鶯郡主絕不能成為太子妃！咳咳……否則像什麼樣子？全亂套了！這門婚事你想都不要想……我、我非得替你取消不可！」

「好。」時影居然一口答應：「我同意。」

北冕帝似乎沒料到嫡長子居然毫不反抗，不由得怔了一下。「你……為什麼忽然間又改口？你不會現在又想殺了雪鶯母子吧？」

「當然不。」時影冷冷回答：「放心，我會照顧他們母子。」

北冕帝凝視著自己的嫡長子，神色複雜。「那就好。畢竟那孩子也是帝王之血的後裔……咳咳，希望你真的心胸寬大，不會對孤兒寡母趕盡殺絕。」

時影還沒表態，朱顏卻忍不住開口：「我保證，師父他肯定不是那種人！」

「妳保證？」北冕帝轉頭看著這個少女，沉默片刻，抬起手招了招。「小姑娘……咳咳，過、過來。」

朱顏愣了一下，看了看一旁的時影。時影臉色淡然，並沒有表示反對，她便小心翼翼地走過去，在帝君的病榻前一尺之處站住腳步。

北冕帝在輝煌光線下端詳著這個少女，眼神漸漸變換，低聲嘆了口氣：「真是像紅日一樣朝氣奪目啊……難怪……咳咳，難怪生活在永夜裡的影會喜歡……小姑娘，他對妳好不好？」

朱顏臉紅了一下，連忙點頭應道：「好，很好！」

「再過來一點。」北冕帝又招了招手。

朱顏小心翼翼地又往前挪幾步，幾乎已經貼著榻邊，不知道帝君要做什麼，心頭撲通亂跳。

北冕帝凝視了她片刻，低聲說：「低下頭來。」

她嚇了一跳，忐忑不安地低下頭去。忽然間，只覺得髮上微微一動，有奇特的微光亮了一下，從虛空裡籠罩她。

「玉骨？」朱顏抬手摸了一下，失聲驚呼。

「歸妳了。」剛才那個小小的動作似乎已經耗費了很大的精力，垂死的皇帝重新靠入軟榻，咳嗽著說：「好好……好好保管它。」

朱顏愣了一下，明白北冕帝這算是正式承認自己的身分，不由得心裡一喜，摸著玉骨說不出話來，半晌才訥訥道：「謝謝！」

北冕帝看著少女明亮的眼睛，混濁的老眼裡也閃過一絲笑意，咳嗽著囑咐：「咳咳……以後你們兩個要好好相處，不要再吵吵鬧鬧。」

「我、我哪敢和他吵啊……我怕死他了。」朱顏嘀咕一聲，白了時影一眼。「他生氣起來可嚇人了，不打我就不錯了……」

「什麼，他還敢打妳？」北冕帝失笑。「他以後要是敢打妳……」

然而話說到一半，帝君臉上笑容未斂，整個人向後倒去。

那一瞬，時影搶身到榻前，失聲喊：「父皇！」

朱顏嚇了一跳，看到時影變了臉色，衝上去扣住北冕帝的腕脈，十指間迅速升起一點幽藍色的光，順著老人枯瘦的手臂擴散上去。朱顏認得那是九嶷術法裡最高階的聚魂返魄之術，非常耗費靈力。

然而即便是這樣，當咒術籠罩住老人時，她還是看到北冕帝的魂魄從七竅飄出，不受控制地潰散。

「不……不要勉強了。」北冕帝的聲音虛弱低沉，如同風中殘燭，身體微微抽搐。「時間早就到了。我……咳咳，我已經拖了太久……」

時影卻還是不肯放開分毫，繼續施用著大耗元氣的術法，低聲說：「天下動盪，大事未畢，還需要您坐鎮。」

「咳咳……我挨不下去了……」北冕帝全身顫抖，眼神慢慢開始潰散，喃喃說：「本來……本來還想等大司命回來……可惜……咳咳，沒時間了。」

「有時間。」時影的聲音卻是冷靜。「您要撐住。」

「不……不用了。」北冕帝喃喃說著，全身都在不停抽搐，手腳漸漸冰冷。「太……太痛苦了……陽壽已盡，卻苟延殘喘，每一分每一刻……都如同在煉獄裡煎熬啊……我、我不想挨下去了。」

時影的手指微微一顫，眼神變了一下，沒有說話。

握在他掌心的那隻手蒼老又枯槁，輕得彷彿沒有重量，不停地劇烈顫抖，顯然承受著極大的折磨。那樣的折磨，足夠摧毀一個人的求生意志。一個風燭殘年的老人，又怎能承受如此痛苦？

「影，我很快……就要見到你的母親了……」垂死的帝君從咽喉裡發出嘆息。「我會去祈求她的原諒……可是……你呢？影，你原諒我嗎？」

時影震了一下，並沒有回答，神色複雜地變幻。

朱顏看著老人期盼的眼神，心裡難受，幾乎恨不得脫口而出替他回答，然而她畢竟知道好歹，硬生生地忍住了，緊抿嘴唇站在一邊，看著這一對父子。

「對了，還有一件事……」北冕帝喃喃，吃力地吐出最後的請求。「在我死後，把……把我和秋水歌姬……合葬在一起。」

時影在榻邊看著垂死的父親，感覺自己的手也在微微發抖。他自幼出家，一生苦修，自以為早已修到心如止水、生死不驚，然而這一刻，面對親生父親臨終前的祈求，還是忍不住心神激盪、不能自已。

母親和自己一生的悲劇，都由眼前這個男人而起。可是這個人不僅早年拋妻棄子，到了生命的最後，依舊要選擇和那個鮫人一起長眠。

這個人並不後悔自己的選擇。那自己，是否要原諒？

朱顏看到他久久沉默，忍不住輕輕伸出手，按在師父的肩膀上。那一瞬，她驟然一驚，發現時影的身體竟然在劇烈發抖。

「如您所願。」終於，他低聲說出了幾個字。

北冕帝顫抖一下，竟然有一滴淚從眼角滑落，他伸出枯瘦的手，痙攣著抓緊兒子的手腕，聲音越來越虛弱，低得幾乎要貼耳才能聽見：「等……等大司命回來……咳咳，你告訴他……我……我很抱歉，沒能等到他回來……」

時影微微點頭，並沒有多說什麼。可是那一瞬間，不知道是不是錯覺，朱顏似乎看到他眼眸裡有晶亮的光芒一閃而逝。她站在一旁看著，只覺得自己心裡也是揪緊了一次又一次，幾乎無法呼吸。

北冕帝的聲音停止了，重新開始劇烈地咳嗽，整個人都佝僂成一團，似乎要把心肺都咳出來。時影抓住父親的手腕，遲疑了一下，又一分分地鬆開。在他鬆開手的一瞬間，北冕帝從胸腔裡吐出最後一口氣，衰竭的三魂七魄再也無法控制地朝著四方潰散。

虛空中有風席捲而來，那些肉眼不可見的魂魄如同閃耀的星星，轉瞬離開這一具奄奄一息的軀殼，隨風而去。

「啊！」朱顏失聲驚呼，又竭力忍住。

然而，時影不等父親呼吸停止，便斷然站起身，頭也不回地往外走，彷彿在逃離什麼一樣。

他……為什麼在這一刻走了？朱顏想要追上去，卻又不忍心看著老人就這樣一個人死去，還是在榻邊躊躇片刻。

「秋水……」病榻上，北冕帝吐出最後的一句低語，寂然無聲。

那個他畢生愛戀的名字，直到生命的最後一刻，還刻在他的心裡。

朱顏怔在那裡，看著北冕帝的呼吸慢慢停止，一時間心中翻天覆地，竟然有一種要哭出來的衝動——這便是一個生死輪迴嗎？是不是將來的某一天，她也要這樣送走父王和母妃？雖然萬般不願，卻無能為力。

生死輪迴，如同潮汐來去，是洪荒一般不可抗拒的力量。

第四十五章　同生共死

這個長夜，幾乎如同永恆。當太陽升起的時候，有人已經在黎明中去世。

不一時，有服侍早膳的內侍進來，發現北冕帝駕崩，立刻驚慌地退出告知眾人。朱顏藏身於帷幕後，看到總管帶著侍從從外面湧入，嘆了一口氣，這才離開喧鬧的後宮。

她在白塔頂上的神廟裡找到時影，他正獨自在神像下合掌祈禱。神廟空曠，有微光從穹頂射落，從大門這邊望進去，幾乎宛如深不可測的大海，而海的彼端是神魔無聲的凝視，令人心生敬畏。

朱顏隔著飄搖的帷幕，靜靜地遙望那一襲白袍，不敢出聲打擾。

隔了多久？十年？

上一次，在接到母親死去的消息時，在深谷修行的少年神官也曾在石窟裡面壁靜坐，卻終究無法抑制心魔肆虐，發狂地哭號著，在石壁上留下滿壁的血手印，甚至差點失手殺了她。

這一次，在目睹父親死去時，他已然能夠平靜。

那麼多年過去了，不僅是她自己，甚至連師父都已經成長了許多……

朱顏嘆了一口氣，終於輕輕地走過去，在他身側一起跪下，合起掌來，默念往生咒，祝頌聲綿長如水。白塔凌雲，俯瞰雲荒，神魔的眼眸無聲深遠，凝視著這一對年輕人。

當一百遍往生咒念完，時影站了起來，卻還是不說話，轉身往外走。她心裡有些不安，不由得追上去，輕聲問：「你沒事吧？」

時影雖然沒說話，但表情裡有一種異樣，讓朱顏忍不住暗自詫異，然而不等她再次開口，他忽然停下腳步，轉身看著她。

那種眼神，令她一下子忘記要說什麼。

「阿顏。」他低聲說著，忽地伸出手將她擁入懷中。

她頓時忘了想說的話，大腦有短暫的空白，只是軟綿綿地伏在他的胸口，一動也不敢動。那一瞬，神廟裡極其安靜，她甚至聽到他的心跳——原來，他的心跳得那麼激烈，完全和他表面上的平靜相反。

她忍不住抬起頭看他，卻在一瞬間驚呆了。

他在哭——眉目不動，無聲無息，只有淚水滑過臉頰，消失在日光裡。

這是她生平第二次看到他落淚。朱顏顫了一下，心中劇痛，想說什麼卻最終沒說出來，只是抬起手默默抱緊他的後背，側首貼上他的心口。

此刻，一句話都不必再說。

她記得他少年時的沉默孤獨，卻不料成年後依舊如此。這個自幼被家人遺棄在深谷的人，如今好不容易得回了缺失的溫暖，卻又在短短的剎那之後，再度徹底失去。在這二十多年裡，他到底有過多少開心的日子？

那一瞬間，她忍不住脫口說道：「別怕。就算你的父王母后都不在了，還有我呢。我……我會一直和你在一起。」

諾言在神和魔的面前許下，少女的眼眸亮如星辰。

那一刻，在伽藍白塔絕頂的晴空下，時影緊緊擁抱這個美麗的少女。她的身體是如此嬌小柔軟，卻給了他一個錯覺：好像只要擁住懷裡這個小小的人兒，便可以對抗無情而強大的時間。

朱顏不敢說話，只是任憑他擁抱著，抬起手輕撫他的背部。

時影沉默了許久，心跳漸漸平靜，低首凝視著她，眼裡閃過諸多複雜的情緒，忽然開口：「我們這就各自回去把婚約取消了吧。」

「啊？」朱顏嚇了一跳，腦子一時間轉不過來。

「既然我們決定要在一起，就得把婚約取消。」時影的眼神冷冽，聲音平靜而有力。

「難道到了現在，妳還在想著要嫁給白風麟？」

「當然不！」她沒有一秒鐘的猶豫。「誰要嫁給那傢伙！」

他凝視著她的表情，蹙眉說道：「那妳還在猶豫什麼？」

「我……我……」朱顏的嘴唇顫抖一下，心裡猛然往下一沉。

「妳還在害怕大司命？」時影審視著她的表情，蹙眉說：「我說過，無論他威脅妳什麼，只要有我在，妳和妳在意的人都不會有事。妳的父王、妳的母妃、妳的族人……包括妳在意的那個小鮫人，他們都不會有事。我的承諾，妳應該可以相信。」

「我當然相信！」朱顏顫抖了一下。「可是……不只是這樣。」

「還有什麼？」時影看著她，愕然問道。

朱顏看著他，眼神哀傷，有一種隱約入骨的恐懼，喃喃說：「你……你可以保護所有人，可是，誰又能保護你呢？」

「保護我？」他有些不解。「為什麼？」

「因為我會害死你！」朱顏全身發抖，終於無法控制住內心的恐懼，說出了真正的顧慮。「大司命說，我是你命裡的災星，如果繼續和你在一起，一定會害死你的！如果因為我，再一次害死你的話……」

「什麼？」時影吃了一驚，卻只是皺了皺眉頭。「妳不要聽他胡說。」

「不不，大司命不會胡說。」朱顏的聲音劇烈地顫抖，帶著無盡恐懼。「我會害死你的。我……我已經害死過你一次！再也不能有第二次……星魂血誓也只能用一次！要是再一次出事……」

「大司命真的這麼說？」時影的眉頭忍不住蹙起，語氣莫測。在這個雲荒，唯一一個術法造詣在自己之上的人，就是大司命。他無法看到自己的宿命，那麼，那個老人是否真的能看到呢？

「是的。」朱顏終於說出真正害怕的東西，聲音發抖。「我……我可不想再看著你死一次！我寧可自己死了也不想再讓你死！我——」

「胡說！」忽然間，他厲聲打斷她。

朱顏被他嚇了一跳，一下子說不出話。時影的眼神變得非常嚴肅，隱約帶著怒意，凌厲閃爍，接近於可怕。

「原來是因為這個？阿顏，妳竟瞞了我那麼多事！」他看著她，語氣裡不知道是釋然還是憤怒。「妳別聽大司命胡說八道。」

「他可是大司命！」朱顏有些無措。「他……他比你還厲害吧？他說的話，我怎麼敢不聽？我……我怎麼敢拿你的命來冒險！」

聽到她這樣堅信不疑地說著，時影的眼神越發冷冽，幾乎已帶著怒意和殺氣。

「呵……那個傢伙！」他頓了一頓，嚴肅地看著她說：「聽著，阿顏，我不知道大司命背著我和妳說了什麼，但無論他說什麼，妳都不要信。他不是預言我十八歲之前如果見到女人，就會因她而死嗎？」

「是啊！」朱顏顫聲說：「所以……所以你被我殺了啊！」

「不，不是這樣的。」時影凝視著她，斷然搖頭。「我的確因為妳而死，可是我又因為妳而活了過來。這件事，大司命他預料到了嗎？」

朱顏一下子愣住了，只是怔怔看著他。

是的，大司命算到了時影會因她而死，可是，怎麼沒算到他也會因她而活呢？

「如果妳是因為自己的想法離開我，我沒有辦法。但是，如果妳只是為了大司命的一句預言而放棄，那就太荒謬了。」時影看著她，眼神凌厲，語氣也嚴厲。「我教導妳那麼多年，不該把妳教得那麼蠢。」

「我……我……」他話說得那麼重，她本來應該生氣的，卻莫名地有些歡喜，喃喃說：「真的嗎？大司命說的話，也未必一定準？」

「當然。」時影冷然說道：「我可以肯定，他只是在嚇唬妳。」

「是嗎？可是萬一……」她心裡一陣狂喜，卻又一陣擔心。

「沒有什麼萬一！」他斷然阻止她的話語。「妳不要被他騙了！」

朱顏噤聲，不敢再說。然而她沉默一會兒，忽然想起一事，忍不住又眼眶一紅，哽咽了起來，斷斷續續說道：「不！我還是不能和你在一起。因為……因為大司命手裡有一道聖旨……」

「什麼聖旨？」他握住她的肩膀，嚴厲地催促：「不要哭！從頭到尾和我說一遍。」

她抹著眼淚，終於拋開一切顧慮，將過去發生的事情對他完完整整地說了一遍：從大司命在神廟裡以離開他為條件，傳授她星魂血誓開始，講到大司命拿父母族人的性命威脅她，讓她在夢華峰上違背心意和他分離……

每說及一件，時影的神色便冷一分，漸漸面沉如水、眼神可怕。

「竟然有這種事？」他喃喃低聲說：「難怪。」

是的，對她這樣熱烈不羈、天不怕地不怕的人來說，除非用至親至愛之人相脅，不然怎麼肯俯首貼耳地聽從安排？

但即便是如此，聽到他要大婚，她還是不顧一切地跑來這裡。她是明知不可能，卻還是想要螳臂當車，再見他一次吧？

哪怕之後便是永遠的分離。

「我不想害死你……也不想害死全族……我、我沒有別的辦法。」說到後來，朱顏終於忍不住哭起來，全身發抖。「是我不好！本來我答應了大司命，就應該好好走開……居然……居然跑到了這裡！我一定是鬼迷心竅。」

時影沉默地聽著，伸手輕輕擦掉她掛滿頰邊的淚水，將她擁入懷裡，低聲說了一句：「幸虧妳鬼迷心竅，跑來紫宸殿找我。不然我們這一生，可能就這樣錯過了。」

「嗯？」她愕然地抬頭看了他一眼。

時影嘆息一聲，眼神裡流露出一絲慶幸。「要知道，既然妳已經表態，我是決不會去找妳的，幸虧妳來找我……阿顏，我真的很感激。妳一直很勇敢。」

他的語氣前所未有地溫柔，聽得她心裡一震。

「那是！」朱顏忍不住挺起胸膛。「不是你讓我要對自己有信心嗎？只要我願意，就永遠做得到，也永遠趕得及！」

時影沒想到她會把自己昔年的教導用在這裡，一時無語。

他默默抬手輕撫她的髮梢，眼神卻是不停變幻，似在思考著什麼問題，沉默了片刻後說道：「既然父王臨死前已經替我取消婚約，那麼，現在妳也回去取消妳的婚約吧。」

「啊？我……我怕父王揍我。」朱顏全身一僵，說了實話，聲音低下去。「我上次就逃婚了，他這次好不容易又替我選一門婚事，如果……如果和他說我又要取消婚約，恐怕他……」

時影皺了皺眉，只道：「這件事讓我來處理。」

「怎麼處理？我父王脾氣可大了。」朱顏心裡忐忑不安，忽然靈光一現。「哎，如果他發脾氣，我就說我們兩個已經生米煮成熟飯，連娃都有了，估計父王就不會罵我。」

時影半晌沒有說話，只用一種無法形容的表情看著她。

她看到他的表情，連忙垂下頭嘀咕：「我……我也只是說說而已。」

時影蹙眉道：「妳這是從哪學來的？我可沒教過妳這些。」

「哪裡用得著別人教？」她卻不以為恥，臉皮厚得如同城牆。「你看，雪鶯一說她懷孕了，立刻連帝君都嚇住了，馬上下旨把她的婚約給取消。這招很管用，父王如果聽我這麼一說，一定也會嚇住的。」

時影無奈地苦笑一聲：「赤王烈性暴躁，哪裡會被嚇住？妳那麼說，多半會挨他一頓暴打。」

「沒事，我豁出去了，總不能真的嫁給白風麟那傢伙。」她卻渾然不懼，挽住他的手臂。「反正父王也不能往死裡打我。有星魂血誓在，我們同生共死了，他可不敢殺你。」

時影看著她的表情，忍不住笑了一笑，拍了拍她的肩膀。

「別擔心。」他低聲道：「事情會解決的。妳先回去吧。」

「去哪？」她怔了一下。

「回赤王府去。」他的語氣已經恢復以往的平靜。「妳一夜未歸，一定讓父母懸心，回去好好道個歉。」

「才不會呢。」她卻猶自嘴硬，戀戀不捨。「這些年我老是往外跑，他們早就習慣啦。」

「回去道歉！」時影的聲音忽然嚴厲起來。「趁著妳還能道歉！」

朱顏被他的語氣嚇了一跳，往後縮了縮肩膀。然而時影的聲音很快又低下去。

「要知道，就算是父母子女之緣，也是有盡頭的。不要像我這樣等到雙親都不在了，才知道……時不再來。」

直到這一刻，他的臉上才掠過一絲哀傷。

朱顏心裡猛然一痛，抓緊他的手臂，將臉埋在他的肩膀上，低頭輕輕喚了一聲「師父」。

「妳先回家，我要去內宮處理一下事務。」時影嘆了口氣。「父王駕崩，有很多事情要立刻處理，不能耽誤片刻。」

「好吧。」朱顏依依不捨地放開他的手臂。「你自己小心。」

「嗯。」時影頷首，凝視了她一眼，還是忍不住抬起手觸摸她的臉頰。那一刻，朱顏忍不住顫了一下，下意識地把頭往回縮。

「怎麼？」他微微蹙眉。

「以……以為你又要打我。」她尷尬地低聲說：「嚇慣了。」

時影無語，只哭笑不得地說：「放心，以後都不會打妳了。」

「真的嗎？」朱顏的眼神亮了一下，簡直似聽到天底下最好的消息。「你可要說話算話，以後無論我犯了什麼事，你……你都不能再打我了！」

「嗯。」他點頭應承。

她知道師父一諾千金，頓時長長鬆一口氣，有種拿到免死金牌的狂喜，還抱怨：「嚇死我了。上次在蘇薩哈魯，我只不過想逃個婚，屁股都快被你打腫了……以後你可不許再打我！」

時影微微一窘，臉色微妙。「不要再提那件事了。」

「咦？」朱顏還是第一次看到師父臉上出現這種奇怪的表情，忍不住想抬手推一下他，然而手剛一抬起，就被時影扣住。那一瞬，他的呼吸有一些亂，手指也有不可覺察的微顫。

「你怎麼啦？」她還是懵懂未解。

時影沒有和她繼續糾纏下去，鬆開手說道：「天亮了，讓重明送妳回去吧。記得別亂說話，不要惹妳父王生氣。等我來處理。」

他的聲音很溫柔，朱顏聽得心都要化了，剛想再賴過去蹭一會兒，時影卻已經轉身，招手喚來重明神鳥。

「你……」當重明神鳥展翅飛起的時候，朱顏趴在鳥背上回頭看他，臉紅紅地欲言又止，最終只是說：「今天我很開心。」

時影嘴角浮起了一絲笑意，微微頷首：「我也是。」

當她的身影從天際消失後，時影在夜空下停頓了一刻，閉上眼睛，似乎在默默轉換著內心的某些情緒。等終於將這些兒女私情都摒除出了內心，他才轉身走下白塔，重新返回紫宸殿。

他剛走下白塔頂，等待已久的大內總管就迎了上來，迭聲道：「可算找到您了！皇太子……不，帝君！先帝駕崩，相關的詔書已經擬好，還有一個時辰就要早朝，諸王即將齊集。您要不要休息一下，準備準備？」

時影沉默了一下說：「不用。」

他低下頭看著手上的皇天戒指，忽然問：「后土神戒找到了嗎？」

沒想到時影忽然問起這回事，大內總管連忙回稟：「自從白嫣皇后去世之後，后土神戒便一直由執掌後宮的青妃保管。如今青妃剛剛伏誅，屬下派得力人手正在查抄青蘅殿，一時間還沒有……」

時影微微皺眉問：「她身邊的心腹侍女呢？」

「拷問過侍女，她們說……」大內總管略微猶豫一下，還是決定實話實說：「她們說，后土神戒原本被青妃收藏在枕邊的匣子裡，但某一天晚上忽然化作一道光，飛出窗外不見了。」

「什麼？」時影也忍不住愕然。

大內總管道：「宮女們都私下說，是因為青妃並無資格保管這枚只能由白之一族皇后繼承的后土，神戒有靈，才自行離開。」

時影眉頭微微蹙起問道：「對她們用過讀心術了嗎？」

「用過了。」大內總管頷首。「她們說的是真話。」

時影再度沉默下來，手指輕輕敲打著扶手，面沉如水。

「這說不定是青妃耍的把戲，掩人耳目，好將后土神戒據為己有。」大內總管連忙補充一句：「請殿下放心，在下一定會好好地繼續追查！」

時影想了想，問：「青妃平時一般的活動範圍是哪裡？」

「青妃深居簡出，很少離開皇城，平日也就在青蘅殿與紫宸殿之間來去。」大內總管回答：「最多每逢初一、十五去一下白塔頂上的神殿，拜祭神靈。行蹤非常有限。」

「那麼說來，后土神戒多半還留在帝都。」時影沉吟了片刻，吩咐大內總管：「此事非同小可，派人抓緊去找，如果找不到，提頭來見。」

「是！」大內總管連忙點頭，退了出去。

晨曦還沒露出來的時候，天幕是深沉的暗藍色。

朱顏坐著重明神鳥落在自家的後院，躡手躡腳地跳下來，往房間迅速地溜回去，生怕驚動父親，然而剛一進院門，就被抓了個正著。

「小祖宗啊，妳怎麼現在才回來？」盛嬤嬤一直守在她的房間，一見到她，趕緊一把抓住。「可急死我了！」

「噓……」她嚇得一個激靈，左顧右盼。「別吵醒父王！」

「妳也知道害怕？」盛嬤嬤看到她驚恐的表情，不由得啼笑皆非。「放心，王爺不在這裡。一個時辰之前，他接到內宮傳來的祕密消息，說帝君深夜駕崩了。王爺不等早朝時刻，便心急火燎地立刻進宮去了。」

「進宮去了？」朱顏不由得鬆一口氣，喃喃道：「太好了，終於不用挨罵！父王……父王他知道我昨晚一晚上沒回來嗎？」

「怎麼不知道？王爺可著急了！我的小祖宗，妳這一個晚上都跑去哪裡野了？」盛嬤嬤擔心不已，拉著她的手上下打量，忽地驚呼：「神啊，妳……妳這是怎麼了？是不是有人欺負你？」

「欺負？」她又愣了一下。「誰敢欺負我？」

「那妳脖子上的紅印是怎麼回事？為什麼連裡面的小衣都穿反了？」老嬤嬤畢竟精明，目光如炬，上下掃視朱顏一遍，忍不住變了臉色。「天啊，郡主！妳……妳難道是……哪個天殺的，居然敢欺負妳？妳快老實說昨天到底是去了哪裡！」

「我……我沒事，妳別亂說！」朱顏的臉倏地紅到耳根，支支吾吾半天，忽地跺腳。「反正……反正我沒被人欺負。就算有，也是我欺負了別人！妳就不要再囉囉唆唆地問啦！」

「真的沒事？」盛嬤嬤上下打量著這個小魔頭，越看越不對勁。「小祖宗，妳可是馬上要嫁去白王府的人啊……一整夜不回家，萬一傳出去可怎麼辦？」

「一人做事一人當！」朱顏感覺自己的臉熱辣辣的，卻只硬著脖子道：「放心，我回頭會自己和父王說。」

「什麼？」盛嬤嬤沒想到郡主居然一口就承認了，反而一下子說不出話來，頹然坐到凳子上，喃喃道：「這下可麻煩了！要怎麼和白王府交代？雖說妳嫁過一次，但六部都知道上次壓根兒沒圓房。現在妳……」

「為什麼要和他們交代？」朱顏臉色飛紅，跺腳發了狠話：「反正我不會嫁給白風麟。」

「什麼？」盛嬤嬤大吃一驚。「妳這次難道又想逃婚？」

「我……」朱顏本來想分辯幾句，但又不想扯上師父，只能憤然道：「反正不用妳瞎擔心！」

盛嬤嬤知道郡主從小是個主意大的女娃，看她動了怒氣，只能放軟語氣問道：「郡主餓了嗎？要廚房去燉竹雞嗎？」

朱顏折騰了一晚上沒好好休息，剛回來又被從頭到腳盤問了一番，心裡未免有點煩，賭氣道：「不吃了！我睏了，妳出去吧……誰也不許來吵我！」

將嬤嬤趕出去之後，她獨自坐下來，剛脫下外衣就寢，卻一眼瞥見鏡子裡自己的側頸上果然有幾處紅痕。她忽然明白過來盛嬤嬤為什麼會猜到昨晚發生的事，頓時臉上飛紅，連忙將自己埋進被窩裡。

唉，已經快到卯時了，該是紫宸殿早朝的時間。

帝君駕崩，六王齊集，今日，少不了又是一場大事件。

他……現在應該很忙吧？馬上就要從皇太子變成帝君，整個雲荒的事，以後都要由他來管，只怕有三頭六臂也忙不過來。他什麼時候會來找她呢？明天真的能見到面嗎？

哎……說不定，等一會兒睡著就會夢見了吧？

在入睡之前，她心裡想著，忐忑而充滿期待。

在朱顏留宿白塔絕頂的同一個晚上，葉城一處祕密的後院裡，一口深深的古井蕩漾著，宛如一隻不見底的眼睛。

沒有風、沒有光，只有一泓離合的冰冷井水，簇擁著懸浮在其中的小小孩童。

那是被誘入其中的蘇摩，緊閉著眼睛，在井底的水裡浮浮沉沉，彷彿是陷入一個漫長的夢境。孩子雖然彷彿睡去了，細瘦的手臂卻不停揮舞著，似乎在竭盡全力地游向某一個地方，不敢有絲毫停頓。

無論他多麼努力地掙扎，身體都被凝固在同一個地方，絲毫未曾移動。

「他游到哪裡了？」

「在幻境的距離中，估計快到伽藍帝都的城南碼頭了。」

「很快啊……即便是在大夢的時間裡，也才過了四天半而已吧？」

「是的，這個小傢伙很拚命呢……」

「可憐。」

聲音來自頭頂的某一個地方，帶著俯視一切的悲憫。

圍繞著深深的井口，海國至高無上的三位長老低下頭，一起俯視著被困在黑暗水底的孩子，發出低低的嘆息和議論。在他們腳下，無數的咒語發出璀璨的金光圍繞著井台，似乎將井纏繞成了一個神奇的繭。在那個繭裡面，孤獨的孩子被困在三位長老聯手編織的幻境裡，雙眼緊閉，無法醒來。

「該讓他上岸了吧？」澗長老有些不忍心。「這孩子快累垮了。」

「差不多是時候了。」泉長老凝視著孩子的表情，抬起了手。

在他指尖劃過的地方，幽深死寂的井水忽然起了微微的波瀾，似乎是當空的冷月射下一道光華，水面轉瞬間幻化出一幅瑰麗的圖畫：那是位於鏡湖中心的伽藍帝都的巍峨城門，門口還有緹騎來去，販夫走卒喧囂熱鬧、栩栩如生。

「幻境竟然能這樣真實？」第一次看到這個禁咒的力量，連清長老也不由得讚嘆：「果然是難分真假。」

「大夢之術並不是憑空造出幻境，而是借用現實。我現在就是以鏡湖為鏡，把俗世的景象折射到了水底。」泉長老對另外兩位長老道：「只有以真實的世界為倒影，才能完美無缺地編織出夢境。這個小傢伙可精著呢……略有一點破綻，只怕就會被他識破。」

「嗯……」澗長老點頭，看著水底深處歷歷浮現的幻境和被困在幻境裡的孩子，有一絲疑慮。「你把真實的伽藍帝都給折射下來，締造出大夢結界，固然是省心。可是，萬一那孩子想要見的人也正好被映照在裡面……」

「放心。這幻境裡發生的一切，都將由我們來控制。」泉長老道：「這個孩子內心有太多的不安全感和恐懼，千瘡百孔。我們只要擴大他心裡最微小的陰暗面，便能擊潰他的意志，進而在幻境中左右他的想法。」

「那就好。」另外兩位長老鬆了口氣。

「去吧。」泉長老對著井底沉睡的孩子說了兩個字，抬起手指向那一幅幻境。「去找你想要找的人……去迎接屬於你的命運。」

幻境裡浮現伽藍帝都的水岸邊際線，碼頭近在眼前。位於繭中的孩子全身一震，臉上露出欣喜的表情，似在筋疲力盡之下終於抵達帝都。

泉長老回頭看著另外兩位同僚，目光肅然。「海皇要進入他的幻境了，準備好了嗎？」

同一刻，朱顏也沉入她的夢境。

與睡前的願望相反，她並沒有夢到時影，反而夢見自己再度回到鏡湖邊。

那是伽藍帝都的南門外，湖面映照著月光，如同點點碎銀，美麗不可方物。湖上的世界繁華無比，映在湖上如同幻境。

她站在湖邊怔怔看著，在夢境之中忽然升騰起一種奇怪的感覺：這個場景，似乎有哪裡不對勁？

她還沒有想清楚到底是怎麼了，水中深處有什麼東西冉冉升起——那是一個靈活的影子，如同一條魚朝著她飛速游過來。那是什麼？是一條魚，還是……還是一個鮫人？那個鮫人，是淵嗎？

那一刻，那種奇怪的感覺越來越強烈。

她是在作夢嗎？這個夢，似乎不久前剛剛作過？

當那個影子越來越近的時候，她在夢裡下意識地往後退一步。

「嘩啦」一聲，水面碎裂，有什麼浮出來。水底游過來的竟然是一個孩子，不過

六、七歲的年紀，身形小小的，消瘦陰鬱，眼睛明亮，看著岸邊的她，驚喜萬分地喚了一聲：「姊姊！」

「蘇摩？」她認出那個孩子，大吃一驚。「你怎麼在這裡？」

「姊姊！」那個孩子急速地浮出水面，對著她喊：「姊姊！」

「蘇摩！」她急急俯下身去，試圖抓住他的手。「快上來！」

奇怪的是，那一抓卻落了空。

她的手指從蘇摩的手臂穿過，彷彿握住的只是一個幻影。那一瞬，她因為用力過猛，一個收勢不住，便往湖裡一頭栽進去。

「蘇摩！」她在溺水之前驚呼：「蘇摩！」

「姊姊！」那個孩子也在驚呼，游過來不顧一切地想抓住她的手。然而詭異的事情發生了，他們已經近在咫尺，雙手幾次相遇，都拚命地想抓住彼此，但她的手幾度從他小小的手臂穿過，握住的只是虛無。

這是怎麼回事？她明明就在那個孩子的旁邊，卻怎麼也觸不到他。

恐懼和焦急控制住她，朱顏不顧一切地向著那個孩子伸出手，胡亂掙扎，然而什麼都無法觸碰到。他們之間彷彿隔了一堵無形的牆壁，再不能逾越分毫。冰冷的湖水倒灌入她的七竅，淹沒她的視覺和聽覺。

蘇摩拚命地向她伸出手來，大聲喊：「姊姊……姊姊！」

「蘇摩！蘇摩！」她在水中大聲喊，然而無論用了多大的聲音，蘇摩卻似完全聽不到。不過咫尺之隔，那個孩子也在拚命地揮手，想要抓住她，卻怎麼也無法觸碰到她。

有一堵透明的牆佇立在他們中間，隔開兩個人。

「她怎麼會在這裡？快分開他們！」

恍惚中，一個聲音響了起來，不知道是從哪個角落裡傳來，依稀傳入她的耳畔。

「她竟然進入這裡……糟糕，絕不能讓他們在『鏡像』裡相遇！」

誰？是誰在說話？

她被一股奇怪的力量控制，如同陷入看不見的濃稠泥沼裡，身不由己，拚命掙扎卻只是越陷越深，和蘇摩分開得越來越遠。水淹沒口鼻，令她漸漸不能呼吸，逐步接近滅頂。

所有感知都變得恍惚而遙遠，那是瀕死的感覺。

不……不！她和師父約好了……她絕對不能死在這裡！

這一瞬，隨著內心的強烈呼喚，她的全身彷彿可以動了。她竭盡全力掙扎、呼救，忽然有一道閃電從天而降，「唰」地劈開混沌。

那種沉溺的力量倏地消退，她感覺呼吸一下子順暢起來。

「蘇摩！」

朱顏失聲大喊，掙扎起身。

下一個剎那，她發現自己在房裡醒來，全身發抖，劇烈地咳嗽。周圍還是熟悉的陳設，外面卻已經天亮。房裡瀰漫著一股說不出的詭異沉悶氣息，她發現自己整個人都在出汗，如同從水裡撈出來，從喉嚨裡咳出來的都是淡淡的血。

怎麼回事？她……剛才是作惡夢了嗎？

朱顏怔怔地坐著，一時間回不過神來。感覺到頭頂有光亮一閃，抬頭看去，居然是臨睡前已經好好放在梳妝台前的玉骨。

那根有靈性的簪子自行飛起來，懸在虛空中，正圍繞著她飛行，發出明滅的光芒——剛才那道閃電，難道是它？是它把自己救出惡夢的圍困？這……這是怎麼回事？自己剛才作了個夢嗎？

可是這個夢，實在太不尋常了。

朱顏獨自在床上喘息半天，渾身冷汗，回憶著夢境裡的一切，心裡忐忑不安。蘇摩到底怎麼了？那個小兔崽子失蹤已經好幾個月，但她自己也在這幾個月裡歷經生死大劫，自顧不暇，竟是不能分身出去好好尋找他。

如今作了這種夢，難道是一種不祥的預示？萬一那個小兔崽子真的出了什麼不測，那……

玉骨在掌心不停地明暗跳躍，如同她焦灼的心。

第四十六章　無盡惡夢

當玉骨從天而降，閃電般擊穿水中幻影的時候，圍在井邊上的三位長老齊齊一震，不由自主地同時向後踉蹌一步，「哇」的一聲吐出一口鮮血。

「糟糕，術法被破了嗎？」泉長老顧不得受傷，連忙爬到井口，向下望去。那一池清澈的古井之水已經混濁，變成血一樣的顏色。

幸好，那個孩子還是宛如胎兒般蜷縮在水底，全身劇烈抽搐，並沒有睜開眼睛。他脖子上那個錦囊發出光芒，拘禁他的魂魄，井台上的符咒一圈一圈地纏繞，將這個孩子繼續困在這個造出來的幻境中。

「還好……」泉長老鬆一口氣。「大夢之術尚未被破。」

另外兩位長老劇烈地咳嗽著，從地上掙扎起身，震驚地說道：「剛才……剛才是怎麼回事？是有人闖入大夢之術裡，破了我們的術法嗎？」

泉長老咳嗽著說：「對，是那個女人。」

「什麼？」清長老和澗長老齊齊失聲。「難道是那個空桑的……」

泉長老迅速豎起食指，看了一眼井底的孩子，另外兩個長老也立刻噤聲，壓低聲音道：「她……她怎麼會闖進來？那個空桑小郡主，應該不知道這個孩子在我們手裡吧？」

「應該是她的地魄太過於活躍，在睡夢中飄游在外，無意間穿破了無色兩界，闖入我們的幻境。」泉長老低聲嘆了口氣。「天意啊……或許是因為心切吧，在白日裡還魂牽夢縈著這件事，想要找到這個孩子。」

其他兩位長老都不說話了，許久，潤長老嘆息了一聲：「唉，她的確是非常關心這個孩子。」

「可是要闖入大夢之術需要很強大的靈力。」清長老喃喃說著，還是覺得不可思議。「她年紀輕輕，不過十幾年的修為，怎麼能……」

泉長老冷笑道：「你不知道她是九嶷山大神官的嫡傳弟子嗎？」

清長老和潤長老同時吸了一口冷氣，不再說話。

這些年來，九嶷神廟的大神官時影一直在苦苦追查海皇復生的線索，甚至幾度逼近真相。這個小郡主和蘇摩的關係如此緊密，如果他通過朱顏得知蘇摩的存在，只怕海國最大的祕密就要保不住了。

「那些空桑人離我們的最高機密只有一步之遙了。」泉長老低聲說著，臉色嚴肅。「我們得趕緊將剩下的步驟結束。若是一旦驚動了時影，海皇就會面臨極大的危險。」

「是。」另外兩位長老應聲而起，回到古井旁邊。

「這孩子夢到哪裡？」泉長老低聲問道，併指點去，井台上的符咒倏地發出耀眼的光，如同流動的閃電，「唰」地映射入水底，將那個瘦小的孩子包圍起來。

水面正重新平靜下來，微微蕩漾，映射著月光，交織出新的幻境。

從井口俯視下去，如同俯視著另一種人生。

那些流動的波光裡隱約浮現的，完全是帝都伽藍城裡的景象，栩栩如生。而那個孩子剛剛從鏡湖裡筋疲力盡地浮出，髮梢滴著水，赤腳站在車水馬龍的城門口，顯得瘦小孤獨、無所適從。

他還在幻境裡尋找他的姊姊，不曾放棄。

「要知道，海皇的血統過於強大，即便是用最強的術法，也未必能完全封住這個孩子的記憶。」泉長老嘆了口氣，看著沉在井底蘇摩，低聲道：「除非是他心甘情願地遺忘，從內而外地斷絕，才能永絕後患。」

「心甘情願？」清長老苦笑。「這孩子可固執了，怎麼可能心甘情願？」

「總有辦法。」泉長老看著幻影裡的孩子，低聲問：「關於那個空桑赤族郡主，這個孩子現實裡對她的記憶停在哪裡？」

「在屠龍村那裡。」另外兩位長老回答：「根據申屠大夫的描述，那個空桑郡主協助他完成了手術，從蘇摩身體裡將寄生胎取出後，她就奔赴戰場，申屠大夫則將蘇摩帶到鏡湖大營。那之後，他們沒再見過面。」

「嗯。那麼說來，這個孩子關於那個空桑郡主的最後一個記憶，似乎是非常痛苦的？」泉長老喃喃說著，眼裡居然流露出欣喜的神色。「太好了……我們只要擴大這種痛苦，便能找到一個完美的開始。」

「完美的開始？」另外兩位長老有些不解。

「我們要擊潰這個孩子的內心，把一個念頭植入他的潛意識裡，用來抵消那個空桑女子留在他心裡的依戀。」泉長老合起手，指尖開始流動淡淡的光華。「我們要讓他深深記住，那個所謂的姊姊，其實是令他痛苦的。」

「來吧……從現在開始，他的記憶，就由我們來編織。」

「我們一定要把海皇的心，重新拉回到族人身上！」

蘇摩不知道自己游了多久，才從葉城西市的那口古井裡游到伽藍帝都。這一路上他恍恍惚惚，全都在深藍色的水底潛行，甚至分不清頭頂的晝夜變幻。直到那座湖心的巍峨城市近在咫尺，他才筋疲力竭地浮出水面。

離開水面的那一瞬，孩子忽然看到岸上華麗軒昂的車隊，有金甲的斥候在前面來回開路，車馬綿延不絕。

「誰啊，竟然在御道上策馬？」

「是赤王的獨女，今天跟著父親進宮去覲見帝君，商談聯姻的事。帝君為表恩寵，特許她馳馬入禁城。可真是風光啊。」

「了不得、了不得啊……高嫁高娶，王室聯姻。」

聽到岸上圍觀百姓的竊竊私語，孩子忍不住打了個哆嗦。那一瞬間，在葉城行宮裡遭遇的事情又歷歷浮上心頭——

『我們可沒有騙你，你出去問問，全天下都知道白族和赤族要聯姻了！』

『別作夢了。她馬上要嫁給葉城總督，做未來的白王妃，哪裡還會把你這個小兔崽子放心上？』

『她早就不要你了！』

那時候，行宮裡的侍女那麼說，連如姨也那麼說。

眾口鑠金、言之鑿鑿，但他不信。

他對自己說，除非親眼看到、親耳聽到，否則他才不會相信那些人說的話。

現在，他終於親眼看到了。

蘇摩從水裡爬上岸來，踉踉蹌蹌地擠入人群裡。有一輛金色馬車正從眼前駛過，風微微吹動繡金的垂簾，金鉤搖晃，露出裡面穿著華貴衣衫的美麗少女。

殘月還懸在天際，黎明前的微光裡，那個明麗爽朗的赤之一族郡主，全身籠罩在繡金霞帔裡，美得宛如不真實。

那是她！真的是她！

「姊姊！」那一刻，孩子再也忍不住失聲大喊起來：「姊姊！我在這裡！」

他竭盡全力大聲呼喚，但畢竟人小力弱，聲音被喧鬧的喜樂聲蓋了過去，龐大的車隊並不因為他而有絲毫的停滯，還是照樣飛馳而過。孩子不捨，踉踉蹌蹌地跟隨著車隊奔跑，想要追上她乘坐的那駕華麗馬車。

侍衛立刻將他從人群裡推搡出去，厲聲斥責：「小兔崽子，居然敢衝撞車隊？還不快滾？」

「且慢！」很快旁邊的另一個侍衛發現了他的身分，立刻道：「這是個鮫人！他的主人呢？怎麼放奴隸出來亂走？快抓起來！」

「姊姊……姊姊！」孩子拚命反抗，卻被打倒在地上。

彷彿聽到外面的聲音，馬車停下來，一隻纖細的手伸出來，將垂落的簾子微微往上挑起三分之一。簾子下露出一雙熟悉的眼睛，明亮而美麗，如同火焰一樣跳躍——那真是赤之一族的朱顏郡主。

她的視線落在那個被打倒在地的孩子身上，頓時停住。

「姊姊？」蘇摩看到她終於注意到自己，不由得驚喜萬分，伸出細小的手臂狂呼：「姊姊！我在這裡！」

然而，朱顏的眉頭微微一揚，忽然低低說一句：「怎麼又是你？」她沉下臉來，手忽地往回一收，簾子「啪」的一聲重新垂落，擋住她的臉，再也看不見。

孩子的身體忽然僵硬，然後開始劇烈地發抖。

剛才……剛才姊姊說什麼？「又是你」？

蘇摩看著垂落的簾子，手指竟然不能動上一動。這一路上，他歷經千辛萬苦，橫渡了鏡湖才來到這裡，此刻要找的人已經近在眼前，然而他彷彿失去所有力氣。

馬車裡傳來另一個人的聲音，像是照顧過自己的盛嬤嬤。那個老人語氣比較溫和，似乎還想喚起朱顏的同情心：「哎，郡主妳聽，那小傢伙一直叫妳『姊姊』呢，滿可憐的。」

朱顏的語氣卻是冰冷：「我是獨女，哪來的弟弟？」

只是短短一句話，便把孩子釘在原地。那句話如同一把短而利的刀，扎進心臟，再無餘地。

盛嬤嬤還想替他求情：「那些侍衛，只怕會把他打死了。」

「打死也是活該。」然而朱顏不為所動，聲音充滿厭惡和不耐煩。「我不是一早叫人拿了錢打發他走嗎？怎麼這個小兔崽子居然不識相，不但不走，還非要闖到這裡來？」

「姊姊！」蘇摩猛然一震，不敢相信這些話是從熟悉的人嘴裡說出的。那一刻，他不知道哪來的力氣，忽地撲過去，伸手將那一道簾子扯下來，失聲問：「妳……妳真的不要我了？」

「小兔崽子！」馬車裡的朱顏一下子暴露在天光下，轉過頭，怒容滿面。「還不快點把他拉開？萬一被人看到一個鮫人小奴隸叫我『姊姊』，我們赤之一族的臉往哪裡擱？」

聽到郡主的命令，侍衛們立刻衝上來，抓住孩子細小的胳膊。

「妳說謊！」然而蘇摩掙扎著，失聲大喊，聲音發抖。「妳……妳明明說過不會扔掉我的！妳看……這是妳派來的紙鶴！」

孩子抬起手，竭盡全力將細小的胳膊抬起。在他攤開的掌心裡，捏著一個稀爛的紙鶴，被血染紅、被水浸泡，早已看不出形狀。它被孩子死死地捏在手心，幾乎揉皺成一團。

坐在馬車裡的朱顏一眼瞥見，表情忽然大變。

「這是妳的紙鶴！」蘇摩看著她的表情，眼裡有最後一絲期盼。「我……我知道妳一直在找我回去！妳不會丟下我的，是不是？姊姊！」

朱顏似乎也怔了一下，陡然沉默，不知如何應對。

她的臉色蒼白呆滯，如同木偶。

那一瞬，不知道是不是幻覺，似乎連時間都停止了。隔著霞帔，蘇摩可以看到她眼裡的表情是凝結的，手指是凝結的，甚至連此刻吹過的風、湧過的浪、身上飛舞的華麗霞帔，都似乎瞬間靜止，彷彿鏡像凝結，如此詭異。

「怎麼回事？」耳邊有一個熟悉的聲音響起來，隱約自極其遙遠的地方傳來，帶著止不住的驚駭。「這紙鶴是從哪裡來的？」

「好像是那孩子一直捏在掌心裡帶進去的。」

「該死，我們忘了好好檢查一下。」

「什麼，這東西居然被他帶進幻境裡？這下糟了！」

誰？誰的聲音？好熟悉……好像是復國軍的那幾個長老？他們怎麼會在這裡？難道他們知道自己偷偷逃跑，已經追過來了嗎？

那一瞬，蘇摩顫抖一下，流露出一絲恐懼。他甚至想下意識地拔腿逃跑，遠離人群，躲回鏡湖之下的水裡。

然而，身邊所有的景象都只是停頓了短短一瞬，又驟然開始，恢復了正常。

「小兔崽子！你在作夢呢？這是什麼破紙？」朱顏變了臉色，不耐煩地蹙眉說了一聲後，一道黑影迎面而來。「還不快滾開？」

只聽「唰」的一聲，竟是一條鞭子抽過來，將他手上的紙鶴抽得稀爛。蘇摩來不及縮手，手心裡頓時留下一道殷紅的血痕。

「姊姊！」孩子震驚地看著她，顫聲道：「妳……妳以前說過的話，難道是在騙我嗎？」

「騙你又怎麼樣？小孩子家家，腦子沒長好，跟你說什麼都當真啊？」馬車裡的朱顏冷笑一聲，又揚一下鞭子，嫌棄地嘀咕：「趕你走都不走，真是卑賤……還不快滾？」

「騙子！」蘇摩忽然衝向馬車，厲聲道：「妳這個騙子！」

「快拉開他！別讓他碰到郡主！」眼看他快要撲到郡主的身側，侍衛們應聲而至，一把將孩子抓住，粗暴地拖了回來。

孩子出奇地倔強，任憑侍衛們拳打腳踢，死活都不喊一聲痛。然而馬車裡的朱顏看著這一切，只是皺了皺眉頭，一句話也沒說。她臉上的表情充滿厭惡與不屑，如同看著一隻癩皮狗。

孩子愣了一下，胸中的那一口氣忽然洩了，不再掙扎。

「小兔崽子！」侍衛長終於抓住他，一把拎起來，氣急敗壞地對下屬大喊：「給我送去西市！」

什麼？孩子吃了一驚，大叫著重新拚命掙扎起來。這些空桑人，難道準備把他送去西市，當作奴隸賣掉嗎？

那一刻，他再也忍不住轉過頭，求助似地看著她。只要馬車裡那個錦衣玉食的空桑貴族小姐說上一句話，就能扭轉他被販賣為奴的命運，然而，朱顏根本沒有用眼角的餘光瞥他一眼，如同完全忘了這個鮫人小奴隸的存在。

那一刻，看到她的表情，蘇摩的心忽然冷下去，不再掙扎。

「姊姊。」他最後輕輕地叫了一聲，聲音輕得只有自己聽得見。

孩子忽然間不再反抗了，像死了一樣一動不動。蜂擁而上的侍衛們按住他，將他從地上拖起來，拳腳如雨落下。額頭被打破了，血從眼睛上流下來，整個世界在孩子的眼睛裡變成一片血紅色。然而這一次，無論怎樣痛徹心扉，他都沒有再開口喊她、求她。

她留給他最後的記憶，是如此疼痛徹骨，難以忘記。

當小小的手指失去力氣後，那只稀爛的紙鶴從他的掌心裡掉出來，展開折斷的翅膀，歪歪扭扭地在地上打轉，如同一個破爛的玩偶。

如此可笑，如此幼稚。

如同孩童內心一度對溫暖的奢望。

「停！」一泉長老忽然間收住手勢，向另外兩位長老厲斥：「快停！」

三位長老停住咒術，放下手臂，倏地齊齊往後退一步。陣法一撤，井台上繁複咒語發出的金光黯淡下去，卻依舊圍繞著井中的孩童，如同一道金色的牆將其圍困。

古井無波，其中映照著種種栩栩如生的幻影。水面上最後凝固的影子，是掉頭離去的空桑郡主，以及蜂擁而上毆打孩童的侍從，幾乎像是真的一樣。

蘇摩沉睡在幻境裡，一動不動。

「進行得很順利。」清長老愕然問：「為什麼要停下來？」

「我有點擔心。」一泉長老在井台上凝視著水面下的孩子，露出一絲焦慮。「這孩子……為什麼忽然不反抗了？」

「心死了嘛。」澗長老冷冷道：「他終於相信對方是真的不要他。」

「停在這裡最合適。」清長老讚許地頷首。「到這裡為止，這個空桑郡主留下的最後印象，和這個孩子的記憶非常吻合，天衣無縫。」

無論是實境還是幻境，在這個孩子日後的記憶裡，關於這個空桑郡主的片段，都是極其痛苦的記憶，戛然而止、再無後續。

就這樣斬斷一切糾葛，才算是乾淨俐落。

三位長老從井台上往下看去，這口井如同一隻深不見底的眼瞳，而孩子被困在井底，全身蜷縮著，如同回到母親子宮裡的胎兒，一動不動。他的手指鬆開了，掌心裡捏著的那只紙鶴漂浮起來，在古井水面上浮浮沉沉，拖著折斷的翅膀，漸漸變成一團爛紙。

「真是倔強。」泉長老嘆了口氣。「他居然一直留著那只紙鶴。」

「是我們的疏忽。」另外兩位長老低聲說：「我們已經把他軟禁在這裡一段日子，以為切斷了他和外界的聯繫，卻沒有發現他居然帶了這東西在身邊。」

「那只紙鶴，真的是那個赤之一族的郡主放出來的嗎？」泉長老搖了搖頭，似乎想要說什麼，然而那一刻，水面上忽然起了微微的波瀾。

有一點光從黑暗深處升起，竟然突破井口符咒的封鎖。

「那是……」泉長老怔住了，失聲喊：「紙鶴？」

那只皺巴巴的、支離破碎的紙鶴，在水面上沉浮片刻，忽然間彷彿被注入一股力量，「唰」地振起翅膀，活了過來。

「糟糕！」泉長老失聲，手指飛快地一彈，一道白光呼嘯而出，追向空中飛去的紙鶴，想要把它當空焚燒為灰燼。

但終究遲了一步，那只紙鶴從古井幻境中飛起，歪歪斜斜地消失在夜空裡。

「什麼？這、這是……」三位長老不敢相信地回過頭，看著沉在古井底的孩子。蘇摩仍是緊閉著眼睛，消瘦蒼白的小臉上鐫刻著絕然的表情，嘴唇微微顫抖。剛才那一刻，他雖然克制著沒有喊出「姊姊」兩個字，心裡的力量卻增強到了不可思議的地步。

在那樣強大的念力之下，那只殘破的紙鶴才會瞬間復活。它帶著孩子不熄的執念，破空飛起，去尋找最初的緣起。

「現在怎麼辦？」另外兩位長老詢問，有一些措手不及。

「還能怎麼辦？事已至此，只能做到底。」泉長老卻是處變不驚，低下頭看著古井幻境裡沉睡的孩子。「這孩子非常倔強孤僻，心裡只要還有一念未曾熄滅，就永遠不會放下這一切，成為我們的海皇。」

「難道還要繼續給他施用大夢之術嗎？」清長老有些沒有把握，看著水底七竅流血、蜷縮成一團的孩子。「這麼小的孩子，會不會承受不住？上次陷入大夢幻境的那個人，最終精神崩潰，再也沒有醒來。」

「不會的。」泉長老冷冷看了一眼水底的孩子。「如果這麼容易就崩潰了，那也就不是我們的海皇。」

另外兩位長老無語。

泉長老低聲催促：「快，我們要趁著那些空桑人還沒被驚動，把這個大夢之術完成。我來主導接下來的夢境，你們繼續配合我。」

三位長老悄然移動，重新守住古井的三個方位。

隨著祝頌聲吐出，井口的金光再次閃耀，編出了深不見底的幻境。

漫長的惡夢，似乎完全沒有醒來的時候。

被赤王府的侍從們拳打腳踢了一頓，蘇摩覺得自己的身體千瘡百孔，在痛得幾乎碎裂中昏迷過去，再無知覺。

醒來的時候，他在一個陌生的地方，冰冷的鐵籠子禁錮著他瘦小的身體，臉壓在籠上，不知昏迷了多久，滿臉都是青紫色的壓印。然而，睜開眼睛的瞬間，蘇摩就忍不住全身顫抖一下，瞬間認出自己身在何處。

這是葉城的西市，最大的鮫人奴隸市場。

他曾經在這裡度過了整個童年，期間的痛苦與屈辱，多年後只要一想起就令人全身發抖。儘管後來，他逃出那個牢籠，但那個惡夢還是日日夜夜歸來，在夜裡吞噬著孩子的心，令他從骨髓中發抖。

小小的孩子幾乎窮盡一生之力，才逃離這個惡夢般的牢籠，卻沒想到五十年後，居然又輾轉回到這裡。

孩子虛弱地喘息著，睜開眼睛看了一下。

這是一間規模不大的小店，光線黯淡，房間裡層層疊疊堆著大約十六、七個鐵籠，每個籠子裡都關著一個鮫人。那些同族個個消瘦蒼白，年齡不一，有些看上去甚至比他還小，只有五、六歲的模樣。但每個鮫人無一例外都拖著沉重的鐐銬，關在手臂粗的鐵籠裡，身邊放著一盆水、一碗飯，如同成批出售的畜生。

「你醒了？」一看到他睜開眼睛，隔壁籠子有人關切地問。

那是一個比他大一些的鮫人，剛剛分化出性別，看上去如同人類十五、六歲的少女，然而還不曾在屠龍戶手裡破身，拖著一條魚尾，看上去分外怪異，正攀著鐵籠，殷切地看著隔壁籠子裡奄奄一息的孩童。

蘇摩別開臉，不想和對方的視線觸碰，飛快地明白自己目下的處境——那些空桑人，竟然真的把他賣到葉城的奴隸市場。

那個曾經被他稱為「姊姊」的人，對這一切視而不見。

一念及此，孩子再也忍不住地發抖，瘦小的身體劇烈地戰慄，連帶著鎖住手腳和脖子的鐵鍊都不停顫動，敲擊在鐵籠上發出細密的「叮叮」聲。

「怎麼了？」隔壁籠子的鮫人少女吃了一驚。「你很冷嗎？」

孩子沒有回答，咬著牙壓抑住顫抖，強迫自己冷靜下來。可是，要怎麼不去想呢？他的姊姊，那個曾經發誓過要照顧他的空桑郡主，居然如此無情狠毒。她把他再度扔回了多年前逃離的那個地獄裡，頭也不回地離開。

不……不！怎麼會這樣？

那個鮫人少女看著這個孩子問：「我叫楚楚，你呢？」

蘇摩還是蜷縮在籠子角落發著抖，咬牙不說話，眼神宛如一隻重傷垂死的小獸，拚命忍受著內心想要噬咬一切的衝動，壓根兒沒有要回答她的問題。

「你都昏過去三天多了，是不是餓壞了？」那個叫楚楚的鮫人少女並沒有怪他，只是嘆了口氣。「可憐見的，你才六十幾歲吧？那麼小就被抓來這裡，唉……餓壞了身體可不行，快吃點東西吧。」

蘇摩沒有回答，只是看了一眼那個粗糙的瓷碗。碗裡只有一點混濁的水，以及一些不新鮮的水草和發臭的貝類，哪裡是可以吃的食物？

顯然看出孩子臉上的厭惡，楚楚嘆了口氣，只聽輕輕一聲響，有一個東西被塞了過來。

「喏，吃這個吧。」楚楚輕聲道：「這個味道挺好的。」

孩子下意識地張開手，發現被塞過來的居然是一條烤得香噴噴的小魚乾，不由得愕然，抬頭看了隔壁籠子的少女一眼。不知道為什麼，那一眼讓孩子吃了一驚。這個鮫人少女，為什麼看上去竟然有點像某個人……

對，像如意……後來去了星海雲庭的那個如姨。

五十年前，當他在囚籠中長大時，她也曾這樣照顧過自己。

那一瞬，孩子的眼神微微變幻，無聲地柔軟了起來。

「這是我偷偷攢下來的私貨，平時都捨不得吃呢。」看到孩子順從地咬住烤魚乾吃了下去，鮫人少女吐了吐舌頭，眼睛亮亮的。「你快吃吧，被主人看到就糟糕了。他可凶了，你記著千萬別頂撞他。」

孩子沒有理會她好意的叮囑，只是雙手捧著烤魚乾，埋下臉拚命地啃，很快魚乾便變成一根魚骨，而孩子的半張臉上也沾滿了碎屑。

「嘻嘻……花臉小饞貓。」楚楚忍不住笑了。

有什麼柔軟冰涼的東西忽然攀上孩子的臉，溫柔地擦拭。蘇摩吃了一驚，下意識地往後靠了一靠，定睛看去——原來是魚尾，隔著籠子從縫隙裡伸過來，如同靈活的手指輕撫著他的面容，替他擦去嘴角的碎屑。

「沒見過長魚尾的鮫人嗎？」鮫人少女看到孩子的眼神，忍不住笑了。作為一個被關在籠子裡的鮫人，她笑得未免太多一些。

蘇摩沒有回答，側過頭去，不讓她繼續摸。

「我是在碧落海裡長大的……剛剛被抓來雲荒。」楚楚嘆了口氣。「你沒見過碧落海吧？那裡可美了，有七色的海草、珊瑚做的宮殿，在夜裡，無數的大蚌會浮出海面，迎著星空開合，吐出一粒粒的夜明珠……簡直是陸地上的人作夢都夢不到的美景。」

那個少女的聲音縹緲而傳神，幾乎在孩子的眼前勾勒出一幅遙遠的故鄉圖畫。蘇摩聽著聽著，眼裡的陰鬱灰暗漸漸消逝，露出一絲嚮往，彷彿是有人在他小小的心底埋下一粒隱約可見的火種。

碧落海，鮫人的故鄉。

這一生，他是否還有機會從陸地回到大海？

「我恨這些空桑人。」楚楚喃喃說著，聲音絕望又哀愁。「他們滅了我們海國，還把鮫人抓來當奴隸。都已經幾千年了，這種日子何時是個頭……」

何時是個頭？蘇摩怔了一下，心裡竟隱約一痛。

這樣的話，他似乎也從如姨的嘴裡聽說過。

然而，他們兩人隔著籠子剛說到這裡，橫空就傳來一聲響亮的「哈哈」笑聲，有人推開門道：「爺，您的運氣真不錯，這次店裡新到了一批剛剛捕獲的鮫人。您看，都是頂新鮮的貨色，足以媲美星海雲庭裡的美人呢。」

外面傳來雜遝的腳步聲，有人進來，挨個籠子看過來。

「星海雲庭？」客人冷笑一聲。「你這裡的破爛貨，哪能和那地方相比？」他一邊說著，一邊看著籠子裡關著的各個鮫人，從鼻子哼了一聲。「連破身都沒破，甩著一條魚尾就拿出來賣？賈老六，你該不是又賭輸，連找個屠龍戶的錢都沒了吧？」

「嘿，這才是原汁原味的鮫人嘛，都剛從海裡捕回來的。」店主是個矮胖的中年人，笑容帶著幾分猥瑣，點頭哈腰。「爺您看中了哪個，馬上送去破身，劈出兩條腿來，包管又長又直又白嫩。」

客人是個黃褐面皮的空桑商賈，熟練地打量著陳列在面前的貨色，顯然從事奴隸買賣已久，伸出手探入籠子，將一個個垂著頭的鮫人拉起來看，嘴裡道：「賈老六，你該不是糊弄我吧？怎麼這一批都是歪瓜裂棗？」

「爺，您是老顧客了。」店主連忙賠笑：「價錢好說。」

「賈老六，看來你真是賭得當了褲子啊。」客人一邊冷冷說著，一邊挨個仔細地挑選打量，嘴裡道：「價錢便宜也沒用，這次是為葉城城主選幾個自用的鮫人奴隸……嘿，人家什麼眼界？這些貨能看入眼？」

店主愣了一下問：「城主？白風麟大人？他……不是要成親了嗎？」

「要置外宅。」客人哼了一聲。「以前城主喜歡去星海雲庭，不過成親以後礙著赤王的面子，就不大方便再去，只能多畜養幾個奴隸在外頭。空桑貴族，誰不養幾個鮫人玩玩？」

「也是、也是。」店主連忙點頭應道：「那您好好挑。」

客人看了一圈，似乎都沒有特別中意的，最終將眼光投向角落裡的籠子，忽然眼前一亮：「喲，這裡還有個雛兒？」

孩子竭力想要往後閃躲，然而身體虛弱到連動一下都乏力，只能拖著沉重的鐐銬挪動，盡可能將身體蜷縮在籠子的一角。

然而，一隻肥胖的手飛快地伸進來，一把抓住他的頭髮。

「嘿，這可是一個絕色。」店主用力地揪住蘇摩的頭髮，將孩子的臉扯得向上仰起，轉向客人。「爺，看到了沒？多漂亮的孩子啊！您見過這麼美的臉蛋嗎？」

客人的目光盯住孩子的臉，也流露出驚豔的表情，然而神色轉瞬恢復了平常，只是淡淡道：「年紀太小了，身體也都是疤。」

店主連忙道：「不小！別看外形只有六十幾歲，但您看一下骨齡，應該有七、八十歲了。」

「就算有七、八十歲，那也要養個五、六十年才能成年。」客人不為所動。「我買他過來幹嘛？留給下一代？我是做生意的，早點脫手早點變現，可不想攢個傳家寶。」

「這……」店主苦著臉，一時想不出說什麼好。

「而且，光臉長得好看有什麼用？」客人打量著籠子裡的蘇摩，繼續挑剌，嘴下不留情。「身體那麼瘦小，腹部傷痕累累，背上還全是黑色的胎記，誰買了誰賠錢。賈老六，你是怎麼搞的，撿便宜被人蒙了吧？」

店主被這麼劈頭蓋臉地一說，心寒了一半，氣呼呼地鬆開手。蘇摩得到自由，立刻縮回籠子角落，死死盯著眼前的兩個空桑人，眼神裡充滿憎恨。

客人心機深沉，暫時先放開蘇摩，眼睛一轉，視線落到隔壁的籠子裡，脫口道：

「這個女娃倒是不錯。」

「嘿，您有眼光！」店主連忙點頭，一把抓住籠子裡的楚楚拖到客人的面前。

「這是從碧落海深處剛剛抓回來的鮫人，產地最好，血統最純！年紀也合適，剛剛一百五十歲，臉蛋嬌嫩，身體也完美！」

只聽「唰」的一聲，楚楚身上的衣服被一把撕下。她嚇得發抖，卻不敢反抗。少女的身體美麗如玉石，細膩得看不見一絲瑕疵，微微發著抖，腰身以下曲線優美，赫然是連著一條覆蓋著薄薄藍色鱗片的魚尾。

「嗯……」客人銳利的眼神上下打量著，片刻才道：「八百金銖。」

「哎，爺，這實在太少了！」店主一聽，連天叫起苦來。「為了把她運回來，光給船家就付了五百金銖的船資呢。」

「八百。」客人絲毫不讓步。「只是個半成品而已，我找屠龍戶給她破身還得花好幾百。而且萬一腿劈得不正，這錢可就白費了。」

「一千？養了也有半年，爺好歹讓我賺一點。」店主試著還價，苦苦哀求，一把抓過隔壁籠子裡的蘇摩。「要不，我把這個孩子當添頭送您？」

「九百。」客人神色微微一動，露出正中下懷的表情，卻還是故作沉吟。「再多我就走了。」

「好好！」店主連忙點頭。「成交！」

客人拍了拍手，立刻有隨從進來，將籠子裡挑選好的鮫人拉出來。楚楚一直在發抖，拚命用手掩著胸口碎裂的衣服，被塞進了另一個新的籠子。在被拉走之前，她偷了個空，匆匆對隔壁籠子裡的蘇摩說了一句：「別怕。」

孩子愣了一下，抬起湛碧色的眼睛看她一眼。

「你不要怕。」自顧不暇的鮫人少女殷切地看著這個孤獨瘦弱的孩子，低聲道：「還好我們是一起被買走……這一路上，我會照顧你。」

那一刻，她的面容看上去分外像記憶中的如姨，竟然讓蘇摩有些微的恍惚，冷冷的眼神終於動了一下。自己都快要不行了，還記著要照顧一個剛認識的人？這一切，只是因為他們是同族嗎？

同樣遭亡國，同樣被奴役，同樣的千百年來悲慘的命運。

就是因為相同的血、相同的悲慘境遇，才把他們連在一起嗎？

當那些隨從過來想把蘇摩拉出來的時候，一直沉默的孩子忽然爆發了，如同一隻小獸一樣從籠子裡跳起來，一頭撞向對方的胸口，狠狠咬了下去。

「小兔崽子！」隨從怒喝一聲，虎口上流下了鮮血。

「怎麼了？」客人愕然，想要上前察看，但話音未落，眼前一黑，只覺得一陣劇痛，鮮血從額頭倏地流下來。

「滾！」孩子拿起籠子裡盛水的粗瓷碗，用盡全力對著客人砸過去，厲聲大叫：「不許碰我，你們這些骯髒的空桑人！」

客人慘叫著跌倒在地，額頭裂了一條半尺長的血口子。隨從們怒喝著蜂擁而上，一時間整間店裡雞飛狗跳。

蘇摩被幾個彪形大漢從籠子裡拖出來，由客人帶頭，圍在中間輪流痛打。店主知道這個小兔崽子闖了禍，雖然驚懼，卻不敢上前勸阻。

「不要打了！不要打了！」有人叫起來，拚命地撲過去擋在孩子的面前，竟然是楚楚。她不顧一切地撲過去，拖著一條魚尾在地上掙扎，苦苦哀求：「各位爺，他還是個孩子……還是個孩子呀！別打了！」

然而，在氣頭上的客人哪裡管得了這些？一個兜心腳過去，便將勸架的楚楚踢倒在地上。沒有雙腿的鮫人摔倒在地，無法起身，只能拚命撲騰著，彎下身體擋住孩子，咬著牙，忍受如雨而落的拳腳。

「沒事的。」楚楚咬著牙，安慰懷裡的孩子，美麗的臉卻因為一下下的擊打而痛苦得變形。她顫聲道：「忍忍就過去了，別……別怕。」

話音未落，有人一腳重重地踢在她的脊椎骨正中央，她再也忍受不住地叫了一聲，一口鮮血噴出來，軟軟地倒下去，一動不動。

「哎、哎，爺快別打了！小心手疼！」店主眼看鮫人要死了，這一回終於急了。

「打死還髒了您的手呢！」

最終，客人什麼都沒有買就怒氣沖沖地走了。

「你這個小兔崽子！」不等客人前腳離去，店主一把將倒在地上血流滿面的孩子拖出來。「闖禍精！觸霉頭！看我不打死你！」

蘇摩從楚楚的身下被拖出來，卻一動也不動。孩子的臉上全是血，幾乎糊住了眼睛，但不是他自己的，而是那個鮫人少女的血。她的脊椎被踢斷了，內臟也受重傷，大口的血從嘴裡噴出來。

在屠龍戶趕來搶救之前，她便斷了呼吸。

蘇摩呆呆地看著這個認識不到一天的同族，看到她美麗嬌嫩的容顏在死亡的瞬間枯萎，看著她拖著一條魚尾，漸漸在冰冷骯髒的地面上停止呼吸。她微閉的眼角噙著兩滴淚，漸漸凝結成水滴狀的珍珠，晶瑩圓潤，「啪」的一聲落在地上，細微無聲。尾鰭微微抽搐了一下，然後徹底不動了。

店主罵罵咧咧地過來，一腳將她踹開，然後俯下身撿起那兩顆珍珠。

這個像如姨一樣對待他的年輕同族，就這樣死了。她再也不能回到朝思暮想的碧落海，連最後一滴淚也被空桑人撿回去，當作珍珠販賣。

可是蘇摩怔怔地看著，臉上並沒有表情。

「這個災星！你怎麼不去死？」店主眼看店裡唯一的搖錢樹倒了，氣急敗壞，把惹禍的蘇摩幾乎往死裡打。然而孩子不閃不避，就這樣承受著如雨而落的棍棒，被打得鼻青臉腫，臉上還是沒有表情。

「啪」的一聲，手腕粗的木棍在孩子的背上斷裂，蘇摩跌倒在地。

「這該死的小兔崽子！邪性！」店主氣餒了，筋疲力盡地扔掉棍子，指著他罵。「養著也是白費錢，賣也賣不掉，這麼打卻連滴眼淚都不掉，也不能收集鮫珠去賣錢。養你這個傢伙有什麼用？還不如扔掉得了！」

「扔了可惜。」一旁邊有惡僕出主意，指著孩子湛碧色的雙眸。「至少這孩子還有一雙完好的眼睛。」

店主一拍大腿道：「沒錯！我怎麼差點忘了？鮫人全身都是寶，這一對眼睛挖出來好好炮製，還能做成凝碧珠，賣上個幾百金銖呢。」

然而話音未落，蘇摩忽然抓起地上碎裂的瓷片。

「怎麼？」店主吃了一驚，以為這孩子又要攻擊人。

可是，蘇摩只是冷冷地看著這一屋子的空桑人，二話不說抬起手，將碎瓷片毫不猶豫地扎入自己的眼睛。鮮血從眼中流下，殷紅可怖，孩子本來絕美的臉龐，剎那變成惡鬼。

店裡的所有人都驚住了，呆若木雞。

「滾開！你們這群骯髒的空桑人！」蘇摩雙目流下殷紅的血，握著尖利的碎片，對著那群人厲聲道：「我再也不會聽你們擺布！你們這些空桑人，永遠、永遠不要再想從我身上得到任何東西！永遠！」

血如同兩行淚，滑過孩童的臉，觸目驚心。

當孩子在幻境裡用盡全力喊出那句話時，古井外的三位長老齊齊失色。

海皇竟然親手刺瞎自己的眼睛。

「不好！」泉長老驚呼一聲，雙手在胸口交叉。「快結陣！」

那一刻，他們能監控到這個孩子的心裡湧現巨大的毀滅力量，排山倒海一般洶湧而來，充斥整個「大夢」之中。那種力量充滿了惡毒憎恨，恨不得將所有的一切都在眼前化為齏粉，和他自己一起歸於寂滅。

然而，不等他們再度結陣，巨大的念力從水底轟然釋放，如同呼嘯的風暴，轉瞬擴散而來。在一聲巨響中，古井徹底碎裂，連同那些鐫刻著符咒的井台，頓時四分五裂。

海國三位長老如受重擊，齊齊朝外跌倒。

「怎……怎麼了？」清長老失聲，然而剛一開口，就有鮮血從嘴裡噴出來，只覺得五臟六腑如同被震碎一樣，劇痛無比。

「咳咳……」泉長老也是咳嗽著，忍住咽喉裡翻湧的血腥味，聲音斷斷續續。「大夢之術……是雙向的，我們可以把我們的意志加倍傳達給他，他、他也可以把自身的意志傳達給我們。這個孩子潛在的力量比我預計的更加強烈百倍……我們控制不住他。」

剛才他看到這個孩子在幻境中釋放了紙鶴，用驚人的意志力對抗他們，死活不肯熄滅那一點希望，心裡不免吃了一驚——這麼小的孩子，海皇血統尚未覺醒，居然差點就破掉了他們聯手製造的幻術。

於是，在短暫的停頓之後，為了徹底征服這個孩子，他迅速將幻境中施加的力量調到了最大，以最殘酷的情境，全方位地侵蝕和滲入孩子的心靈，以求壓倒他心中尚存不滅的一念。

終於，這個孩子崩潰了，失去對空桑人的所有期待。

然而他們沒想到，當這個孩子崩潰後，忽然間做出這等不顧一切的舉動。絕望的海皇，竟然在絕境中也毫不屈服，親手刺瞎了自己的眼睛。

海國的三位長老齊齊癱坐在地，身負重傷。

古井坍塌，蘇摩漂浮在冰冷的水底，臉色慘白如紙，蜷縮著一動不動，彷彿黑暗水底的一個小小的蒼白泡沫。孩子全身發抖，雙眼緊閉，然而有不絕如縷的鮮血從眼裡沁出，將整個身周都染成血紅。

看到這種情況，泉長老顧不得身上的傷，踉蹌著從地上爬起，自碎裂的井口一躍而下，將水底的孩子托起來。離開水面後，蘇摩緊閉的眼裡，依舊有著清晰的血痕。

另外兩位長老大驚失色。「這孩子……真的受傷了？」

明明是幻境，為何他真的受到傷害？

「大夢之術可以殺人，傷人又豈在話下？」泉長老抱著孩子從井裡浮出，神色異常緊張。「得趕緊給海皇治療，不然他的眼睛可能從此就要瞎了。」

三位長老簇擁著蘇摩從坍塌的古井旁離開，然而，還沒走幾步，迎面就遇到聞聲而來的如意。

她一直憂心忡忡地等候在外面，此刻聽到巨響，便不顧一切地奔過來，一眼看到蜷縮在長老懷裡的蘇摩，知道事情不好，眼淚倏地掉了下來。她伸手接過蘇摩，發現懷裡的孩子雙眼全是血，失聲道：「他、他怎麼了？」

「這孩子……」泉長老微微咳嗽著，低聲大概說了一遍。

如意聽著，臉色越來越慘白，手臂抖得幾乎抱不住孩子。她幾乎要脫口說出斥責，但想起三位長老的身分地位，不得不硬生生地忍住，只有淚如雨下。

「唉……的確是我不好。」一貫威嚴強勢的泉長老嘆了口氣，罕見地低頭認錯。「我操之過急了。海皇畢竟還是個孩子，受不了這樣的打擊。我沒想到他這麼脆弱，在瞬間就完全相信，接著就崩潰了。」

聽到德高望重的長老如此說，如意心裡那一口氣更是無法發作出來。她只能抱住失去神志的孩子，將他臉上的水珠連著血淚一起擦拭乾淨。

那個小小的孩子蜷縮著，全身冰冷，一動不動。

還能說什麼呢？他們聯手毀滅了他，把他逼成現在這個樣子。為了將這個孩子的心拉回自己的陣營，她利用這個孩子對自己僅剩的信任，連同長老們一起設下這個局，將他誘入其中，一步步逼到崩潰。

然而沒想到，當他放棄了心中執念的時候，同時也自我毀滅了。

「蘇摩……蘇摩！」她在孩子的耳邊呼喚，然而他一動不動。「他……他不會死了吧？」如意忍不住內心的驚恐，顫聲問道。

「如果他這樣輕易死了，就不可能是我們等待幾千年的海皇。」然而泉長老只是鎮定地回答一句，將滿臉是血的孩子交到她的懷裡。「我立刻讓人去找大夫，妳在這裡好好照顧這個孩子，一旦他醒來，立刻稟告。」

「是。」如意領首領命。

「這件事不能出一點紕漏，否則前功盡棄。」泉長老想了一下，又附耳在如意身邊交代幾句，細細叮囑：「如果他醒來問起，妳就按照我說的回答，千萬不可以錯一個字。」

「是。」如意點頭，默默地看著孩子，心痛如絞。

那個瘦小的孩子在她懷裡，以胎兒的姿態蜷縮成一團，一動不動，只有肩膀在劇烈地顫抖痙攣，彷彿沉湎於某個不能醒來的夢境之中，緊閉的眼睛裡兩行血淚汨汨流下，不知道是在不停地流血，還是在不停地流淚。

蘇摩……蘇摩，你是在惡夢裡被魘住了嗎？

在那個無邊無盡的夢境裡，天地都是黑的，連唯一的一點溫暖也凍結。那麼小的你，孤獨地沉在冰冷的水底，還能憑著自己的意志力從崩潰中甦醒嗎？或許，就這樣永久地閉上眼睛，不肯醒來？

你是我們的海皇，是鮫人一族的救星，是我們怎麼也不能放棄的希望。

可是，我們對你又是何其殘忍啊。

如意抱著昏迷的孩子回到房間裡，小心翼翼地放在榻上。

這裡是一間單獨的臥室，位於後院，和其他鮫人孩子休息的大棚子隔開來，非常安靜和私密。她給蘇摩蓋上被子，打來溫水，細細地洗淨孩子臉上的血跡，低下頭端詳孩子消瘦的臉頰，長長嘆了一口氣。

鮮血可以洗淨，然而，失明的瞳孔永遠不能恢復。

——就如這個孩子遭受毀滅的心。

這一次，三位長老聯手對蘇摩施展了禁忌的「大夢之術」，卻造成這樣慘烈的後果。那個強烈的幻術和由此帶來的心理暗示，將作為潛意識，永久地沉入蘇摩的內心最深處，潛移默化地扭曲他的記憶，重塑他的人格，將仇恨空桑的種子深深埋下，任其肆意瘋長，直到種出遮天蔽日的毒蔓。

她固然不願意讓那個空桑郡主將蘇摩的心拉走，可是，用這樣暴虐殘酷的手段對付一個年幼無助的孩子，也是超出她的預計。

復國……復國。

為了那個遙遠的夢想，已經犧牲許許多多的鮫人，如今，連這個孩子也要被犧牲了嗎？

如意坐在黑暗裡，茫茫然地想著，心如刀割。

不知道過了多久，蘇摩似乎醒了，還沒睜開眼便一把甩開她的手，用細小的胳膊撐起身體，往後縮去。

「別怕，是我。」她連忙扶住孩子，輕聲在他耳邊說道：「我是如姨……你快躺下，好好休息。」

聽到「如姨」兩個字，蘇摩再度猛烈地顫抖一下，卻已不再抗拒。

如意鬆了口氣，放心大半。顯然，經過這一次大夢之術，這個孩子心底對她的信任和依賴又加強許多，再也沒有之前的排斥。

蘇摩在她的懷裡沉默許久，才悶悶地問了一句：「我怎麼會在這裡？我……我記得自己……明明在葉城的西市。」

「是我們把你救回這裡。」如意按照泉長老的吩咐，小心翼翼地回答：「長老們發現你偷偷逃去帝都便一路追查，最後在葉城的奴隸市場裡找到你，把你救了回來。那時候你已經奄奄一息，差點被空桑人扔在亂葬崗裡。」

這樣的回答，一字一句都完美契合大夢之術裡的一切，和已有的虛假記憶絲絲入扣，讓這個孩子再無懷疑。

果然，聽到這樣的話之後，蘇摩便沉默了下去。

「這樣啊……」孩子喃喃地說了一句，不置可否。

他始終沒有再問起過「姊姊」。

泉長老命人去找大夫，然而那個大夫並沒有申屠大夫那樣高明的醫術，一看到孩子的情況也不禁吃了一驚，連忙推辭，表示力不從心。如意一直關切地照顧著蘇摩，那些同齡的孩子，比如炎汐、寧涼，也不時來看他。然而蘇摩一直沉默，手裡拿著那個小小的孿生肉胎，如同抱著一個奇特的娃娃，失明的雙眼空空蕩蕩，不知道在想些什麼。

他用細小的胳膊將自己圈起來，深深埋首在房間的角落裡，身體呈現出胎兒般的防禦姿態，既不吃東西，也不動彈，整個人彷彿枯萎了，看上去越發瘦小，四肢纖細得彷彿是琉璃製成，由內而外地布滿裂痕。有時候，如意甚至不敢觸碰他。她真怕自己略微一動，那個滿身傷痕的孩子就會「嚓啦」地裂開，碎成千百片，再也無法拼湊回原樣。

泉長老來探視，看到孩子如此近況也不由得暗自吃驚，低聲吩咐如意：「這樣下去可不行，無論如何得讓他吃點東西。」

「這個孩子不肯。」如意眼裡充滿淚水。

「蠢！妳就不能強硬一點？按住他的腦袋，灌他吃下去！」泉長老氣急地呵斥：

「再不吃東西，他就要活活餓死了！」

如意沉默了一下，沒有回答長老的吩咐。

在這個孩子心裡，這個世界已經全然坍塌。如果連她也對他暴力相向，他會不會徹底崩潰？

「聽著，如意，我們不能失去他。」泉長老語重心長地教訓這個多年來一貫忠誠的戰士。「他是我們的海皇……我們幾千年來一直等待的人。無論如何，妳要保證這個孩子好好地活著。」

「好好地活著？」她喃喃重複了一遍，眼裡滿是悲哀。對一個孩子而言，這樣活著，豈不是比死了還悲慘千百倍？

等泉長老走後，如意沉默了許久才轉身回到房間。

然而，剛推開門，她就怔住了——床上空空蕩蕩，整個房間也空空蕩蕩，那個一直孤僻地縮在一角的孩子，居然不見了！

「蘇摩！」她失聲驚呼，一把推開虛掩的窗戶。

眼前是一條血色的帶子，綿延往前，無休無止。

趁著她不在，那個瘦小的孩子已經悄然從窗戶爬出去，掉落在屋後的牆根下。屋後是一片碎石地，蘇摩嘴裡咬著那個由孿生弟弟做成的玩偶，摸索著在地上爬行，雙手雙腳都在尖利的碎石上摩擦得全是鮮血，身後拖出一條長長的血印，卻頭也不回。

如意剛要將他拉回來，不知為何，竟然猶豫了。

那個小小的身影在地上拚命地爬著，無懼傷痛、無懼流血，不顧一切地離開，彷彿是離開一個水深火熱的魔窟。

如意看著這一切，全身發抖地站在那裡，眼裡的淚水接二連三地掉下來，終於無法抑制地痛哭出來：「蘇摩……蘇摩！」

她幾步衝了過去，一把抱起孩子。

「放開我！」蘇摩眼裡露出陰沉的憤怒，剛要拚命掙扎，卻發現她並沒有將自己抱回房間裡，而是奔向另一個方向。

如意帶著孩子來到那一口古井邊，推開了堆在地面上的碎裂石塊。

在大夢之術破滅後，寫著符咒的井台全然粉碎，壓住了井口，此刻被清掃開來，猶如地面上露出一隻黑洞洞的眼睛。地底的泉脈由於失去術法控制，重新恢復成一口普通的水井，流動了起來，通向鏡湖。

如意放下蘇摩，輕聲道：「去吧。」

什麼？孩子震了一下，不敢相信地抬起頭，用沒有神彩的眼睛看著她，臉上的神色帶著疑慮和戒備。

「幾千年後，雖然宿命選中了你，可是你並不想成為海皇。」如意悲涼地微笑，凝視著孩子消瘦的小臉，心痛無比。「如果硬生生把你留下，你一定會死——你是寧可死，也不會按照別人的意願活著，是不是？」

蘇摩點了點頭，薄薄的嘴唇顯出一種桀驁與鋒銳。

如意抬起手，一處一處地用術法治癒蘇摩手腳上的擦傷，輕聲道：「那些族人，包括長老，並不知道你是一個怎樣的人，請你原諒他們吧。他們並不是要故意折磨你，他們……他們只是對自由有著過於狂熱的執念。」

說到最後一句，她已然哽咽。

蘇摩默默地聽著，抬起枯瘦的小臉凝視著她。

最後一個傷口也停止流血，如意嘆了口氣，放下手來，對那個孩子說：「好了，去伽藍帝都找你的姊姊吧。」

「不。」蘇摩卻忽然開口，一字一頓說道：「我從來沒有過什麼姊姊。」

聽到這樣斬釘截鐵的話，如意的身體猛然顫了一下。

原來，三位長老的祕術還是生效了？

「不過，我也不會留在這裡。」蘇摩的聲音平靜，有著和年齡不相稱的冷酷。

「我不想被你們關在這裡，被逼著當你們的王。寧死也不。」

如意怔了一怔，終究還是點了點頭。「你有你的自由。」

蘇摩停頓了片刻，喃喃重複：「對，自由。」孩子仰起臉，空洞的眼睛裡帶著一種堅決。「我要的就是這個。」

如意心裡一震，不由得輕聲嘆息：「那麼，趁著現在沒人看到，你快走吧。但你千萬小心，不要再落到那些販賣奴隸的空桑人手裡。」

孩子沒有說話，忽地抬起手，循聲摸向她的臉頰。

「如姨。」他叫了她一聲，小手冰涼。「放我走了，妳怎麼辦？」

沒想到這孩子到了這個時候還會問這句話，如意心裡一熱，淚水大顆大顆地掉下來，哽咽道：「放……放心。即便事情暴露，長老們也不會因此殺我的。你……只管去吧。」

蘇摩沉默許久，終於點了點頭，轉身躍入水中。

這一次離開，他依舊是沒有絲毫的猶豫和留戀。

只聽輕微的一聲響，地底的泉水泛起漣漪，又漸漸恢復平靜，如同一隻黑沉沉的眼睛。這個傷痕累累的孩子終於從漆黑的水底真正離開了，如同一尾游向大海深處的魚，很快便不見蹤影。

他將去向何處？他又會經歷什麼？他的人生，會延續到哪裡？

這一切，再也不是她能夠知道的。

那之後，如意便失去蘇摩的下落，並不知道這個孩子離開葉城復國軍的祕密據點之後，漂泊到了何處，又經歷過怎樣的顛沛流離。

直到七十年後，當雲荒大變來臨時，那個鮫人孩子才再度出現，站到歷史舞台的中間。那時候，他已經出落成一個少年，俊美如神，陰鬱而冷漠，一言不發地站在紫宸殿的中央，攪起整個雲荒的動盪。

一如預言所說的，這個孩子傾覆了天下。

又過了一百年，滄海桑田，世事幾度變幻，每個人的人生隨之跌宕起伏。她被貶斥，又被再度啟用。隨後，她前往東澤十二郡，奉命施展美人計，不料卻真正愛上那個異族的總督。

她訓練過的那些鮫人孩子紛紛長大了，炎汐、寧涼、瀟、湘、碧、汀……一個個都成為優秀的戰士，各自奔赴戰場，用自己的一生寫下鮫人復國的血淚詩篇。

至於她，來到桃源郡開了一家賭坊，一邊經營生意、募集資金資助著復國軍，一邊等待著什麼。

終於，在某一日，雲荒東面的慕士塔格雪山上發生了一場雪崩，有來自萬里之外的異鄉旅人抵達。

那一行人裡，有著她日日夜夜祈禱期盼的人。

那個叫做蘇摩的孩子，終於歸來了。

時隔上百年，在重逢的時候，陰鬱冷漠的少年已經成長為一個男子。遊歷了天下六合，歷經了無數滄桑，雙眸依舊沒有神彩，整個人卻光芒四射，望上去俊美如神祇。在他的十指間，有引線垂落，交纏如宿命，另一端牽著由孿生弟弟做成的傀儡人偶。

——他成了一名傀儡師。

歸來的人凝望著久別的她，湛碧色的眼眸依舊空空蕩蕩。

「如姨，妳還在等我嗎？」他開口，用熟悉的稱呼對她說：「我回來了。」

「海皇！」那一刻，她不由自主地痛哭出聲，跪倒在他的面前。「滄海桑田都等著你回來！」

第四十七章　血鶴折翼

當蘇摩在鏡湖的另一端陷入惡夢、苦苦掙扎的時候，在鏡湖的中心，與他相關的另一個人卻毫無知覺。

朱顏這一覺從清晨睡到下午，直到因為肚子餓才醒來，草草梳妝打扮後，便開始享用大餐，一邊吃一邊問：「父王呢？」

「王爺還沒回來。」盛嬤嬤道，有些憂心忡忡地壓低聲音。「六王都還在內宮，九門緊閉，驍騎緹騎全部出動，尚未傳出任何消息。」

「嗯……是嗎？」朱顏咽了一口雞湯，心裡也是有些詫異。一去一整天，看來是有很多事情需要商量吧？帝君剛剛駕崩，空桑內外動盪，不知道師父他能不能控制住局面？要知道師父從小是在神廟裡長大，本來是要去當大神官的，可沒學過怎麼治理國家。萬一……

剛想到這裡，忽然聽到前面一陣喧譁，是赤王歸來了。

「父王！」她顧不得吃到一半，立刻跳了起來。

赤王在宮裡待了一整天，已是極為疲憊，然而看到女兒迎面撲過來，眼神也是一亮，不由自主地加快腳步迎上去，張開了雙臂。然而，在朱顏剛剛要跳過來的瞬間，他迅速沉下臉，大喝一聲：「妳這個死丫頭，一晚上出去亂跑，居然還知道要回來？」

朱顏已經撲到父親身邊不到一尺之處，正要去抱父親的脖子，冷不防被這一聲咆哮嚇得縮了縮頭，頓時面露畏懼之色，不敢上前。

然而下一刻，只覺身體一傾，已經被赤王大力擁入懷裡。

「哎……父王！」她嚇了一大跳，不敢掙扎，只是抬頭瞄了瞄父親的臉色，發現父親一手將女兒抱起，神色複雜卻無怒意，這才暗自鬆一口氣。

「妳個死丫頭！」赤王果然沒有打她，只是熱情地抱著女兒，幾乎把朱顏勒得無法喘息，也沒有問她昨夜去哪裡，嘴裡只是道：「知道回來就好。」頓了頓，他又道：「沒想到妳小小一個丫頭，竟然有那麼大的本事？」

「啊？」朱顏愣了一下。「有……怎麼大的本事？」

「妳以為父王不知道妳昨天去哪裡嗎？」赤王摸了摸她的頭髮，忍不住笑了一笑，低聲道：「好傢伙，妳什麼時候竟然搞定了那麼難搞的人物？」

「啊？」朱顏回不過神來。「搞定了……誰？」

「還敢抵賴？」赤王沒有說話，上下打量一下女兒，忽地抬手，將她頭上的髮簪抽下來，滿臉的喜色。那根失而復得的玉骨在他粗大的手掌心裡，如同一枝小小的牙籤，閃著晶瑩溫潤的光華。

那一瞬，朱顏明白了父王說的是誰，臉頓時「唰」地一下燒了起來，一時間不知道怎麼回答，只能嘀咕：「你……你說什麼呀。」

赤王看了看左右，也不多說，只是拉著女兒進了內室。

朱顏被父親戳穿，不知道他會不會罵自己一頓，又羞又窘，一路忐忑不安，只能暗自打量赤王的臉色。看到他笑容滿面，這才放下心。等進了房間，她小心翼翼地問：「你……你今天見到皇太子了嗎？」

「是。」赤王關上門，將玉骨拿在手裡看了又看，滿臉喜色。「帝君昨夜駕崩，除了青王之外，我們五部藩王都連夜入宮，在紫宸殿面見了皇太子殿下，和他談了一整天。唉，我們空桑的新帝君，真是英明不凡。」

「那當然！」朱顏忍不住應了一聲。

「妳這小丫頭……」赤王看到她的表情，忍不住刮了一下小女兒的鼻子。

朱顏臉紅了一下，小聲打聽：「那……你們今天在宮裡待了一整天，到底都說了些什麼啊？」

「妳放心，都是好消息。」赤王意味深長地看了她一眼，點了點頭說：「由皇太子主持，大家坐下來在內宮心平氣和地協商了一整天，解決遺留的問題。原來的婚約全都作廢，皇太子不用娶雪鶯郡主，妳也不用嫁給白風麟了。」

「太好了！」朱顏脫口而出，止不住地喜形於色。「我真的不用嫁了嗎？」

「妳怎麼這麼開心？」赤王看到她快要樂得開花的表情，不由得停住去拿酒杯的手，愕然道：「妳居然這麼不喜歡白風麟那小子，他有什麼不好嗎？白氏長子，英俊有為，六部多少人都想把自家女兒嫁給他呢。」

「當然不好！又嫖又賭，口蜜腹劍，殺人不眨眼，除了一個臭皮囊還不錯，他有哪裡好了？」朱顏委屈，恨恨地看著父王，賭氣道：「你看你，沒問過我的意見就把婚約給許了！可惡。」

「妳這個死丫頭！」赤王罵了一句，然而想了一下又不由得有點後怕，試探著問女兒：「那……如果這門婚約沒取消，妳難道又打算要逃婚？」

朱顏看了父親一眼，沒有回答。

「該死！妳還真打算……」赤王氣得舉起手，怒視著女兒半晌，舉起的手又慢慢放下來，臉上居然浮起一絲僥倖的神色，嘆了口氣說：「幸虧不用嫁。唉，妳如果真跑了，我和妳母妃可怎麼活啊。」

朱顏心裡一熱，眼眶也有點紅了，悶聲不響地走過去，抱住父親的肩膀，嘀咕了一句「對不起」。

「沒事，現在好了。」赤王揉了揉女兒濃密的長髮。「帝君在駕崩前下了旨意，解除皇太子和雪鶯郡主的婚約。然後，今天皇太子和白王單獨密談了一個時辰，白王一出來就和我說，要解除白風麟和妳的婚約。」

「啊？居然是白王開口提的？」朱顏怔了怔，一時間說不出話。時影解除和雪鶯的婚約倒也罷了，畢竟是北冕帝在世時下達的旨意，但時影居然說服了白王放棄和赤之一族的婚約，實在是出人意外。

白王可不是好相與的人，到底是為什麼同意了這種事？莫非師父提出什麼他無法拒絕的條件？

「那……」她怯怯地問：「父王您同意了吧？」

「開玩笑，我哪裡肯同意？」赤王卻冷笑了一聲，濃眉倒豎。「那廝居然敢退我女兒的婚？我當時一聽，氣得差點撲上去把那老傢伙狠狠揍一頓。」

「呃……」朱顏想起父親的火爆脾氣，也是替紫宸殿上的所有人捏一把冷汗。白王文質彬彬，且年事已高，可經不起父王醋缽大的拳頭。

赤王喝了一杯酒，吐出一口氣：「如果不是被皇太子及時攔住，我一定當場揍死那個老傢伙。」說到這裡，他斜眼看了看女兒，嘴角忽地露出一絲奇特的笑意。「阿顏，妳很能幹嘛……不愧是我的獨生女兒。」

「啊？」她沒立刻明白父親說的是什麼。「父王你說什麼？」

「別裝傻，皇太子都跟我說了。」赤王笑了一聲，捏了捏女兒的臉，表情很是得意。「妳就別忸忸怩怩了。妳昨天是一個人衝去內宮找他吧？一晚上沒回來……嘿嘿，居然不聲不響就做出了那麼大的事情！」

朱顏頓時面紅耳赤，跺腳道：「他……他怎麼能到處亂說！」

「我是妳父王、他未來的岳丈，他跟我說怎麼是亂說了？」赤王哼了一聲。「何況父王也沒有怪妳。妳能搞定皇太子，父王很高興。瞎子都看得出來，他可比白風麟強多了。」

朱顏聽著這句話，心裡很不是滋味，卻又不知道從何反駁起，想了想低聲說：「那……白風麟那傢伙，他也同意嗎？」

「他臉上的表情倒是挺不情願的，但他不同意又能如何？」赤王冷笑一聲，喝了一口酒。「白王已經和皇太子達成協議，一個庶出的長子能怎樣？就算再能幹，一旦沒有父王的歡心，還不是說廢就廢？」

朱顏不說話了，第一次覺得那個可惡的傢伙也有幾分可憐。

「那……雪鶯呢？」她心思如電，把所有相關的人都想了一遍，忍不住為好友擔憂起來。「她這次被退婚，白王……準備怎麼辦？」

「我怎麼知道？」赤王顯然不是很關心。「另覓佳婿吧。」

「可是……」她嘴唇動了動，把到了嘴邊的話又咽下去。

雪鶯腹中還有時雨骨肉的事情，此刻白王是否知道？雪鶯已是第二次失去唾手可得的皇太子妃的位置，接下來會淪落到非常尷尬、危險的境地。但時影曾經承諾要保護她，如今不可能袖手旁觀吧？

「反正，現在的局面對我們很有利。」赤王並不知道女兒心裡轉過了那麼多小小的彎，又端起酒杯一飲而盡，露出滿意舒暢的表情。「嘿，妳這個丫頭，果然有本事……一晚上就搞定皇太子，不枉我當年費盡心機把妳送去九嶷。」

「啊？」她茫然中聽到這句話，忽然一驚。

「當年，人人都說白皇后失勢，她的兒子只怕也一輩子翻不了身……我可不信這個邪。」赤王低哼了一聲。「那個小子是人中之龍，就算被扔到世外深谷裡，遲早有一天仍會大放異彩。到時候，青妃生的那個蠢貨豈是他的對手？」

朱顏忍不住有些震驚。「原來……父王你那麼早就看好他了？」

「是啊，一直看好，卻沒什麼機會結交。那個小子被大司命保護得密不透風，誰也接近不了。」說到這裡，他抬起頭看了一眼懵懂的女兒，眼裡露出一絲意味深長的表情。「幸好幸好，我還生了這麼一個好女兒。」

朱顏一時間不知道說什麼，心裡發冷。

「要知道，錦上添花容易，雪中送炭卻難，若能在那時候和落難的皇子結下一點交情，豈不是抵得過今天他當了皇帝之後再費盡心思去結交？」幾杯酒下肚，赤王忍不住話多了起來，對著女兒訴苦：「妳不知道那時候送妳去，也是冒了風險的啊……大司命那邊先不說，青王那一派的人也在虎視眈眈，誰敢隨便結交這個廢太子？還好妳只是個小孩子而已，他們不太往心裡去。」赤王喝下了最後一杯酒，忍不住得意地說：「呵，誰都沒想到，妳和他之間，卻有這等機緣！」

朱顏睜大眼睛看著赤王，似乎從小到大第一次認識父親——眼前這個看似魁梧粗獷的中年男人，其實心思縝密、深謀遠慮。這個男人除了是自己的父親之外，也是赤之一族的王。他心中裝著的除了妻女，應該還有諸多爭奪算計吧？

這一點，她長到這麼大，竟然還是第一次覺察到。

父母無疑是愛她的，可是，這種愛並非毫無條件。

朱顏心裡微微地沉下去，過了很久才輕聲道：「那麼說來，父王你這次帶我從西荒來帝都，也是為了……」

「也是為了搏一搏。」赤王從胸中長長吐出一口酒氣，摸著女兒的腦袋，語重心長地說道：「搏妳的運氣，也是搏赤之一族的運氣。本來想，妳能成為白王妃就夠了。不料妳這個丫頭居然有如此福氣，還能坐上空桑一人之下、萬人之上的皇貴妃之位。」

朱顏下意識地怔了一下問：「皇……皇貴妃？」

「是啊，僅次於皇后的皇貴妃！」赤王拍著大腿，很是得意。「要知道，赤之一族近兩百年來還是第一次出一位皇貴妃。」

朱顏愣了半天，失聲問：「那……誰是皇后？」

「自然是白之一族的某個郡主。怎麼了？」赤王這才發現女兒有些異樣，愕然道：「難不成，妳還想當皇后？」

「我……」她的嘴唇顫抖了一下，說不出話來。

赤王看到女兒的表情，忍不住嘆了口氣。「別傻了……無論皇太子多喜歡妳，可是妳畢竟是赤之一族的郡主，違反了宗法，又怎麼能當皇后呢？」

她半晌才喃喃說：「這……這是他說的？」

「這是幾千年來空桑皇室的禮法。」赤王看到女兒的表情，不禁嚴肅起來。「阿顏，妳可別再孩子氣，想要得寸進尺。乖，我們不求非要當皇后，好嗎？」

朱顏只覺得心裡堵得慌，喃喃說：「那……他要立誰為皇后？」

「這我就不知道了，反正不會是雪鶯郡主。」赤王皺了皺眉頭，顯然對此也有些不悅。「皇太子今天和白王私下密談那麼久，估計是商議妥當了，要在其他幾個郡主裡再選一個。不然，白王那老傢伙哪肯和我們退婚？還不早就跳起來了。」

「是嗎？」朱顏低聲呢喃，臉色蒼白。

「阿顏！」赤王連忙站起來扶住女兒，發現她全身都在劇烈發抖，趕緊把她抱在懷裡，用力拍了拍。「別傷心，這不過是應付一下禮法罷了……他若不這麼做，只怕也當不成皇帝。」

朱顏趴在父親的懷裡，聽著這樣的話，只覺得刺心地痛。

她知道父王說的一切都沒有錯。身為空桑的皇太子，如今時影身上肩負著巨大的重壓，要顧及天下大局和黎民百姓。眼下，他若要繼承帝位，便要爭取六王的支持，少不得要迎娶白王的女兒為皇后。

這一切，都是一環扣一環，哪一步都不能缺少。

可是……可是……

「就算是另立皇后，皇太子的心也是在妳身上，這就夠了。」赤王拍了拍女兒，安慰她說：「妳看，妳的母妃嫁給我的時候也只是個側妃，這些年我有哪裡虧待她？

等將來有朝一日皇后死了，妳也可以像青妃那樣成為後宮之主……」

「夠了！」朱顏卻一顫，陡然脫口：「別說了！」

赤王吃驚地低下頭，看到女兒竟是滿臉的淚水。那樣悲傷的表情，讓他鋼鐵般的心都刺痛了一下。

「別哭、別哭。」他忙不迭地拍著女兒的後背。「再哭父王就要心疼死了。」

朱顏不管不顧地在父王懷裡放聲大哭，哭了許久，直到外面天色徹底地黑去，才終於漸漸地平息，小聲地哽咽。

「我、我回去睡了。」她失魂落魄地喃喃說道。

回到房間時，房裡已經點起層層疊疊的燈，璀璨如白晝。

朱顏異常地沉默，只是看著那些跳躍的火焰發呆。

火是赤之一族，乃至整個大漠信奉的神靈，傳說每一個赤族的王室，靈魂裡都有不熄的火焰。可是，這樣熱烈而不顧一切地燃燒，又能持續多久呢？

她從鬢髮上抽下玉骨，「唰」的一聲，一頭秀髮如同瀑布一樣順著手臂滑落，將她一張臉襯得更蒼白，在銅鏡裡看去，竟令她自己也隱約覺得心驚。

屈指算算，這一年多來，她的生活經歷了許多巨大變化。一路跌宕，峰迴路轉，幾次撕心裂肺、死去活來。作為赤之一族唯一的小郡主，她自小錦衣玉食、開朗愛笑，從不知道憂愁為何物，但在這短短的一段時間裡，她哭了那麼多，幾乎把前面近二十年攢下的淚水都一下子流盡了。

那些落下的淚水，每一滴都帶走她生命裡原本明亮充沛的光芒，漸漸地讓她成為現在的樣子：不再那樣沒有心計，不再那樣不知進退，不再那樣自以為是——就如現在，知道他要另立皇后，她居然沒有暴跳如雷。

她並沒有憤怒，只是覺得悲涼。

朱顏將玉骨緊緊握在手心裡，忍不住抬起頭看了一眼伽藍白塔頂上，那裡燈火通明。現在的他，在做什麼呢？估計是被萬眾簇擁著，連閒下來片刻的時間都沒有吧？他……會有空想起她嗎？

雖然同在帝都，她卻覺得兩人之間的距離從未有過如此遙遠。

以前，師徒兩人獨處深谷，他的世界裡只有她。她只要一個轉身，便能和他面對面。但他以後當了皇帝，有了無數的後宮妃嬪、無數的臣民百姓，他的世界就會變得無比廣大和擁擠，她必須要穿過人山人海，才能看上他一眼。

他的世界越來越大了……到最後，她會不會找不到他呢？

如果他不當空桑皇帝，那該多好啊。

然而，這個念頭剛一浮現，便被她死死壓住了。朱顏甚至覺得羞愧，這麼想實在太自私了吧？只想著霸占住他為自己一個人所有，忘了他可是一個流著帝王之血的繼承者。即便是獨處深谷的時候，他的心裡本來也裝著這個雲荒。

朱顏托著腮，看著夜色裡的伽藍白塔怔怔地出神，漫無目的地想著，心裡越發紊亂不安。無意間眼角一瞥，忽然看到一隻飛蛾從敞開的窗戶飛進來，撲簌簌地直撞到了房間的燈下，直撲火焰。

她下意識地抬手擋一下，想要將那隻飛蛾趕開。

但下一個瞬間，她忽地怔住了。

不，那不是飛蛾！而是……而是……

朱顏顧不得燙手，飛快地捏住那隻差點被火焰舔舐的小東西，發現那居然是一隻紙鶴，殘破不堪、歪歪扭扭，缺損了半邊的翅膀，血汙狼藉，不知道經過多少的波折才跌跌撞撞地飛到這裡。

「呀！」她從床上跳起來，頓時睡意全無。「蘇摩！」

這分明是她上個月派出去打探蘇摩消息的紙鶴。

那隻殘破的紙鶴不知道飛了多少路，翅膀上微光閃爍，凝聚了微弱的念力，已經接近消耗殆盡。朱顏將紙鶴捧在掌心，飛快進行回溯。依稀破碎的光芒從紙鶴裡飛散出來，幻化成種種影像。

那一瞬間，她捕捉到光芒裡飛快浮現的短促畫面。

那是一口深井，黑如不見底的瞳孔，井台上有無數發著光的符咒，圍繞成連綿不斷的金色圓圈。那隻金色眼睛的最深處，蜷縮著那個孩子，如同被困在母胎裡的嬰兒。蘇摩沉在水底，眼睛沒有睜開，嘴唇也沒有動。

然而，她清晰地聽到幾聲短促的呼喚：「姊姊……姊姊！」撕心裂肺，如同從地底傳來。

然而，當朱顏想要進一步仔細察看的時候，一圈圈的金色光芒忽然湧現，如同鐵壁合攏，倏地將那個幻影切斷。

「蘇摩！」她情不自禁地脫口而出，臉色煞白。

雖然只是電光石火的剎那，她卻感覺到遙遠彼端傳來的苦痛和掙扎——怎麼回事？那個小兔崽子落難了嗎？在葉城的動亂之後，蘇摩到底是落到了誰的手裡？這世上又有誰會為難那麼小的一個孩子？

那口困住他的井，究竟在哪裡？

無數的疑問瞬間從心頭掠過，朱顏又驚又怒，來不及多想，抽下玉骨，便在指尖上扎了一滴血，毫不猶豫地將鮮血滴入掌心的紙鶴上。

血滲入殘破的紙，紙鶴忽然間昂首站了起來。

「快。」朱顏指尖一併。「帶我去找他！」

紙鶴得了指令，「唰」地振翅飛起，穿出窗外。朱顏毫不猶豫地隨之躍出窗戶，朝著葉城方向疾奔。

時間彷彿倒流了，那個鮫人孩子再一次命在旦夕，她顧不得和任何人打招呼，便像前一次一樣，連夜從赤王府裡隻身離開。

催促她離開的，是心裡一種奇特的不祥預感。

她甚至覺得，如果此刻不趕緊找到蘇摩，那麼，她可能此生此世再也見不到那個孩子。

第四十八章　魔君降臨

此刻，在雲荒的最北部，青之一族的領地，有一片暗影悄然降臨。那是一個披著黑袍的影子，憑空而降，無聲無息地落在青王的內宮。

王宮的上空懸掛著一輪冷月，清輝皎潔。然而，在那個人影出現的瞬間，整個內宮奇跡般地暗了一暗，似乎天上有一片烏雲掠過，遮蔽了月色。

「智者大人。」跟隨在他身後的女子輕聲道：「我們尚未通稟青王。」

黑影並沒有理會，還是逕自往裡走去，片刻不停。冰族聖女只能緊跟在後面，不敢再出聲勸阻一句。

這世上，又有誰能夠攔得住智者大人？

那一日，從水鏡裡看到十巫在夢華峰頂聯手圍攻空桑大神官，最終卻鎩羽而歸，智者大人面無表情，顯然是對此事並不意外。然而，在抬頭看到夜空星斗的瞬間，他發出了一聲低呼。

那一聲驚呼，已經代表了從未有過的震驚。

不知道從星象裡看到了什麼，智者大人不等十巫歸來，便親自帶領他們從西海出發，萬里迢迢抵達雲荒，去尋找青王。

然而出乎意料地，他們一行人在寒號岬，並沒有看到青王派來接他們的軍隊。當她在尋思是不是空桑內部的情況又起了變化時，智者大人二話不說，直接帶著他們長驅直入，來到了這裡。

青王宮裡夜色深沉，守衛森嚴，那個影子在青王宮中穿行，卻如入無人之境。智者從守衛中走過，守衛竟渾然不覺，刀劍紛紛自動垂落，似乎被一股不可抗拒的力量蒙蔽了雙眼，進入催眠狀態。

「六部之王的所在，竟如此不堪一擊。」一直走到青王的寢宮，智者終於開口說話，語氣卻是複雜。「如今的空桑，已無人矣？」

話音方落，身後的聖女忽然發出一聲驚呼。

從昏暗的月色下看過去，前面的庭院裡花影蔥蘢，卻籠罩在一股血腥中。那裡是青王日常起居的所在，卻已經沒有一個活人。鮮血從屍山上蜿蜒而出，在月下如同蛇類一樣四處爬行，漸漸漫到了這一行不速之客的腳邊。

裡面的屍首已經堆疊如山，可是一牆之隔的守衛渾然不覺。

那個刺客，又是怎樣的一個高手？

然而，看到這樣的情形，智者反而發出一聲低低的笑：「看來，有人來得比我們更早啊……」

他腳步不停，轉瞬已經無聲無息地飄入庭院，掃視了一遍屍體。那些屍體死狀各異，堆疊在一起。智者只是看了一眼，便熟悉地報出一連串的名字：「落日箭、疾風之斬、金湯之盾……嗯，還有天誅？」他頓了頓。「段位很高。」

「智者大人，青王似乎已經……」冰族聖女剛要說什麼，只見黑袍一動，智者已經消失在眼前。

冰族聖女連忙跟隨智者進入王宮的最深處，然而身形剛一動，眼前忽然閃過一道白光，如同雷霆一樣交剪而下，轟然盛放。

她下意識地往前衝過去，驚呼：「大人小心！」

就在那一瞬，她看到智者大人從黑袍下抬起手，凌空一握。

那一道驚雷，竟然就這樣剎那間憑空消失。

「救命！」這一刻，王宮最深處有一個聲音傳來，卻是被擊倒在地的一個人。那人穿著華貴的藩王服飾，披頭散髮，滿臉鮮血，正不顧一切地掙扎著，想要穿過那些屍體爬過來。「來人啊……有刺客！救……救命！」

然而，他剛一動，虛空中忽然出現回環連綿的紫色光芒，如同屏障「唰」地展開。青王慘叫一聲倒下去，在地上不能動彈。

「不錯。」智者凝視著站在青王王宮最深處的人，微微點了點頭，發出低沉含糊的斷語。「這種『錦屏』之術，竟尚有人能施展？」他抬起頭來，看著出現在王宮最深處的老人問：「你是？」

在智者的對面，一個穿著黑袍的老人一腳踩住掙扎的青王，抬起頭來，看著這個貿然闖入的不速之客，眼神漸漸凝聚，手裡握著黑色玉簡，沉聲道：「空桑大司命——源玨，奉帝君之命，來此誅殺叛賊。」

「大司命？」智者聽到這個名字，黑袍深處的眼睛微微一亮。「不錯……看來空桑如今還是有人才的。」

大司命蹙眉，看著這個不速之客問：「來者何人？」

「我是何人？哈哈哈……你是大司命，居然問我這個問題？」智者忽然間笑了起來。那笑聲非常詭異，如同從長夜的最深處傳來，帶著一絲傲然和蒼涼，卻又充滿殺氣。

大司命心裡掠過一絲冷意，眼角下瞥，看了看地上的青王。

「救命啊……智者大人！」那一刻，垂死的青王對著闖入的人放聲驚呼，聲音驚恐。「救……救命！」

智者大人？大司命心中一驚，莫非眼前這個不期而遇的黑袍人，竟是傳說中滄流帝國的神祕主宰者？

大司命心念電轉，即刻轉過手腕，十指扣向青王——既然大敵當前，首先得殺了這次的目標。

然而他的手腕剛剛一動，虛空中忽然有一股極其凌厲的力量迎面而來，格擋住了他下擊的手。

「既然你是大司命，那應該算是如今空桑的術法宗師吧？」智者凝視著王宮最深處白髮蒼蒼的老人，一字一句說道：「那麼就讓我看看，如今空桑的第一人，究竟有多少水準。空桑的大司命，可別讓我失望啊……」

大司命怎麼一去就杳無消息？

在雲荒的最高處，紫宸殿的王座上，時影推開滿案的奏章，發出一聲疲倦的嘆息。原來當萬人之上的帝君，竟然是比修行還苦的事。每天從寅時即起，一直要工作到子時，幾乎完全不能休息。

早知如此，當初就不該答應大司命坐上這個位置……

然而，一想起大司命，時影的眼神便暗了一下。不久前，大司命臨危受命，孤身前去九嶷郡青之一族的領地刺殺青王，以阻止空桑內亂發生。然而，整整半個月再也沒有傳來任何消息。

按理說，自己應該主動和大司命聯繫，然而奇怪的是，他心裡隱約不想和那個人對話。

時影的眼神漸漸沉痛，撫摸著皇天沉吟。

那個老人是自己從小的庇護者，陪伴他度過孤獨的歲月，教授他各種學識，可以說在他的人生中取代了父親的角色。可是，他曾經那麼敬仰的那個老人到了現在，竟然漸漸到了不能共存的地步。

那個師長，竟然想要支配他的人生。

時影想了片刻，最終還是嘆息一聲，推開奏摺離開了紫宸殿，來到伽藍白塔頂上的神廟。

他換上法袍，來到孿生雙神的面前，開啟水鏡。如今他已是空桑的帝君，再不能以個人喜惡為意，更不能意氣用事。無論如何，他此刻應該聯絡一下大司命，看看北方的情況如今怎樣。

時影雙手合併，開始施展水鏡之術。

咒術之下，銅鏡中的薄薄一層水無風起波，在他手下甦醒，然後波紋漸漸平息，清淺的水面通向彼端，映照出另外一處空間。然而奇怪的是，過了一刻鐘，水鏡裡居然沒有出現任何影像。

時影的神色不由得起了變化，怎麼可能？居然失去大司命的蹤影？

他在神前開啟水鏡，而咒術之下，這面水鏡無法映照出影像，說明大司命的蹤影已經不在他的力量所能觸及的範圍裡。這是他侍奉神前數十年，幾乎從未遇到過的事情。

不會是出了什麼不測吧？

時影微微蹙眉，抬頭看了一眼天象。頭頂穹窿上夜空深邃，大司命所對應的那顆星還好好地閃耀著，倒是青王的那顆星已經黯淡無光、搖搖欲墜。看似一切順利，可是水鏡裡怎麼映照不出對方的身影？

他雙手結印，十指從平靜的水面上掠過，再度釋放出靈力。這一次，當他的手指移動到水鏡中心點的瞬間，整個水面忽然亮了一亮。

平靜如鏡的水面上出現一個影子，淡淡如煙，一掠而過。

「大司命！」時影失聲。

這一瞬間，他終於看到大司命的影子。

水鏡裡，那個他熟悉的老人站在一座深宮之中，雙手交叉在胸口，顯然是剛剛經歷一場劇烈的戰鬥。袍袖上鮮血四濺，腳下躺著許多屍體，那些死去的人身上都有著青之一族的家徽。

時影鬆一口氣。果然，大司命已經成功進入青王府邸。

然而，正當他要凝神繼續細看的時候，水鏡似乎被什麼力量干擾，表面波紋驟起，一切碎裂模糊，再也看不到影像。

怎麼回事？誰干擾了水鏡的成影？

時影飛快地重新結印，雙手再一次在水鏡上掠過，用了比上一次更強大的力量，試圖開啟新的通道。然而這一次，當他的十指駐留在水鏡中心的時候，水面平靜無波，沒有一絲光亮。

時影站在空曠的神殿裡，眼神越發冷冽，神色肅穆。

大司命的確是出事了，看來，只能用水火大儀來開鏡。

他霍然轉身，在神像前行禮，雙手合起舉在眉心，開始念起繁複的咒語。這個咒術漫長又艱難，當他念完的時候，整個伽藍神廟的燭火似被無形的力量驅動，忽然齊齊一動，燭火向上躍起，整個火苗竟長達一尺。

「去！」時影手指併起，指向那一面水鏡。「開鏡！」

一瞬間，滿殿光華大盛。那些燭上之火如同被號令一樣，從虛空裡飛速升起，朝著他的指尖彙聚，又在他一揮之下飛快地向著水鏡飛去，「唰」地凝聚成一道耀眼的流星。

火和水在瞬間相遇。

然而，火並沒有熄滅，在水鏡上就像煙花一樣細細密密地散開。那一瞬，水鏡彷彿被極大的力量催動，忽然間，就在火焰裡浮現出了畫面。

這一次，時影清晰地看到大司命。

戰鬥顯然又進行了一段時間，畫面中大司命正從地上站起，劇烈地喘息，半身都是鮮血，束髮的羽冠都碎了。他的胸口有七處深可見骨的傷口，作北斗之狀，流出來的血竟然呈現出暗紫。

時影一眼看去，不由得全身一震。

那是七星拜斗之術。在這個雲荒，除了他和大司命，居然有人能用出這種咒術。青之一族的神官不過是泛泛之輩，怎能做到這種程度？

「大司命！」他對著水鏡呼喚：「大司命！」

彼端的大司命似乎感知到他的呼喚，抬起頭向著水鏡的方向看了一眼。他終於聽到自己的呼喚了嗎？時影微微鬆一口氣——然而，就在這一瞬間，水鏡裡的畫面忽然變幻。

那一瞬水鏡裡的景象，讓冷靜如時影也忍不住失聲驚呼。

青王王宮的深處，燭火半熄，各處都籠罩在巨大陰影中。然而在陰影的最深處，忽然有一隻手從大司命的背後伸出來，悄無聲息地扣向老人的背心。那隻手的形狀是扭曲的，奇長無比，如同影子一樣慢慢拉長、靠近……

然而更令他震驚的是，那隻手已經侵入到了身側不足一尺之處，大司命居然絲毫未覺察。

「大司命！」那一刻，時影忍不住失聲驚呼：「背後！」

不知道是不是聽到了來自彼端的提醒，在那隻蒼白的手即將接觸到後心的瞬間，大司命忽然臉色大變，頭也不回，袍袖一拂，一道疾風平地捲起，他整個人瞬間憑空消失。

時影一驚，認出此刻大司命用的不是普通的瞬移，而是「迷蹤」。

這是一種需要消耗極大靈力的術法，不但可以瞬間在六合之中轉移自己的方位，還可以穿越無色兩界，從實界進入幻界。這個術法因為結合了好幾種高深的大術，普通術士只要用一次便得耗盡大半靈力。大司命此刻用出此術，顯然是感覺到自己遇到了前所未有的勁敵。

在時影尚自吃驚時，水鏡裡的畫面忽然停滯了。

火焰還在水上燃燒，然而裡面映照出的景象再也沒有變動，像是定住了一樣，青王府邸內發生的一切都定格在大司命消失的瞬間——地上橫流的鮮血、風中四散的帷幕、屋頂墜落的宮燈……一切都停住了。

怎麼回事？難道是水鏡忽然間受到干擾？

「大司命！」時影脫口驚呼，心裡瞬間有不祥的預感。他重新抬起雙手，飛快地結印，按向水鏡，想要用更大的力量打通這一道微弱的聯繫。

然而在那一瞬，定住的畫面又重新動了。

短促的凝固過後，大司命依舊不見蹤影，房間空空蕩蕩。地上的血繼續流出，帷幕和宮燈繼續落下，一切彷彿只是在頓住了剎那之後又恢復正常。然而，時影在這樣平靜的畫面裡感覺到了無可言表的詭異氣息，隔著水鏡，掌心都有細密的冷汗滲出。

大司命呢？他此刻在何處？是正穿梭於無色兩界之中嗎？可是時間為何持續得那麼長？要知道，「迷蹤」之術是不能持續太久的，否則穿行之人會被卡在虛實交界之處，永遠無法回到人世。

在心裡驚疑不定的那一刻，隔著水鏡，時影再度看到另外一隻手從黑暗裡伸出。與前面的那隻手呼應，兩隻手緩緩交錯，在燭影下做出一個手勢：一手掌心向下、一手指尖朝天，忽然間，凌厲至極地一撕。

「不！」那一瞬，時影脫口驚呼。

只聽一聲鈍響，彷彿什麼屏障被擊破了，虛空中忽然落下紅色的雨。

「大司命！」時影心神巨震，失聲喊道：「大司命！」

「呵呵……」黑暗深處，似乎有人發出一聲睥睨的冷笑。

只是一個眨眼，那雙手便縮回去，消失於暗影之中，無聲無息如同鬼魅。青王府邸深處再也看不到一個活人，只有紅雨不停地從空蕩蕩的房間裡滴落，在地面上積成小小一灘。

「大司命！」時影臉色蒼白，對著水鏡彼端呼喚。

直到此刻，他還是看不到大司命的蹤影，彷彿那個老人在施用迷蹤之術的時候出現了意外，被卡在虛實兩界的交錯之處。然而，那些血一滴一滴灑落地上，卻漸漸顯露一個人形的輪廓。

——那是大司命……是被那一擊困在了虛空裡的大司命！

方才暗影裡的那雙手，只用了如此簡單卻蘊藏令天地失色的力量的一個動作，竟將剛用完迷蹤之術，正穿行於無色兩界的大司命生生撕裂。

那一招叫什麼？從未聽過、從未看過……甚至，在空桑所有的上古術法典籍裡都不曾有過任何記載。

但那是多麼可怕的力量，幾乎接近於神魔！

時影站在伽藍白塔頂上的神廟裡，看著萬里之外發生的這一切，雖然竭力控制著自己的情緒，但全身微微發抖。

大司命出事了！他要立刻趕去雲荒最北部的紫台！

然而，當他剛一轉身，水鏡另一端忽然有什麼動了動，令他驟然回身。

水鏡裡還是看不到人影，滿眼都是死寂，堆疊著屍體。然而再仔細看去，虛空中的血一滴滴地落下，卻是有規律地移動著，漸漸連成一條線。

那一瞬，雖然看不到大司命的人在何處，時影卻忽然明白對方的意圖。

——大司命是在寫字！

他被困在虛空裡，大約已自知無法倖免，那個老人居然是用最後一點力氣，用自己的血在地上寫出了字。

一點、一橫、一撇……居然是一個「祂」字。

「祂？」時影低呼。大司命……到底是要對自己說什麼？

轉瞬，又一個字被寫了出來：「來」。

接著，又是豎向的一筆。

時影定定地看著地面上那三個用血寫出來的字，整個人微微顫抖，沉默地咬牙，臉色蒼白如死。

——祂、來、了。

大司命拚盡最後的力氣，用血留下的字，竟是這樣三個字？

祂是什麼？是剛才在暗影裡驟然出現的那雙可怖的手嗎？那雙手的背後又是一個怎樣的存在？那樣可怕的力量，幾乎在整個雲荒都不可能存在……

祂，究竟是什麼？

「大司命？」時影對著水鏡彼端呼喚，聲音已經帶了一絲顫抖。

然而，當第三個字被寫完後，虛空裡的血繼續如瀑布般滴落，再也不曾動上一動。水鏡上的火漸漸熄滅，再也映照不出任何景象。那一面通往青王深宮的水鏡，居然被某種力量悄然關閉。

時影毫不猶豫地將自己的手伸向水鏡，想要阻攔水鏡關閉。然而，當他的手指移到水鏡中心點的那一瞬，那一層薄薄的水忽然動了。

只聽「嘩啦」一聲，平靜的水面碎裂，彷彿有另一股力量在彼端衝擊而來，薄薄的水面中心凸起，如同一股泉水噴湧而出。

不好！時影心念電轉，閃電般翻轉手腕，指尖併起，向下點去。就在同一瞬間，那一層水噴湧而出，到了半空，居然幻化成一隻手的形狀。

兩隻手在虛空中相抵。

那一瞬間，時影身形微微一晃，竟然連退兩步，手上的皇天神戒忽然發出耀眼的光芒，整個神廟被照得剎那雪亮。

「是你？」

閃電交錯的瞬間，他依稀聽到一句低語。

是誰？誰在水鏡彼端對他說話？

然而那個聲音一閃即逝，整個神廟在戰慄中恢復黑暗。那隻手也從虛空中消失，只有無數水珠從半空落下，灑落水鏡，如同一陣驟然落下的雨。所有一切發生得如此突然，幾乎像一個轉念間的幻覺。

只有時影知道，這一切都是真實的。

方才的那個剎那，隔著薄薄一層水鏡，他和一股來自不知何方的力量驟然相遇，相互試探，卻又轉瞬消失。這短短的交鋒裡，他能感覺到那股力量是如此強大且神祕，深不可測，竟無法探究對方的來源和極限。

是那股力量殺了大司命嗎？

時影的手停在水鏡邊緣，垂下頭沉默地看著自己手上的皇天神戒。水鏡上波光離合，映照著他的面容，蒼白而肅穆。

不知道過了多久，時影才從空無一物的水鏡轉開視線，回頭看向神殿外的夜空。璣衡還在天宇下默默運行，頭頂斗轉星移、蒼穹變幻、無休無止，然而，再也沒有那個站在高台上觀星的蒼老背影。

屬於大司命的那顆命星，已經暗了。

那個剎那，時影心頭猛受重擊，竟然踉蹌地彎下腰去，無聲地深深吸一口氣，才勉強穩住自己的神志。

……大司命死了。

那個把他從童年的厄運裡解救出來，保護著他、教導著他的老人，就在短短片刻之前，在自己的眼前死去了。連遺體都灰飛煙滅，化為烏有。

而他，竟然只能眼睜睜地看著。

不到一天之前，他還在憤怒這個老人試圖拆散他和阿顏，對自己的人生橫加干涉，甚至想著等對方回來以後要怎麼算這一筆帳，卻沒料到同一時刻，對方正在雲荒的另一端孤身血戰，對抗著前所未有的敵人。

時影深深地呼吸著，竭力壓制內心洶湧的波瀾，然而巨大的苦痛和憤怒還是令他幾乎崩潰。他張了張口，想要喊出來，卻喑啞無聲。那種痛苦盤旋在他的心裡，如同拉扯著心肺，令他無法呼吸。

這是他一生中，第二次眼睜睜地失去親人。

那個老人流盡了最後一滴血，被困在無色兩界之間，終究是回不來了。陷入絕境的大司命用盡最後一點力氣，向他發出警示，可是，他竟然連那個凶手是誰都無法看到。

——祂來了。

祂，到底是誰？

時影低下頭凝視著左手上的皇天神戒。銀色的雙翼上，托起的寶石熠熠生輝，如同一隻冷邃的眼睛。時影凝視著這枚傳承千年的皇天神戒許久，緩緩抬起手，覆蓋了上去。

寶石還是熾熱的，如同一團火在燃燒。

在隔著水鏡的那一次交鋒發生時，皇天神戒發出耀眼的光，此後便彷彿一直在燃燒。這是從未有過的異常，不得不令他心生凜然。為何在面對水鏡彼端這股陌生可怕的力量時，皇天會忽然亮起？

俯仰天地、通讀典籍如他，也無法回答這個奇怪的現象。

沉默了許久，時影振衣而出，從神殿裡走到白塔頂上。

星辰已墜，長夜如墨。最北方的九嶷郡上空，帝星已暗，新光未露，昭示著雲荒易主，帝君駕崩，新帝未現的局面。

然而在北斗之旁，赫然有一道濃重的黑氣騰起。

那道黑氣籠罩於雲荒上空，詭異不可言。從方向判斷，應該是來自西海，然而尾部盤旋、錯綜複雜，又令人迷失其最初的來處。以他的靈力，竟然也不能追溯到這一股神祕力量的真正起源。

時影不由得暗自心驚，通過窺管仔細地看著雲荒最北方的分野。

只見那一道黑氣在九嶷郡上空盤旋許久，彷彿感知到了來自白塔頂上他的窺探，忽然間轉換方向，朝著雲荒中心飛撲而來。

那一刻，時影只覺得手上一熾，皇天神戒竟然又煥發出了光芒。

難道……是祂？時影從璣衡前猛然抬頭，看向夜空，心裡忽然有了一個論斷：早有密探稟告青王和西海上的冰夷來往甚密，而且十年前，少年時的自己也曾被冰族追殺於夢魘森林。

這一切，都和青王脫不了關係。

難道雲荒七十年後的滅國之難，竟是要提前到來？

時影沉吟片刻，疾步從白塔頂上走下，連夜召來大內總管，語氣嚴厲：「后土神戒呢？為何一點消息也沒有？」

大內總管面色如土，連忙跪下。「稟……稟告殿下，屬下派人將青妃的寢宮翻了一個遍，掘地三尺，拷問了所有侍女和侍從，卻……卻始終未能找到后土神戒藏到何處。請殿下降罪！」

時影眼神一肅，手重重在椅子上一拍，想要說什麼又硬生生地忍住。大內總管是個有手段的人，他若說找不到，定然已是竭盡全力，再責怪他根本無濟於事。

那一瞬，他微微咬牙，想起那個帶給他一生惡夢的女人。

即使在世外修行多年，在他的心中，對於那個害死了母后、鳩占鵲巢的青妃的恨意，始終未能磨滅。然而，直到她死了，他竟從未有過機會和她面對面，更遑論復仇。此刻，她已經死了，時雨也死了，她的兄長、她的家族都面臨著覆滅的危險……關於她的一切，都在這個雲荒煙消雲散。

然而，直到臨死，她竟還是留下這麼一個難題。

時影低下頭，凝視著自己手上的皇天神戒，壓住內心的情緒頓了頓，對著大內總管吩咐：「立刻召集諸王入宮，讓六部各族的神官也從領地上急速進京，並且調集驍騎的影戰士全數待命。」

「是！」大內總管吃了一驚，卻沒有問為什麼。

當總管退下後，深夜的紫宸殿空空蕩蕩，又只剩下他一個人。時影獨自坐在雲荒最高處的宮殿裡，摩挲著手上的皇天神戒，眼神裡掠過一絲孤獨。

……只剩下他一個人了。

即便在幼年，被父親遺棄、被送入深山，總還有大司命在身邊，幫助他、保護他、教導他。如今，縱覽整個雲荒，目之所及全是需要他保護的臣民，竟是一個可以指望的人都沒有。

這樣的重擔，幾乎壓得人喘不過氣。

如果他在脫下那一身神袍後，選擇雲遊天下，在六合七海之間打發餘生，會不會就沒有如今的煩惱呢？

忽然間，垂簾動了一動，似乎有風吹過。

「重明？」他沒有抬頭，低聲問道。

只是瞬間，重明化作鸚鵡大小，穿過簾幕「唰」地飛進來，停在他的御案上，歪著頭用四隻紅豆似的眼睛骨碌碌地盯著他，似乎在打量著什麼。

從昨夜之後，這隻神鳥已經快一天一夜沒見到自己，此刻飛回來，眼神卻似乎有一些怪異。

然而，時影沒有留意到重明的反常，只是心思沉重地皺著眉頭吩咐：「去赤王行宮找阿顏，讓她儘快來一趟紫宸殿。」

重明神鳥得了指令卻沒有行動，只是轉動眼睛看著他。

「怎麼了？」時影微微蹙眉。「事情很緊急。」

然而重明神鳥還是沒有動，上下打量他，發出「咕」的一聲嘲笑。這隻神鳥從小陪伴著帝王谷裡孤獨的孩子一起長大，幾乎是如影隨形，所以在那一刻，時影立即明白牠的意思，臉色忽然變得有些奇怪。

「是。」他咳嗽了兩聲。「昨晚我是和阿顏在一起。」

重明神鳥聽到他親口承認，歡欣鼓舞地叫了一聲，竟然「唰」地展開翅膀，在紫宸殿裡當空舞了起來。

「你這是做什麼？現在不是說這個的時候。」時影卻嘆息一聲，並不想繼續這個話題。「大司命剛剛去世，大敵當前，哪裡顧得上這些？」

重明神鳥剛舞到當空，聽到最後一句話，忽然間彷彿被雷擊一樣怔住了，「啪」地掉下來盯著他看，四隻眼睛一動不動。

「是的，大司命剛剛去世了……死於紫台青王宮深處，他的金瞳狻猊也沒有回來。」時影將額頭壓在手心，聲音帶著深切的哀傷和疲憊。「你看到了嗎？他的星，如今已經暗了。」

重明神鳥的羽毛一下子塌下去，探頭看了一眼外面的星野，不敢相信地「咕嚕」一聲，呆若木雞。

時影嘆息：「我甚至看不到殺他的是誰。」

重明神鳥顫抖了一下，忽地仰首長鳴。剎那間，血紅色的淚從牠血紅色的眼睛流下，染得白羽一道殷紅，觸目驚心。

幾十年了，時影還是第一次看到重明神鳥哭泣。

「重明……重明。」時影沉住氣，可是聲音也在微微發抖。「你比我們人類多活了幾百年，應當知道輪迴無盡，即便是神也有死去的一天。現在不是哭的時候。」

重明神鳥一震，忽然發出淒厲至極的啼叫。

「是的，我當然要為他報仇。」時影壓低了聲音，一字一句充滿殺氣。「而且，即便我不找那個凶手報仇，祂此刻也正在趕來的路上。」

時影起身走出紫宸殿，抬起手，指給牠看西北方的分野。只見那一道黑氣正以驚人的速度向著雲荒的中心撲來，所到之處，星辰皆暗。

那一刻，重明神鳥停止哀鳴，全身羽毛「唰」地豎起。

「你看到了？」他回頭看了重明一眼。

這隻陪伴他二十幾年的神鳥嚴肅起來，幾乎帶著人類的表情，眼神複雜，沉默了一瞬，緩緩點了點頭。

時影蹙眉問：「你知道那是誰嗎？」

重明低低「咕嚕」了一聲，欲言又止。

「黑雲壓城，那個『祂』，很快就要來到伽藍帝都。」時影轉過頭，對身邊的神鳥說：「去赤王府把阿顏叫來……如今在這個雲荒，只有她可以和我並肩作戰。」

重明點了點頭，翅膀一振，捲起一道旋風穿窗而去。

第四十九章 相逢

然而時影沒想到的是，此刻的朱顏已經悄然離開帝都。

為了追蹤蘇摩的下落，她跟蹤著那一隻紙鶴，在湖底御道不眠不休地用縮地之術飛奔了整夜，在清晨時分，終於來到湖底御道的出口處。

清晨，湖底御道剛剛打開，葉城的北城門口排著許多人，大都是來自各地的商人，箱籠車隊如雲，都在等待著進入這一座雲荒最繁華的商貿中心。

「麻煩，借過一下！」只聽清脆一聲，一個女孩從御道裡奔來，速度之快宛如閃電。最近復國軍動亂剛結束，葉城警衛森嚴，百姓必須排隊檢查才能入城，然而那個女孩行色匆匆地直接奔向城門，毫不停頓。

「站住！」守衛的士兵厲喝一聲，橫過了長戟。

然而那個少女並沒有停下腳步，彷彿沒有重量一樣，被兵器一格擋，整個人紙片似地輕飄飄飛起，說了一聲「借過」，便在半空中忽地消失蹤影。

「咦？」所有人目瞪口呆，眼睜睜地看著半空。

葉城的城樓最高處，卻有早起巡檢的人看到這一幕，忍不住笑了一聲，雙手扣向掌心，結了一個手印往下一扣。

只聽半空裡「哎呀」了一聲，憑空掉下一個人。

朱顏用隱身術穿越人群，翻身上了城門口，正要直奔進葉城，忽然間感覺腳下一沉，被無形的手一扯，整個人踉蹌了一下，從半空中直摔下來，眼看就要頭部著地，忽地又被人拉住。

「誰？」她失聲驚呼，憤怒地抬起頭來。

映入眼簾的卻是熟悉的臉，一個身穿錦袍的翩翩貴公子站在城頭最高處，半扶半抱著她，口裡笑道：「怎麼，郡主一大清早就來闖關？」

「你……」朱顏認出了是白風麟，氣得便是一掌打去。

白風麟早起巡視，正好在葉城北門看到朱顏，眼前一亮，忍不住施展了一下手段，猝不及防地把這個丫頭給拉下來。本來還想趁機調笑一下，沒料到她脾氣這麼火爆，照面便打。他馬上鬆開手往後讓了一讓，然而還是沒有完全避開這一掌，肩膀被打了一下，疼痛徹骨。

白風麟一下子冷靜下來，心裡暗自懊悔自己冒昧。雖然這個少女原本是自己的俎上之肉，但情況變化得快，她目下已經是皇太子妃，萬萬冒犯不得。自己怎麼會如此失態，一看到她出現，便忍不住動手動腳？幸虧這城上沒有旁人在，否則消息傳到時影耳中，還不知怎麼收場。

心裡雖然暗驚，他臉上笑容卻不變，只是客客氣氣地問道：「大清早的，郡主為何來此處？妳此刻不應該在帝都嗎？」

「不關你的事！」朱顏恨他趁人不備出手占便宜，氣憤地回答。

「皇太子可知道妳來葉城？」白風麟又問。

「也不關他的事！」朱顏心情不好，一句話又把他堵回去。

白風麟為人精明，一看便知道她定然是背著時影出來的，不由得皺了皺眉頭。這丫頭可真是令人不省心，以她現在的身分，萬一在葉城出了什麼事，自己豈不是要揹黑鍋？要知道，當初皇太子時雨在葉城失蹤，自己就被連累得差點丟了城主的位置，這次要是再來一個什麼意外……

白風麟心思轉了一下，口裡笑道：「看來郡主這次回葉城定然有急事，在下地頭熟，不知能不能幫上一二？」

朱顏正準備跳下城樓，聽到這句話忍不住停下腳步。

這傢伙雖然討厭，但好歹是葉城的城主，在這個地方擁有至高無上的權力，當初蘇摩沒有身契，他一句話就辦妥了。此刻她孤身來到葉城，要大海撈針一樣地尋找那個孩子，如果能借助他的力量，豈不是可以更快一些？

她正在遲疑，一扭頭卻發現那隻紙鶴已經不見了。

「糟糕！」朱顏失聲，來不及多想地一按城頭，就從城樓上跳下去。那隻飛回的紙鶴是唯一可以找到蘇摩的線索，一旦跟丟，再也無法挽回。

白風麟正在等待她的回答，卻看到她猝不及防地拔腿就跑，心裡一驚，連忙跟著她躍下去。

白風麟為人機警，剛才雖然只瞥了一眼，但已經看出那隻紙鶴不同尋常，似乎是傳訊之術所用。這個小丫頭跟著紙鶴跑到這裡，到底想做什麼？而且，居然是瞞著時影跑來的？

他心底飛快地盤算著，眼裡神色有些複雜，看了朱顏一眼。

「在這裡！」朱顏眼角一瞥，歡呼了一聲。

只見那隻紙鶴歪歪斜斜地在空中盤旋了片刻，轉入一條小巷子。朱顏連忙跟過去，一路往前追趕。那隻紙鶴漸漸地越飛越低，幾乎貼到地面，顯然附在上面的靈力已經接近枯竭。

這條小巷又破又窄、坑坑窪窪，她只顧著往前追，差點摔倒。

「小心！」白風麟借機再度出手，扶了她一把。

然而此刻，朱顏顧不得和他計較，因為就在那一瞬，那隻紙鶴去勢已竭，就這樣直墜了下去，消失在陋巷的溝渠裡。

「糟糕！」她大喊一聲，顧不得髒便立刻撲通跪下，伸手去撈。然而紙鶴在失去靈力後重新變成一張廢紙，入水即濕，隨著溝渠裡的水捲入深不見底的地下。朱顏來不及用術法停住水流，紙鶴便已消失不見。

她撲倒在溝渠旁，一時間氣急交加，捶地大叫了一聲。

白風麟正在出神，驟然被她小豹子似的吼聲嚇了一跳，看著她急得跳腳的樣子又覺得可愛，下意識地想伸出手摸摸她的長髮，但手指剛一動，又硬生生地忍住。

他在一旁看著這個嬌豔的少女，心思複雜，一時間千迴百轉。身為白王庶出的長子，他自幼謹慎小心、如履薄冰，長大後做人做事手腕高明，擅長察言觀色，深受父親寵愛，被立為儲君。二十幾年來，他步步為營，向著目標不動聲色地一步步逼近，一度以為自己可以得到想要的一切。

然而此刻，意中人近在咫尺，他心裡清楚地知道：無論怎麼奮鬥，自己這一生，只怕是再也得不到眼前這個少女。

前日，當白王從紫宸殿回來，告訴他取消了這門婚約時，他心中煎熬，卻連一聲抗議和質疑都不敢有。因為他知道，他不過是一個地位尚未穩固的白族庶子，又怎能和空桑的帝王之血對抗？

這種如花美眷，就如永遠無法逾越的血統一樣，將成為他畢生的遺憾。

白風麟看著她的側臉，雖然表面不動聲色，心裡卻翻江倒海，也是一陣苦澀。這種奇特的自卑和自憐，曾經伴隨他整個童年，但自他成年掌權以後，還是第一次出現。

朱顏在水渠邊看了半晌，知道回天乏術，快快地站了起來。

雖然還是清早，但不知為何，天色已經暗下來。風從北方吹來，拂動少女暗紅色的長髮，美麗如仙子。

「郡主莫急。」白風麟看到她即將離開，終於回過神來，連忙趕上去殷勤地詢問：「妳這是在找什麼？」

「我家的那個小鮫人不見了！」朱顏失去最後的線索，心裡灰了一半，跺腳說道：「原本還指望這隻紙鶴能帶我去找他，現在連這一點希望都沒了。」

「小鮫人？」白風麟心念如電。「是妳托我做了丹書身契的那個小傢伙嗎？」

「對！你還記得他嗎？」朱顏點頭，焦急萬分。「那個小兔崽子自從那次動亂後就走丟了，一直沒回來……」

「一個小鮫人而已，郡主何必如此著急？」白風麟雖然強自按捺，讓自己不要多管閒事，然而看到她的表情，還是忍不住誇下海口：「只要他還在這座城市裡，我遲早能把他找出來。」

「真的嗎？謝謝、謝謝！」朱顏大喜，連連點頭，第一次覺得這個討厭的傢伙順眼了許多。「你……你真的能替我找回來嗎？」

「凡是郡主的要求，在下一定竭盡全力。」白風麟是何等精明的人物，馬上感覺到她態度的軟化，殷勤說道：「郡主跑了這一路，一定累了吧？要不要來寒舍喝杯茶休息？」

「我……」朱顏剛要開口拒絕，又聽他說：「如今是東西兩市的夏季開市時間，那些商家剛剛把貨物名單送到我這裡，其中很多是新捕來的鮫人，說不定郡主要找的那個小傢伙也在裡面呢。」

「真的？」她心裡一動，又挪不開腳了。

然而就在她拿不定主意的時候，頭頂一暗，一股猛烈的風凌空而來，吹得人睜不開眼睛。

「四眼鳥！」朱顏抬頭看去，失聲驚呼。

一隻巨大的白鳥從伽藍帝都飛來，越過半個鏡湖，在葉城上盤旋許久，終於找到陋巷裡的她，一個俯身便急衝下來，一把將她抓起來。白風麟下意識想阻攔，幸虧眼神敏銳，馬上認出那是時影的神鳥，連忙縮手，眼睜睜地看著神鳥將朱顏帶走，眼神黯然。

這一生裡，人人都說他幸運，能由庶子成為儲君，但有誰知道，無數次面對他真正想要的東西時，他也只能束手。

朱顏跟著重明騰雲駕霧，身不由己地飛起，失聲道：「你……你怎麼來了？」重明神鳥叼住她，一把甩到背上，「咕嚕」了幾聲，掉頭飛起，展翅向著鏡湖中心的那座城市返回，片刻不敢停留。

「什麼？」朱顏聽到牠的話，大吃一驚。「大……大司命死了？」

她心裡有剎那的空白，竟不知如何表達。

那個神一樣、惡魔一樣的老人，竟然死了？怎麼可能？不久之前，他還惡狠狠地警告她，手裡捏著她的死穴，令她戰戰兢兢、如履薄冰。可是轉眼之間，他自己反而死了？

不可思議。這個雲荒，又有誰能夠殺得了大司命？

心思剛轉到此處，她一抬頭，忽然吃了一驚——如今是白天，日光普照雲荒大地，然而在重明神鳥的背上看去，天地一片燦爛，唯獨伽藍帝都落在黑暗之中。

那是一片巨大的暗影，從北方迢迢而來，無聲無息籠罩了雲荒的心臟。那片暗影的範圍之大，幾乎令隔著鏡湖的葉城都恍如陰天。

伽藍白塔的頂端升入了暗影之中，已經完全看不見。

那種黑暗邪魅的氣息之劇烈，幾乎令人難以呼吸。朱顏只是看得一眼，心裡便猛然一沉，瞬間湧現一種極為不祥的預感。

「師父！」那一瞬，她忍不住失聲驚呼。

葉城的水底有暗流無聲急捲，從片刻前朱顏待過的水渠下飛快滑過。水裡有一個全身是傷的瘦小孩子，正隨水流浮沉，從水底潛向廣袤的鏡湖，奔向自己新的人生歷程。

孩子手裡緊緊抱著孿生兄弟做成的小偶人，空茫的眼裡沒有表情，如同木偶一樣隨波逐流。這一刻，他非常累、非常孤獨，只想離開人世，長長久久地睡上一覺。在夢裡，他可以忘記那些逼迫自己的空桑奴隸主，忘記那些利用自己的族人，也忘記那個背棄自己的「姊姊」。

此後，他只想一個人待著，不讓任何人靠近，也不讓任何人傷害。

孩子在水底潛行，很快隨著水流離開了葉城。他並不知道頭頂的地面上發生了什麼，也不知道有人曾經來過，又已經離開。那隻紙鶴「啪」一聲掉落在水面上，濡濕後化為支離破碎的紙屑。

紙在水裡漂散，流過孩子的身側，不知不覺、無聲無息。

如同交錯而過的命運軌跡。

當來自北方的暗影籠罩下來時，驚呼從伽藍帝都的各處傳來，幾達深宮，連一貫冷靜穩重的大內總管都忍不住衝進紫宸殿。然而，他還沒開口，坐在王座上的時影便微微抬起手，制止他的詢問。

「我知道了。」空桑新君的神色肅穆，凝視著從北而來的那一道煞氣。「六王都還沒到齊，沒想到祂會來得這麼快。祂橫跨半個雲荒，只用朝夕而已。」

祂？祂是誰？

大內總管心裡吃驚，耳邊又聽帝君說道：「等一會兒影戰士到的時候，讓他們不必上來神殿了。反正來了也沒有太大用處，不如在九門附近設置結界保護民眾，以免傷及無辜。」

「是。」大內總管領命，心裡卻是震驚。

影戰士軍團是驍騎軍裡的精銳，橫掃雲荒，從未有敵手，但殿下竟然說「沒有太大用處」？那個「祂」，究竟是何方神聖？

「你傳令緹騎，即刻在紫宸殿內外設置防禦結界，保護所有宮裡的人。」時影面色凝重地思考著，頓了頓又道：「等阿顏……朱顏郡主來的時候，讓她即刻來塔頂的神廟找我。」

「是。」大內總管領首領命。

「等六王到達的時候，你讓他們做好萬一的準備。」時影沉吟一下，緩緩說：「說不定，這次我們得打開無色城。」

什麼？打開無色城？這一瞬，大內總管終於忍不住震驚地抬起頭。

那座傳說中的冥靈之城，難道要在今日打開？

那座傳說中的城市，是由創立空桑的白薇皇后在七千年前一手建造的，位於帝都伽藍城的正下方，如同伽藍城的鏡像倒影。地面上的伽藍城是活人的城市，水底的無色城是專門為亡靈準備的虛無之所。

白薇皇后創建這個城市的時候，曾經留下預言，說她建造這座城市，是作為「千年後空桑覆滅時的避難所」之用，必須同時獻祭六王之血才能合力打開。七千年過去了，空桑歷經興亡更替，卻從未有過打開這座城市的紀錄。

難道今日，竟是到了最後的關頭？

「不過……」時影想了一想，搖了搖頭說：「如今六王之中獨缺青王，只怕未必能成功。你去把驍騎軍的前統領青罡給我找來，他雖不是青之一族的儲君，但畢竟也算嫡系。」

「是。」大內總管凜然心驚。

「如果等一會兒你看到白塔倒塌，我尚未返回，那麼……」說到這裡，時影頓了一下，神情凝重。「你就命人押著青罡，和其他六王一起殺出帝都，前往九嶷神廟的傳國寶鼎之前。」

「是！」大內總管一顫，不敢耽誤，立刻退了出去。

做完最後的交代，當總管退下之後，時影低頭看了看手上的皇天神戒，又抬頭看了看已經黑暗的蒼穹，深深吸一口氣，無聲地站起來，獨自穿過深廣的紫宸殿，走向白塔頂上的神廟。

現在還是白天，但外面已經暗如子夜。

整個帝都到處都是子民的驚呼，一聲聲如驚濤駭浪，幾乎傳到白塔上。這個空桑承平已久，幾百年來除了偶爾爆發鮫人的反抗、部族的小衝突之外，從未發生過重大的戰亂，也難怪此刻百姓們驚慌不已。

時影仰頭看著蒼穹，心神沉重。

他一步步往上走，前往伽藍白塔的頂端。隨著高度增加，風在盤旋，呼嘯如獸。等他登上白塔頂端時，已如置身於風眼裡，周圍不遠處一圈風雲如湧，塔頂上反而平靜，連一片衣袂都不曾揚起。

在生死大戰之前，卻是如此平靜。

時影來到神廟的側室裡脫下冠冕，換上神官的素白長袍，一手握起玉簡，回到神像前方。

神廟空無一人，只有無數燭火靜靜燃燒，映照著孿生雙神的巨大雕像，金眸和黑瞳從虛空裡凝視，意味深長。外面漆黑如墨、風雨呼嘯，時影在神像前合掌，開始祈禱祝頌，凝聚起所有的靈力準備對抗即將到來的祂。

那個不知來歷的神祕人，將會是他空前絕後的勁敵。

然而，隨著咒文，他的思緒又一次不受控制地飄散開來：阿顏怎麼還沒到？她去哪裡？如今大敵當前，叫她來這裡，不啻於讓她和自己一起赴死。可是自己若戰死於此處，她也是難逃一死。與其如此，不如同生同死吧？

那一瞬，隨著念力的潰散，祈禱驟然而止。

時影睜開眼睛，臉色有略微的異常。怎麼？如今的他竟然已無法凝聚起意念嗎？入定才半個時辰，便心魔如潮、不可遏制。經歷這麼多年的世外苦修，現在他卻被紅塵纏繞，早已做不到心如止水。

原來塵緣一起，竟是千絲萬縷，再也難以斬斷。

然而想到此處，就在這一刻，外面的黑暗往下沉了一沉，如同墨海倒懸，將整個伽藍白塔頂端都淹沒在烏雲之中。

剎那間，神廟裡驟然有一陣陰風旋起，所有燈火齊齊熄滅。

誰？時影驟然回頭，看向風襲來的方向。那股陰冷的風裡，藏著無限的不祥和惡毒。

乘風而入的，是什麼東西？

在時影驟然回頭的時候，供奉在神廟前的最後一盞長明燈彷彿被看不見的手指壓制著，一分分地熄滅。只是一轉眼，整個伽藍神廟陷入一片空前的黑暗中。陰風旋轉而過，供奉在神前的水鏡忽然起了波瀾，那薄薄一層水竟然「嘩啦」一聲全數躍起，在虛空裡凝結。水珠全數倒流向虛空，凝成一張臉的形狀。

「臉」上那一雙空洞的眼睛，無聲地看著他。

「誰？」時影低喝，玉簡悄然滑落手心，抬起手便是對著那一雙眼睛橫向一斬。

水鏡「嘩啦」地碎裂，凝成人臉的水珠又驟然全數散落，墜回盤子裡。那一陣陰風重新吹起，在神廟中旋轉，忽左忽右，彷彿是蹣跚的腳步，捲起了帷幔凌亂地飛舞，彷彿黑暗中有無數蝙蝠簌簌飛起。

時影眼裡冷芒一現，再不遲疑，玉簡瞬間化為長劍，光芒如裂，「唰」地斬向風裡。

劍芒落處，似是砍中了什麼，然而那一瞬的觸感令時影怔愣一下，忽然有一種極其詭異而不祥的感覺，下意識地往後退一步。他低下頭看著劍，劍尖上有一滴一滴的暗紅色往下滴，赫然是血。

如果有血，祂便是凡人，不足為懼。

「誰？」他沉聲喝問：「出來！」

旋風忽地後退，在黑暗中繞著巨大的孿生神魔像盤旋，風裡似乎可以聽到奇怪的聲音，彷彿低笑，又彷彿嘆息。那種聲音如潮水般疊著傳入耳中，竟然帶著一種詭異的力量，讓人的心神忽然動搖了一瞬。

他再不遲疑，雙手在眉心合攏，厲斥：「破！」

黑暗裡一道閃電劃過，剎那照亮了神廟——天誅！

那一道天誅準確無誤地刺入，「唰」的一聲，以破雲裂石之勢將那一陣迴旋的風釘住，神廟裡終於寂靜下來。

刺中了嗎？

整個神廟陷入一片詭異的漆黑。黑暗裡，只有神和魔的雙瞳炯炯。時影停頓了片刻，覺得有一種奇特的不祥，竟是不敢繼續追擊。他轉身後退，長袖一震，剎那間，整個神殿的燈火齊齊燃起。

光明重生，照亮神魔的面容。

那一瞬，鎮定如時影，也忍不住失聲驚呼：「大司命！」

出現在光芒映照下的，果然是多日不見的大司命。他被剛才那一擊的天誅擊中，釘在巨大的神像腳下。

血從老人的身體傾瀉而下，連神魔塑像的半身都被染成殷紅。

即便冷靜如時影，也被眼前的景象震驚了。大司命……不是已經死在北方九嶷的青王宮深處嗎？為何還會忽然出現在這裡？

「大司命？」他遲疑著低喚。

老人的身體抽動一下，似乎想努力抬起頭，最終卻是無力垂落。動作看上去如同斷線的傀儡，被某種看不見的力量操縱。

傀儡？那一瞬，時影心裡雪亮，忽然明白過來。

他頓住了身形，不再上前，只是抬起手凌空一抓。他想收回法器，然而那枚化作長劍的玉簡只是微微一震，依舊牢牢地穿透大司命的胸口釘在神像上，竟然沒有應聲飛回。

果然，這個神廟裡潛藏著一股前所未見的強大力量，在暗中與他對峙，讓他失去對自己法器的控制。剛才襲擊他的絕對不是大司命，而是另一個人……另一種力量。

「呵呵……」忽然間，黑暗中那個聲音響起，含糊而森冷。「被你發現了？」

在詭異的笑聲中，被釘在神像上的大司命應聲抬起頭，如同一個傀儡被無形的引線拉起頭頸，臉上的表情凝固，果然已經死去多時。

「你究竟是誰？」時影心下一沉，臉色卻絲毫未動。「出來！」

厲喝聲裡，他驀然抬起左手點在右手上，雙手合力往裡一收。這一擊他用上了十成十的力量，只聽「嚓啦」一聲，玉簡終於應聲鬆動，從大司命的胸口反跳而出。

「不錯。」那個暗影裡的聲音低低說了一句。

話音未落，一股力量順推而來，長劍在半空中忽然加速，如同閃電一樣向著時影刺來。

時影倏地轉身，雙手交錯下壓，格擋反刺而來的玉簡。在兩股力量相交的瞬間，他只覺得前所未有的巨大壓力驟然而至，剎那間，他不由自主地向後踉蹌退了三步，腳下堅硬的玉石地面應聲裂開。

但這一瞬，他的手指已經抓住長劍。

不等他控制住玉簡化成的劍，不知道被什麼力量一激，劍上的光芒轟然大盛，竟然將他的手指割破。

時影看到這樣詭異的情況，忍不住微微一震。

這一枚玉簡，本來是九嶷神廟裡在神前供奉了數百年的神器，潔淨無瑕。什麼時候竟然帶上了這樣濃重的邪氣？

「破！」他低斥，吐出了一口氣。

只聽轟然一聲，那把躍躍欲試的劍驟然飛起，在空中彷彿被兩股看不見的力量相互拉扯，定在半空中，劇烈地顫抖著。僵持了一瞬後，只聽一聲金鐵交擊的錚然脆響，那一枚萬年寒玉製成的上古神器，居然應聲化為齏粉。

同一瞬間，被釘在神像上的大司命跌落在神廟的地上。

「大司命！」時影衝過去，試圖將老人扶起來。

可是他剛一觸碰，大司命的身體一顫，如同灰塵被觸碰，飛快地坍塌枯萎，一塊一塊地剝落，在風裡成為齏粉，只是一轉眼便消失得一乾二淨。

一切發生在眼前。時影怔住，全身微微發抖。

死了？那個陪伴自己長大、嚴格教導自己的師長，那個獨步天下的宗師，居然就在他的眼前化為齏粉？自己曾經通過水鏡目睹這個老人的死亡，卻不料，還要第二次親眼看見他的肉身消亡。

他還有那麼多話想對這個人說，還有那麼多不忿和不理解的地方想要和這個首謀當面對質，可是，大司命居然就這樣死了？

神廟裡寂靜了一瞬，然而那一瞬，彷彿漫長到永遠。

「很悲痛？」黑暗裡，那個聲音再度響起，帶著一絲神祕莫測的冷意。「你身上散發出來的強烈情緒，幾乎可以共振到我身上啊……」

時影霍然抬頭，凝望著黑暗的最深處。

誰？是那個在青王宮裡看到的，撕裂了大司命的神祕人嗎？

然而，黑暗裡並沒有伸出兩隻手，只有聲音不停傳來，含糊、低沉，如同異國人說著不熟練的空桑語言。

「這個人，獨自闖入九嶷郡青之一族的領地，殺掉了正在策劃起兵叛亂的青王庚……也算了不起。」那個聲音在黑暗裡低低地冷笑。「只可惜他運氣不好，正好遇到我。而我，又正好想試試號稱當今雲荒最強的術法宗師，到底具有怎樣的實力……呵。」

那個聲音是低沉而緩慢的，帶著說不出的倨傲。

時影凝神傾聽，在對方每說出一句話的時候便釋放一個咒術，去追蹤聲音所在的位置。然而可怕的是，竟然每一個咒術都落了空。在黑暗中說話的彷彿不是一個人，只是一個聲音，完全追尋不到蹤影。

那個聲音高傲又冷銳，不帶一絲一毫的感情：「如今的雲荒，真是讓人失望。這些渺小的人類！」

當最後一個音節吐出時，時影的手指忽然微微一動。

他的人還是站在原地，只是驟然抬起手肘，豎手為刃，一斬而下。只見一道白光從虛空騰起，直線燒過去，十丈開外的神殿中心，那一片水鏡忽然「嚓啦」一聲從中裂開，如同刀割一樣齊齊落地。

詭異的是，水鏡碎裂了，裡面的薄薄一層水卻懸浮在半空中，一動不動。

「淬銀之火？」那個聲音忽地轉移方向，縹緲無定。「呵……連我的分身都觸不到，怎麼配帶上這枚皇天？」

皇天？時影一震，低下頭，看到自己手上的戒指。

這一枚傳承了數千年、代表空桑皇室血統的神戒，正在黑暗中閃爍著光芒。那種光是奇特的，帶著暗金色的璀璨，如同此刻魔的眼睛——奇怪？皇天本身的氣質是純正厚重的，因為原本的戾氣已在七千年之前被星尊帝洗去，可是今天，為何凝聚出這樣的邪氣？

在他垂下眼睛看去的時候，皇天忽然動了，似乎是被一股無形的力量牽扯著，竟試圖從他的手指上脫出，飛躍而去。

時影手腕一沉，手指迅速併攏，握緊皇天神戒，然而戒指在他指間劇烈地掙扎，竟割破他的手。

鮮血從十指間流下，滴滴落在黑暗中的地面。

那一瞬，時影吸了一口氣，乾脆以手沾血，飛快地發動一個咒術。

一道淡淡的紫色星芒從指尖飛快擴散，如同蓮花一瓣瓣展開，將整個神廟都籠罩在其中。這是比千樹更深奧的結界，蓮花盛開，力量指向內部，在瞬間將整個伽藍白塔困在其中，神魔難逃。

「呵呵呵……這是『須彌』？」空曠的神廟裡忽地響起一陣低沉的笑聲。「七千年之後，世上居然還有人能使出來自雲浮九天的禁忌之術？我倒是小看你了……」

須彌的籠罩之下，微如芥子也難逃。

這一次終於鎖定了聲音的來源，時影霍然回頭。輝煌的燈光下，那一座神魔孿生的神像忽然逆轉了方向。魔悄然轉過身，正面俯視著伽藍白塔頂上神殿裡的人，眸中金光閃耀，嘴唇微微開合。

——那個聲音，正是從魔的嘴裡吐出。

那一剎那，時影忍不住微微變了臉色。這是何方神聖，竟然能附身於雲荒被供奉了千年的神像？

不等他想明白，魔的雕像居然動了起來。

破壞神的手臂緩緩上舉，手裡那一把傳承自星尊帝時期的辟天劍，忽然綻放出無數光芒，耀眼奪目，如同閃電，「唰」地向著他迎頭刺來。每一道金光，都有著不遜於天誅的力量。

時影長眉一揚，袍袖獵獵，迎著光芒掠了過去。

最先的一道金光激射而來，如同巨大的利劍直刺眉心。時影不退不閃，凝神聚氣，忽地伸出手去，「唰」地雙指一併，硬生生地接下來。那道光幾乎要刺穿他的顱骨，末端卻霍然被截斷。

那一瞬間，空中所有的光芒都頓住了。

同時，一道血痕從他的眉心緩緩滑落，時影卻眼也不眨，微微吸一口氣，指尖再度一用力。「喀嚓」一聲，那道無形的光居然在他手心粉碎。

那一瞬間，只聽轟然一響，空中所有的金光竟然也都凌空化為齏粉。

「好！」當千百道光芒剎那被他粉碎，空曠的神廟裡傳來一聲喝彩。「這一招，天地之間前所未見……叫什麼名字？」

「無名。」時影冷冷說著，鬆開手指。短短的交鋒過後，他的食指和中指都已經被割破，十指間鮮血淋漓。他幾乎是咬著牙，才硬生生將咽喉裡翻湧的血氣壓了下去。

這個不知何方神聖的神祕人，幾乎是他生平未見的對手。

「好一個『無名』！」那個聲音喃喃稱讚。

忽然間，巨大的破壞神像倏地轉身，握著手裡滴血的長劍，迎頭劈下來，黑暗裡的聲音也轉為嚴厲：「好，讓我來測試一下你的深淺，看看你是不是比那個大司命更值得一戰？」

那一劍只是遙指，然而劍風所及，地面裂開、牆柱倒塌，竟然將神廟內有形的一切瞬間化為齏粉。那種毀滅的氣息，幾乎讓人覺得真的是上古破壞神甦醒，降臨在伽藍帝都。

時影手腕一轉，又一個咒術在掌心凝結，倏地幻化成一堵牆。

破壞神的手臂繼續揮下，帶起凌厲無比的劍風，只聽一聲裂響，那道牆居中碎裂，幾乎要把他一起切割為兩半。

「棄劍！」那個聲音低沉冰冷。

時影長眉一揚，雙眸如冷電，卻絲毫沒有退意。他低聲念動咒語，左手指併起，飛快結印，指尖一點，左手結的印籠住右手。那一瞬，他的右臂和光芒融為一體，化成和魔手裡一樣的巨劍。

「破！」時影低斥，整個人迎著魔掠了上去。

只聽一聲巨響，巨大的光劍劈落在魔手上。魔手裡的辟天劍停頓一下，整座雕像發出奇特的「喀嚓」一聲，無數裂痕出現在這一具軀體上，似乎這千年的神像也被由內而外震得寸寸碎裂。

在裂縫裡，隱約縈繞著一團黑氣。

時影幾乎是傾注全部的力量揮出這一劍，只覺右臂幾乎失去知覺。一劍擊中，他不敢怠慢，立刻重新凝聚起靈力，將劍對著魔的眉心出現的裂縫，「唰」地狠狠刺了進去。

然而就在這個剎那，右手忽然劇痛。

皇天神戒不知道受到什麼樣的召喚，一瞬間發出了劇烈的震動，被看不見的力量拉扯著，竟然想要從他的手指上飛出去。在那股巨大的力量牽扯之下，指根如同刀割，「唰」地流下血來，這一劍頓時失去準頭。

只是耽誤了短短一瞬，魔那雙金色的眸中光芒大盛，神像剎那間恢復原狀，那些遍布上下的裂痕竟然奇跡般地再度消失。

魔重新動起來，抬起另一隻沒有握劍的手，一把抓住時影的光劍。明明是虛無的光，竟被泥塑木雕之手握住，不能動彈。

魔的手倏地捏緊，那一把光劍應聲斷裂。那一瞬，時影發出一聲低呼，踉蹌而退。他的臂上，鮮血噴湧而出，竟然也同時折斷。

「把皇天神戒……還給我。」

那個低沉的聲音從虛空中傳來，伴隨著一聲聲震動地面的巨響。黑暗中，巨大的破壞神雕像竟然從蓮花座上走下來，和創世神像脫離。

破壞神的雕像一步步踏近，手中的利劍再次緩緩落下，帶著摧枯拉朽的氣勢，幾乎要把這座神殿連著整個伽藍白塔一切為二。

把皇天神戒還給祂？祂到底在說什麼？

然而，就在這個關頭，空中傳來一聲尖厲的呼嘯。

「啪」的一聲，伽藍神廟的水晶穹頂片片碎裂，帷幔齊齊向內飄飛，如同下了一場浩大的流星雨。那樣的情景，竟讓時影和魔都齊齊抬頭。

巨大的白鳥從天而降，撞碎穹頂飛了進來。

星空下，只聽「叮」的一聲脆響，凌空勁風襲來，魔手裡的劍忽地停頓一下，彷彿撞上看不見的屏障。同一瞬間，一道火焰之牆從神廟地面上燃燒起來，「唰」地將破壞神困在其中。

「師父！」一個清脆的聲音在空中呼喊：「你……你沒事吧？」

「阿顏？」時影脫口而出，神色一變。

第五十章　終戰

從暗如潑墨的夜空裡飛下來，撞碎穹頂進入神廟的正是重明神鳥。鳥背上的朱顏不等落地，便接連施展出她所知道的最厲害術法，一道落日箭擊退對方，一道赤炎牆瞬間防護，試圖隔空幫助受困的時影。

那個聲音不由得微微愕然道：「又來一個？」

話音未落，破壞神手中的劍猛然抬起，指向天空。

「阿顏！」時影失聲喊：「小心！」

只聽朱顏驚呼一聲，被一股巨大的力量拉扯，離開了神鳥的背上，從高空飛速墜落，落向魔手裡舉起的劍尖。但就在那一瞬，眼前白影一閃，有什麼屏障忽然展開，竟硬生生地替她接住那一擊。

「四眼鳥！」那一瞬，朱顏看到鮮血從重明神鳥頸中飛濺，不由得失聲。

在她遇襲墜落的一瞬間，重明神鳥展開雙翼，覆蓋魔的頭頂，將那一劍的力量全數攔截。那一道凌厲的劍風穿透牠的長頸，鮮血如箭般激射而出，如同凌空下了一場血雨。

朱顏撕心裂肺地驚呼，和重明神鳥一起從高空重重墜落地面。

那一場血雨，幾乎落了她滿身。

巨大的神鳥跌落在神廟地面上，垂下頎長的頭頸，奄奄一息。四隻血紅色的眼睛裡還是露出一絲焦急，掙扎著用翅膀推了推她，示意她轉身迎戰。然而朱顏哪裡還有心思顧得上別的，撲過來飛快地用出治癒術，試圖阻止牠脖子裡洶湧而出的鮮血。

「阿顏，先不要管這個了！」時影卻已經來到她身後，低聲厲喝，將她從重明身邊拉起來。「禦敵為先！」

朱顏畢竟心軟，此刻哪裡肯放手，然而不等她給重明施救，耳邊忽然轟隆一聲巨響，剛剛建立好的赤炎結界忽然破裂，一隻巨大的手臂破壁而出。

當設下的結界被人破除，作為施術者的她同時如受重擊，眼前一黑，朱顏「哇」的一聲吐出一口鮮血，撲倒在重明神鳥身上。奄奄一息的重明看到她這樣，萬分焦急，卻同樣無法動彈。

「阿顏！」時影卻毫不容情，低喝：「快站起來！」

朱顏深深地大口呼吸，只覺得整個身體如同被搗得對穿，搖搖欲墜。她從未遇到這樣厲害的對手，一擊便能將自己擊潰。然而聽到師父焦急的話語，知道自己絕對不能在此刻倒下，便咬緊牙關撐住身體，一分一分地站起來──是的，她是來和師父一起戰鬥的！怎麼可以一上來就趴下了？

她一邊給自己打氣，一邊用眼角餘光看到那隻手從結界裡繼續伸出、橫掃，輕鬆將那一道火焰之牆轉手撲滅，如同拍打零碎的火星。

地面發出鈍響，猛烈震動，那個破壞神一步一步地向他們逼近，金色的雙瞳裡光芒璀璨，手上的辟天長劍熠熠生輝。雖然是個泥塑木雕的神像，那樣的力量和氣勢卻彷彿上古戰神重生，令她目瞪口呆。

「天啊！」朱顏忍不住失聲：「破壞神……它居然活了？」

「這並不是破壞神。」時影沉聲道：「只是那個東西附在神像上。」

「是什……什麼東西？」朱顏聲音有些發抖，看著這個朝他們一步步逼近過來的神像，感覺猶如夢寐。「見鬼！這到底是什麼東西？」

時影沉默了一瞬，回答：「我也不知道。」

就算是大敵當前，朱顏還是忍不住吃驚地回頭看了他一眼。生平第一次，她居然從師父的嘴裡聽到「不知道」的回答？幾乎是天上地下無所不能的師父，居然也看不穿眼前這個鬼東西的來歷嗎？

然而，她來不及細想，因為凌厲的風又已經迎面割來。

黑暗的天幕下，風雲湧動。彷彿被召喚著，四方的風忽然朝白塔吹來，將原本平靜的風眼灌滿。烏雲翻湧，整個神廟都在震動，似乎有無形的、巨大的劍從虛空中劈下，要把整個白塔一劈為二。

居然連天地風雲都能召喚？這……到底是什麼樣的來頭啊！朱顏從未和這樣厲害的對手對壘過，一時間有些無措。

耳邊忽然聽到時影低喝：「快！」

「啊？」朱顏一時間沒反應過來，眼前白光一晃，時影已經掠出。

他全力以赴地攻擊，速度快如閃電，全然沒有留下絲毫力量防禦，全身空門大開。朱顏來不及多想，立刻屈膝，將雙手按在神廟破碎的地面上，飛速發動千樹的結界。

在時影進攻的剎那，她同時召喚出雲荒大地深處的力量。那些力量從地底傳來，沿著白塔洶湧而上，轉瞬透出了神廟的地面。無數的參天樹木破地而出，飛快地生長，宛如銅牆鐵壁，將那個魔物困住。

就在那一瞬，時影手臂一橫，手裡再度發出耀眼的光芒，在那一刻，他竟是單手再度發動了天誅。

電光石火間，他們兩人一靜一動，配合得精妙絕倫。最強的攻擊術和最強的防禦術在同一瞬間完成，轉眼間便形成完美的一擊。

時影飛身上前，將力量全部灌注，整個人淹沒在光芒裡，彷彿化身成一柄長劍，「唰」地劃過魔的咽喉。銳利的光芒切割進魔的神像，一掠而過。只聽「喀嚓」一聲，魔的頭顱從脖子上斷開，在轟然巨響裡滾落地面，砸得石屑紛飛。

成功了？那一瞬，朱顏驚喜萬分地叫了一聲。

時影一擊後無聲掠過，如同一隻驚鴻停在神廟的另一端，氣息微微起伏，轉頭看了一眼朱顏，神色裡有讚許。剛才的生死關頭，她與他配合得天衣無縫，幾乎和他心意相通。

魔的頭顱在神廟的地面上骨碌碌地滾動，半晌不曾停下。朱顏忍不住抬起腳尖，踩住魔的眉心，止住這顆頭顱的去勢。

「小心！」時影一驚，飛速擋在她的面前。

魔的眼睛大睜著，雕上去的表情依舊猙獰，然而整個雕像已經變成一件死物，再沒有絲毫剛才的黑暗氣息。

時影鬆一口氣，手上的光芒漸漸收斂。他抬起手捂住右臂，氣息有些急促。當天誅的光芒消失的時候，朱顏看到鮮血不停地從他的肩膀上沁出，一身白衣已有一半變成紅色。

「師父！」她失聲驚呼，連忙在他肩膀上施了一個治療的咒術。然而時影推開她的手，低聲道：「先不要管這個，留點力氣。」

留點力氣做什麼？不是已經打完了嗎？朱顏愕然。

然而，就在這個瞬間，空曠的神殿裡響起一句話——

「剛才那一劍，又叫什麼？」

那個剎那，朱顏全身一寒，毛骨悚然，失聲驚叫了起來。

聲音就在背後，而且聽似未受重傷。難道師父剛才一擊切下了魔的頭顱，卻沒有傷到祂嗎？

「這一擊超出雲荒大地上人類應該具有的力量極限……不會……不會也是你自創的吧？」那個聲音是從黑暗裡傳來的，帶著一絲疲憊，卻全無重傷的跡象。「難道……也叫無名？」

「是。」時影冷冷道：「你殺了大司命，必須償命。」

「償命？」那個聲音笑起來，語氣裡帶著說不出的嘲諷和不屑。「大地上的螻蟻……也敢對我說這種話？」

「什麼螻蟻？」這樣的語氣激起朱顏極大的憤怒，她忍不住大聲說：「有本事就出來走幾步，躲那裡當縮頭烏龜，算什麼了不起！」

對方似乎這才注意到這個少女。「妳是誰？」

「赤之一族的朱顏郡主！」朱顏毫不畏懼，仰起頭對著黑暗大聲道：「你又是誰？鬼鬼祟祟的幹嘛？出來較量一下！」

「鬼鬼祟祟？妳……」神廟最深處的暗影冷笑一聲，然而打量了她片刻，語氣忽然變幻，失聲道：「妳的頭上，難道是……」

頭上什麼？朱顏愕然之間，忽然覺得頭頂一動，滿頭長髮一下子披散下來。她下意識地抬起手，只見一道白光「唰」一聲從指間掠過，如同閃電。

她頭上的玉骨，竟然瞬間到了對方手裡。

同一時間，時影和朱顏倒抽一口冷氣，終於看到那個從黑暗最深處走出來的「人」——或者說，只是一個人形的輪廓，披著黑色長斗篷，影影綽綽，與黑暗融為一體，不辨面目，如同一團霧氣。

「嗯……果然是玉骨。」那個人看著手裡的玉骨，聲音裡似乎帶著極其複雜的感情。「多少年過去了，這東西……居然還在？」

「還給我！」朱顏怒不可抑。「這是師父送我的！」

玉骨應聲而動，不停地掙扎，想要返回朱顏身側，然而對方的手指輕輕鬆鬆地扣住，便將這個神器收在掌心。

「玉骨怎麼會在妳頭上？妳明明是赤之一族的後裔啊……」對方低頭看了看玉骨，又抬頭看看朱顏，似乎略有意外。「你們兩個是一對？奇怪……空桑帝王之血，不是世世代代只能和白之一族聯姻嗎？」

「關你什麼事！」這句話觸及朱顏的痛處，令她顧不上大敵當前，想也不想地頂撞回去：「要你多管？快把玉骨還給我！」

「關我什麼事？」那個人停頓一下，忽然低低地笑了。笑聲低沉模糊，似乎帶著十二分的感慨。「真沒想到……幾千年後，雲荒大地上會有人這樣和我說話？」

祂在黑暗裡笑，笑聲卻蒼涼如水。

時影始終不曾開口說話，身體靜止，整個人如同繃緊的弓弦。眼前的對手是如此強大莫測，敢在他面前悠閒漫步。他注意到對方站的方位，如果悄無聲息地釋放出空曜之鏈，將其鎖定，等一下便能占得先機。

他沒有說話，只是看了朱顏一眼，悄無聲息地轉過身，雙手在袖子裡暗自平平相握，結了一個印。朱顏目光和他交錯，頓時心領神會，在同一瞬間也做了相同的動作。

兩人同時發動了空曜之鏈，兩條無形的鎖鏈從兩人腳下的地板上蔓延出來，飛快地向著黑暗的深處圍合。

「唰」的一聲，暗鏈圍合，將黑暗裡的對手包圍。

「哦，我明白了……」看到他們兩人間默契十足的配合，黑暗裡的那個聲音並沒有陷入被包圍的驚惶，反而發出一聲讚嘆：「剛才那一招無名，其實是你們配合而成的。千樹的防禦，加上天誅的攻擊。兩個絕頂的咒術疊加在一起，才產生這樣驚人的一擊。是不是？」

朱顏怔了一下，看向時影。

是的，師父曾在九嶷神廟裡指點過自己，說過當兩種高等級的咒術同時使用、疊加在一起時，便會產生新的絕頂咒術。雖然自己從沒有實際驗證過，卻不料在剛才聯手的一瞬間，竟然實現了。

時影並沒有回答她，只是定定凝視著黑暗深處。

那裡到底藏著什麼樣的東西？那個「祂」的修為深不可測，幾乎是他生平僅見，而且，居然能夠一眼洞穿空桑最高深的術法奧義。

「沒想到，空桑到現在還有你們這樣的人才……」那個聲音在嘆息，一改之前輕視的語氣。「北冕帝是個昏庸無能的傢伙，不足一提。可是他的嫡長子，身上居然還流著真正的帝王之血？」

聽到對方如此貶低自己的父親，時影臉色微微一沉，冷冷道：「你到底是誰？是冰夷的首領智者嗎？來伽藍帝都想要做什麼？」

朱顏「啊」了一聲，顯然吃驚於對方的身分。

然而，時影心裡早已暗自有了推斷。對方和青王的關係如此深厚，又來自西海，縱觀整個六合，也只有滄流帝國的冰族領袖，那個傳說中的「智者」，才能夠有這般力量。

「不錯，那群漂浮海外的流浪者稱我為『智者』，臣服於我，希望我能帶領他們返回這片大地。」那個聲音呢喃：「幾千年了，這個雲荒已經爛得差不多……我要重返這裡，掃平沙盤，在廢墟之上重新建立新的國家。」

「休想！」那一瞬，時影和朱顏同時脫口而出。如此有默契，心照不宣。

「不要螳臂當車。」黑暗中，那個人冷冷笑了一聲，看著時影。「你是大神官，應該知道天命。七十年後，空桑將亡國滅種。到那時候，六王齊殞，空寂鬼哭。這都是寫在星圖上無可更改的事。」

時影心裡一沉，默然無語。

原來除了大司命和自己，這個雲荒居然還有第三人能夠看到這麼遙遠的未來？這個智者，術法修為如此高深，到底是什麼來歷？

「一切都注定好了，必然要發生。」黑暗裡的人凝望著他們，低聲嘆息。「你們如今這麼拚命……又是為何？」

「因為我們不認命！」朱顏不等他說完，便挺起胸膛大聲回答：「誰說空桑就必須亡國滅種？你說了我就信？星圖顯示又怎樣？我還剛剛用星魂血誓更改過星軌呢！命是可以改的！」

她的聲音強硬而不屈，眼神烈烈如火，讓智者怔了一下。

這個雲荒上，居然還有這樣的人類？不可小覷。難怪玉骨在七千年後會落到她的髮端……倒是和它最初的主人有一點點像。

那一雙璀璨的金瞳裡，忽然浮現一絲哀傷。

「是的。我們雖知命，卻不認命。」

這時，在一旁沉默的時影終於也開了口，一字一句地回答：「身為神官，我曾經也困於天命，因循守舊，結果犯下大錯。現在，我同意阿顏的做法，所謂的命運究竟如何，不到最後一刻誰都不知道。所以直到最後一刻之前，我們都不會停止反抗。」

這樣的話，讓智者沉默下來。在暗影裡，只看到祂的眼睛璀璨如金，和地上破壞神的雙眸輝映。

時影在這幾句話之間，已經飛快地默然釋放三個術法，那些無形的波浪在黑暗中無聲蔓延，滲入神廟的每一個角落，默默地築起一道護盾。朱顏站在一旁，雖然沒有轉頭看他，卻彷彿知道師父的想法，同時也扣起手指，發出同樣的咒術。

東北角築成，西南角築成。

風從東南灌注而入，而西北角上是……

當四方的護盾修築完畢的那一瞬，時影眼神一變，轉頭看向朱顏。少女同時也扭頭看著他，眼神雪亮，如同一柄黑暗中出鞘的利劍。

「好一個知命而不認命。」終於，智者輕聲嘆息。「可是，即便是你們逆天改命，移動了星軌，卻不知道……」

「就是現在！」不等對方說完，時影一聲低喝。

朱顏心領神會，同時動了身。兩人如同閃電般並肩掠去，半空中「唰」地分開，落地時手指一按地面，雙雙釋放咒術。只聽一聲呼嘯，憑空閃耀出弧形的光華，如同一道天幕展開，倏地將整個神廟圍合。

這一次，他們各自用了最大的力量，釋放出最高級別的咒術，擊向那個被空曜之鏈鎖定的影子。這一擊的力量攻守兼備，在整個六合之間也算是空前絕後。

聯手一擊之下，那個暗影悶哼了一聲，在閃電裡驟然消失。

「唰」的一聲，玉骨化作一道白光，從對方手裡掙脫，重新回到朱顏的身側，瞬間在她手裡化為一把利劍。

中了嗎？他們兩人對視一眼，卻不敢大意，始終雙手結印。

「到底是何方神聖……」朱顏抹去嘴角的血跡，喃喃說：「西海上的冰夷裡……幾時出了這麼厲害的人物？」

時影低聲道：「這個智者，只怕不是冰族人。」

「我想也是。」朱顏頷首。「他對空桑的術法這麼熟悉，難道是……」

「小心！」她沒有說完，時影忽然厲聲道：「後面！」

朱顏一驚，沒來得及轉身，電光石火間，玉骨應聲而動，「唰」地化為一道流光旋繞而去，迎向她的身後。只聽一聲脆響，閃電般的光芒裡，萬千碎雪紛紛而落。

那一雙從黑暗中伸出的手，幾乎要將朱顏撕裂，卻在剎那間被玉骨刺中，倏地縮了回去，消失不見。

然而，替她擋住那一擊之後，玉骨同時寸寸碎裂，化為齏粉。

朱顏失聲驚呼，心痛得連呼吸都停住了一瞬。

「玉骨是在拚死保護著妳啊……」那個聲音一擊不中，低聲嘆息，似有感慨。「數千年前，它也曾這樣保護過它的第一個主人。」

「該死的傢伙！」朱顏顧不上祂在嘮叨什麼，看著碎裂一地的玉骨，只覺得胸口熱血沸騰，大喊一聲，瞬間發動了攻擊。

時影在同一瞬間和她一同飛身躍起。

彷彿是心有靈犀，他們兩人配合得非常有默契，雖然相互並沒有說一句話，但每當時影發出一個攻擊咒術，她便想也不想地同時進行防禦，反之亦然。只是短短的片刻，他們兩人攻防互換，追逐著那個幻影，竭盡全力。

那個影子一直在神廟裡飄忽不定，他們追的速度越來越快，卻始終無法捕捉到對方。好幾次她都覺得他們已經擊中對方，然而下一個瞬間，祂又出現在神廟的另一個角落，新的反擊如雷霆而來。

朱顏拚盡全力，卻發現自己和對方之間顯然有著不小的差距，若不是時影在一旁並肩作戰，只怕她早已堅持不住。

到最後，祂的速度也開始減慢了，停在神廟的中心。

朱顏心中一喜，原來祂也會有累的時候？

「真是小覷你們了……」智者看著時影，微微頷首。「在紫台隔著水鏡和你一度交手，令我深為詫異，特意趕來這裡，只是想親眼看看是什麼樣的人改變星軌，果然未讓我失望。」

時影冷冷道：「不，改變星軌的並不是我。」

智者微微一愣，卻聽那個少女哼了一聲說：「是我！」

「妳？是妳施展了星魂血誓？」祂眼裡第一次露出詫異，注視著朱顏，黃金一樣璀璨的瞳孔裡有異樣的表情。「妳年紀輕輕，並未身負帝王之血，也不是白之一族的嫡系……居然能改變星軌？」

「你這傢伙，別看不起人！」朱顏冷哼一聲。「馬上就讓你領教一下赤之一族的厲害！」

智者默然，再度注視著朱顏，沉默了片刻後嘆息：「那麼說來，是妳為了救他而捨棄自己的一半生命？可是，他又能怎樣回報妳呢？帝王之血世世代代只能迎娶白之一族為皇后，妳的犧牲毫無價值。」

「閉嘴！」朱顏不耐煩起來，厲聲道：「看劍！」

然而身形剛一動，那個站在神廟中心的影子忽然又消失了。

「小心。」時影的聲音從背後傳來，卻是和她同行同止，此刻正背對而立，替她防住身周的空門，低聲叮囑：「別讓祂激怒妳。」

「你們兩個人還真是同心同意啊……」智者再度出現在黑暗深處，一張臉始終籠罩在斗篷的陰影裡，看向時影。「你們以為能用星魂血誓改變星軌，扭轉自身的命運，便也能夠改變空桑的命運嗎？」

「有何不可？」時影冷冷道：「事在人為。」

「呵呵……」黑暗中的人發出一聲冷笑。「你的師父，那個號稱雲荒術法宗師的大司命，他有沒有告訴你占星術裡固有的『莫測律』？」

「莫測律？」時影微微一怔。

看到他的神色，對方搖了搖頭，發出一聲嘆息，指向頭頂烏雲密布的天宇，一字一句道：「知道嗎？星辰在九天之上運行，大地上仰首的人類，是無法真正掌握它的規律。」

時影反駁：「無數的術法卷宗上都有記載占星之術。」

「錯了。」智者搖頭。「凡人瑣事倒也罷了，其力量不足以扭曲一個時空，被預言無妨。但是，當一個事關天下興亡的星象被觀測到的瞬間，天機洩露，通往未來的道路就會坍塌和扭曲，星象瞬間重組，從而產生新的變化。」

「什麼？」時影脫口，神色不可控制地變幻。

「這就是『莫測律』。」智者低聲地一字一句說道：「這條律法，就是告訴雲荒所有的術士：天意莫測，不容窺探。可惜，在七千年後居然已經失傳了。」

時影沉默下去，沒有回答。

在他內心，竟然隱隱覺得對方這種說法是正確的，雖然聞所未聞，卻是雲荒術法的真正奧義。

「胡說八道！」朱顏雖然沒有完全聽懂對方在說什麼，然而已經感覺到師父的動搖，立刻大聲反駁：「我才不信你的鬼話！什麼天意莫測？所謂的天意，又是誰制定的？」

「星辰運行的規律，傳說中由開天闢地的鴻蒙之神制定。」智者居然老老實實地回答這個問題。「除了九天之上的雲浮主宰者和我，這個大地上的一切都被星辰支配，無一例外。」

「什麼鴻蒙之神？九天雲浮？聽都沒聽過。」朱顏聽著聽著，又不耐煩起來，指著對方說：「你又算老幾？憑什麼你就要除外？」

「我算什麼？」智者苦笑起來，搖了搖頭。「算了……陸地上的人類，終其一生都無法理解這一切吧？就如井蛙不可語滄海，夏蟲不可語冰，我沒有必要再和你們說下去。」

時影沒有說話，只是聽著祂和朱顏的對話，手指漸漸握緊，幾乎連指節都發白。對於這一番對話，他遠比朱顏領悟得迅速和透徹，所以這一瞬間內心的震驚和衝擊也更加無以言表。因為這個黑暗中的神祕人所說的短短幾句話，其中的奧義，甚至遠超大司命昔年對他的教導。

祂不但提出大司命都不曾聽說的「莫測律」，還提到九天的雲浮城。

那座傳說中的城池，只有空桑皇室卷宗裡才有記載，也是雲荒的最高機密之一，若非大司命、大神官不可能得知，但祂竟然信口便說出來。祂究竟是誰？為何並不屬於這片大地，也不受時間的約束？

如果說天意注定無法被窺探，那麼迄今為止，他們所做的一切豈不是枉然……

想到這裡，時影心裡忽然冷靜下來。

不，在這樣的生死關頭，他絕對不能被對方引導。

「夏蟲雖只鳴一季，已然足夠。」時影抬起一隻手，默默按住情緒有些激動的朱顏，回答：「寧鳴而死，不默而生。」

他的手平靜又有力，讓朱顏頓時安心不少。少女轉過眼看了一下身邊的人，發現他的表情雖然有些奇特，眼眸卻已經重新恢復亮度。那一瞬，她的心裡也安靜下來，重新充滿力量和勇氣。

「寧鳴而死，不默而生？」智者低聲重複一遍。

「是。」時影斷然回答。

「好……好！」智者忍不住冷笑起來。「原本命運的輪盤要在七十年後才開始轉動，但既然你們如此一意孤行，想要逆天改命，那麼，就讓我先來看看你們夠不夠資格吧！」

那一瞬，神廟裡忽然暗了下來。

天地驟暗，烏雲從頂上直壓下來，如同墨海洶湧撲向神廟，狂風從六合之中呼嘯而起，圍繞著伽藍白塔，幾乎要將白塔折斷。

朱顏感覺到巨大的力量撲面而來，身邊的空氣溫度急速上升，瞬間就無法呼吸，如同身處熔爐。那個剎那，她有一種直覺，很快地，這座伽藍白塔的塔頂就要變成一座煉獄。

「師父！」她不顧一切地衝向身邊的時影。然而，當黑暗壓頂而來的瞬間，時影已經挺身向前，十指間鮮血滴落，綻放出光華。那是皇天神戒被帝王之血催動，發出盛大的光芒。

——那是捨身之術！

在最後一刻，他已經決定要不惜一切代價阻止對方。朱顏看在眼裡，只覺得胸口熱血沸騰，一股烈氣沖上心頭——既然師父已經豁出去了，她為何還要惜命？就一起戰死在這裡吧。

反正，他們早已結下同生共死的誓約。

在最後的剎那，朱顏沒有猶豫，也沒有害怕。

他們兩人連袂上前，不顧一切地發動最後的攻擊。身周已是煉獄，酷熱、黑暗、扭曲，充滿詭異的呼嘯。
「唰」的一聲，這一擊，他們雙雙擊中。
智者抬起雙手，一邊一個，分別格擋住他們兩人。時影和朱顏感覺到巨大的壓迫力道洶湧而來，如同排山倒海，幾乎令人無法呼吸。但是兩人拚盡全力，試圖壓制眼前共同的對手，無論如何都不肯退讓半步。
這樣僵持的局面，漫長如數百年。
一寸一寸，他們合力出擊。在如此近的距離，朱顏終於看到那個藏身於黑暗中的面容，忽然間如遇雷擊，竟忍不住失聲驚呼。
這一聲驚呼，陡然令她聚起的靈氣一洩。
「阿顏！」那一瞬，她聽到時影的驚呼：「怎麼了？」
「祂、祂……」朱顏失聲，感覺心膽俱裂。
就在這一刻，智者一聲低喝，雙手一振，兩道閃電從天而降，分別擊中他們兩人的心口，將兩人雙雙向後擊飛。
朱顏嘔出一口血，眼前剎那間徹底黑了。
還是輸了嗎？真不甘心啊……師父……師父！在最後的瞬間，她用盡全力伸出手，下意識地想要去觸摸時影，然而落了個空。

她在落地的瞬間便失去知覺，蜷縮在地上，生命飛快地消逝。

時影同時跌落地面，雖然神志尚在，卻已經奄奄一息。他抬起手，想扶起身邊的朱顏，手上卻忽然一陣劇痛——他的手指鮮血淋漓，那一枚皇天神戒終於脫手飛去，飛向智者的手裡。

「不！」他一聲低呼，撐起身體去追，卻已經來不及。

就在這一刻，黑暗裡傳來淒厲的叫聲，一道白影閃現，捲著旋風而來。重傷的重明神鳥用盡最後的力氣掙扎而起，一伸脖子，硬生生地叼住皇天神戒。

「重明！」時影低呼。

白鳥的羽翼上全是鮮血，卻艱難地將脖子伸過來，一寸一寸，將皇天神戒放在時影的手心。一起放到他手心的，還有另一把劍。

那是原本破壞神手裡的辟天長劍。

「找死！」智者蹙眉，手掌一豎，砍向虛空。

無形的力量凌空斬落，重明神鳥一聲淒厲長叫，頸骨折斷，垂落在地面，再也不動。然而直至死去，神鳥的翅膀依舊展開，圍成一個弧度，護住地上兩個人，如同在竭盡全力保護自己的孩子不受傷害。

「愚蠢的禽類……」智者在黑暗裡呢喃，語音虛弱，顯然這一戰後祂也到了強弩之末。「明知道金瞳狻猊都折在我的手裡……居然還要來送死？」
話音未落，祂忽然頓住了。
黑暗中一道閃電凌空而來，「唰」地貫穿祂的身體。
什麼？一輪激戰之後，智者的反應已經沒有最初那麼神速，來不及防禦這一擊，雙手剛剛抬起結印，只是一眨眼，心口就這樣被生生刺穿。
站在祂面前的，竟是垂死的時影。
劇烈的血戰之後，大神官一身白袍已被鮮血染紅，觸目驚心。然而方才一瞬間，時影從死去的重明神鳥的喙子裡取回皇天神戒，用盡最後一點力氣，用辟天劍揮出了這一擊。
那個黑暗裡的神祕人，終於被他真正刺中。
血從智者的身體裡流出，沿著斗篷滴落，漸漸在地上蔓延開來，如同一條條血紅色的小蛇蜿蜒爬入黑暗。
時影鬆一口氣。原來，即便是這種魔一樣強大的對手，也是會流血的，也是能被殺死的。
「是，我雖有萬古之壽，也是會死的。」彷彿知道他在想什麼，智者低聲回答：「明白了這一點，你……咳咳，是否覺得欣慰？」

「是。」時影冷冷回答，眼眸裡有著劍芒一樣銳利的光。那一點光，幾乎耗盡了他最後一滴血。「殺了你……至少……能保雲荒這七十年太平。」

「那七十年後呢？」智者反問。

「到那時候……咳咳，到那時候，自然會有……新的守護者出現。」時影的聲音斷斷續續，卻沒有絲毫的猶豫。「我……我只是個凡人，也只能做好這一世的事情罷了……」

聽到這種回答，智者眼眸裡卻掠過一絲異樣。

人生不滿百，常懷千歲憂。

這些大地上的人類，雖然生命短暫、朝生暮死，但在他們脆弱的軀殼內蘊藏著這樣強大的力量，足以和神魔對抗。

智者站在暗影裡，身形已開始搖搖欲墜。時影和祂對視，也是用盡了最後的力氣不肯倒下。

伽藍白塔絕頂上黑暗籠罩，狂風四起，神魔都已經成為齏粉。在這樣的一片廢墟之中，只有兩個人孑然對立，衣衫獵獵飛舞，巍然不動。

「了不起。」智者在黑暗中喃喃說了一句，眼眸璀璨如黃金，語氣虛弱而意味深長。「沒想到七千年過去，我的後裔裡……居然還有這樣的人。」

什麼？後裔？祂說什麼？難道是……

那一瞬間，垂死的時影忽然明白了什麼，震驚地想要撐起身體，看身邊這個神祕人物一眼。他已是強弩之末，提起一口氣，一寸寸地伸出手，剛剛觸及對方的斗篷，驟然如遇雷擊般脫口驚呼。

他看到了祂的模樣。

黑暗裡的那一張臉，居然和自己幾乎一模一樣。

「你們是這七千年來，第一個看到我真容的……」不知道是不是因為重傷垂危，智者並沒有阻攔他的動作，只是抬起眼眸看著垂死的人，眼神虛弱，帶著一絲笑意。「怎麼，震驚嗎？我的後裔。」

祂的模樣和時影非常相似，只是容貌略為蒼老。眼角眉梢透出一種睥睨，霸氣凌人。雙眉間有一道深深的痕跡，猶如刀刻般凌厲，同時卻帶著一份深藏的寂寞，似覆蓋了千年的滄桑。

難道，眼前這個人，就是……

難怪方才阿顏看到了這張臉時，會在最後一擊裡忽然失神。

時影凝視著這個藏身於黑暗中的人，竭盡全力張開嘴唇想要說什麼，然而已是強弩之末，潰散的神魂再也無法控制，鮮血從他嘴角湧出，剛一動，便似有一隻巨手迎面推來，不容抗拒地將他拖入滅頂的黑暗中。

雲荒的最高處一片寂靜，時影和朱顏雙雙倒在廢墟之中。

當時影的手指失去力氣的瞬間，皇天彷彿得到解放，瞬間從他的手上鬆脫，驟然消失。當它下一刻再次出現的時候，已經在智者身側。

身受重傷的智者抬起流血的手指，輕觸那一枚神戒。那枚有靈性的戒指就在祂的指尖明滅，發出耀眼的光芒。彷彿得到了力量的注入，智者的眼眸漸漸恢復明亮，如同黑暗中跳動的金色火焰。

這枚皇天神戒，竟然聽命於祂。

「七千年了，沒想到還有用到你的一日。」智者發出一聲長長的嘆息，手指輕輕屈起，將皇天神戒握入手心。「當初離開雲荒的時候，我只帶走屬於黑暗的那一半力量，而把另一半的力量留下來，希望靠著它來守護空桑的世代平安。」智者低頭凝視著這枚有靈性的戒指，輕聲說道：「可是，如今的空桑，早已偏離我創造它的時候太遠太遠了。」

祂的手指忽然握緊。彷彿呼應著，皇天驟然發出一股耀眼的光，宛如一把利劍凝聚成形。

「螳臂當車！」智者握劍轉身，指向地上兩個垂死的人。

劍芒下指。然而，在轟隆巨響聲中，有一道微光忽然出現，如同一朵蓮花綻放。

皇天猛然一震，彷彿被什麼阻擋，光芒忽斂。

那道光，是從創世神的手裡閃現。

「后土！」那一瞬，智者脫口而出，看著黑暗裡出現的東西。

那是一枚和皇天一模一樣的戒指，憑空出現，在黑暗裡同樣閃著光芒。然而那種光芒和皇天的凌厲不同，是溫柔的、悲憫的——沒錯，那是后土神戒，傳說中蘊藏著「護」之力量，和皇天匹配的空桑聖物。

這枚失蹤多日的后土神戒，竟在這裡出現。

原來，這枚神戒並不在青蘅殿，而是和創世神手中的蓮花合為一體。后土神戒在這個最後的時刻降臨，在虛空中轉動著，發出微光，籠罩了這一對垂死的年輕人。感知到它的出現，皇天神戒從黑暗中一躍而起，並肩凌空，與之相互映照。

一時間，成為廢墟的黑暗神廟裡光芒四射，猶如日月當空。

智者在黑暗中看著這一幕，眼眸裡忽然露出極其複雜的表情，似乎是想起非常遙遠的事情，神色漸漸變得哀傷。

離鑄出它們的那一刻，已經過去了多少年？

千年倥傯，白駒過隙。戒猶如此，人何以堪。

「阿薇……這是妳留在戒指上殘餘的意念嗎？」祂輕聲呢喃：「沒想到千百年後，妳的心意還是『守護』。妳不願意看到我殺了這一對年輕人，是嗎？就如當年不願意看到我殺了那個鮫人一樣。」

祂的語氣是如此虛弱，猶勝被時影一劍穿心的瞬間。

「如果當年妳不是為了一個鮫人，斷指還戒，躍入蒼梧之淵，如此決絕地和我決裂，現在整個雲荒的局面也不會是這樣。」智者喃喃說道，看著虛空中浮動的后土神戒。「可是……七千年了，什麼都晚了。」

智者的面容忽然變得衰老，驟然如同一個百歲的老人。

祂喃喃說著，殺氣盡散，彷彿再也支撐不住地閉上眼睛，好似方才的一戰已經用盡祂最後一點力氣。祂頹然倒地，再無聲息。

后土神戒在祂身側盤旋許久，虛空裡，似乎有一聲隱約的嘆息。

這一戰終於結束。

當智者倒下之後，聚在伽藍白塔上空的烏雲開始散去，呼嘯的狂風也和緩下來，陽光從烏雲的縫隙射入，照亮伽藍白塔的頂端，如同天眼重新睜開，凝望著這座一度被黑暗籠罩的城市。

在開始變亮的天空下，有一隻巨鳥從高空飛來，在白塔頂上盤旋。那不是真的飛鳥，而是由鐵片和木頭構成、有著鳥類外形的機械。它的雙翼在太陽下折射出寒冷的金屬光澤，不知施用了什麼術法，竟然凌空飛了起來。

盤旋了幾圈，只聽「唰」的一聲，機械的腹部打開，有一道閃電凌空下擊，射落在白塔頂上的廢墟裡。定睛看去，那竟是一條鋼索，一頭深深地釘在白塔上。有一行人沿著鋼索飛快下滑，轉瞬落在成為廢墟的塔頂神殿裡。

從西海而來的滄流帝國的人手，終於來到風暴中心。

「大人！」冰族聖女落在地上，失聲驚呼。

那一襲黑色的斗篷下，竟然空空蕩蕩的。智者大人的身體似乎瞬間變得衰老和虛無，如同乾枯的樹葉。她用顫抖的手試圖扶起那個至高無上的領袖，無法掩飾冰藍色眼眸中的震驚——那個神話般的人物，居然也會被擊倒在地，奄奄一息？這……是誰做的？

是不遠處廢墟裡的那一對年輕男女嗎？

冰族聖女神色微變，手裡出現一把小小的匕首。沒想到空桑居然有這樣厲害的人物，如果此刻不除去，遲早會成為滄流帝國的心腹大患。

然而，她的手還沒抬起，忽然間整個人僵硬了。

有一股森冷的陰寒之意從心底升起，如同蛇類，吐信盤繞在她的脊背，令她無法動彈。她甚至無法呼吸，只能勉強轉動眼睛，瞟向地面上重傷的領袖——那一襲黑色的斗篷深處，一對璀璨的黃金瞳微弱地睜開一線，正冷冷看著她。

是智者大人？祂……祂不允許自己這麼做嗎？

冰族聖女在近乎窒息的情況下，艱難地一寸寸張開手指，終於「啪」的一聲將匕首扔到了地上。

同一瞬間，那股壓迫力道驟然消失，空氣終於流進她的肺裡。

「再等七十年吧。」她聽到智者大人微弱的聲音。「我們會回來的。」

冰族聖女頷首，臉色蒼白地癱倒在地上，還沒來得及起身，就聽到背後同伴發出一連串的驚呼：「空桑人馬上就要上來了！六王到了……快、快將智者大人帶上風隼，離開這裡！」

「好！」冰族聖女顧不得多想，連忙將智者大人扶起。

風隼呼嘯而去，飛向萬里之外的西海。

第五十一章 命運之輪

當烏雲散去之後，璀璨的金色陽光凌空傾瀉，照射在伽藍白塔的頂上，如同火炬點亮雲荒的心臟，昭告著這一場災難的結束。

赤王一路狂奔，和白王一起率先來到塔頂，發現這裡赫然經歷過一場可怕戰鬥，整個神廟已經成為廢墟，破壞神的塑像和創世神一分為二，頭顱斷裂。而在一片廢墟之中，巨大的白鳥垂落長頸，白羽沾血，已然死去。

「重明神鳥！」看到的瞬間，諸王都變了臉色。眾所周知，重明是皇太子的守護神鳥，此刻重明已死，皇太子豈不是……

然而，下一瞬間，有兩點星光躍入大家的眼簾。

「皇天！」諸王驚呼：「后土！」

那一對神戒在虛空中懸浮，光芒灑落，籠罩在一對年輕人身上。死去的神鳥雙翅向前展開，羽翼微微圍合，也是護住了那兩人。那一對年輕人躺在死去神鳥的身旁，滿身鮮血、傷痕累累。

然而，還在呼吸。

「阿顏！」赤王大呼一聲，老淚縱橫地撲上去抱住獨女。

一旁的白王則衝上去一把扶起時影，用術法幫他止血、保護元神，心裡不由得擔憂不已——讓他擔憂的，不僅僅是這一次空桑幾乎覆亡的危機，而是時影和身邊這個赤之一族小郡主之間，那幾乎不可切斷的羈絆。

誰都看得出皇太子對這個少女的寵愛。若讓這個小郡主進了後宮，日後自家的女兒豈不是要重蹈當年白嫣皇后的覆轍？

那一瞬，白王看了一眼赤王懷裡的朱顏，眼神微微一變，幾乎有一絲隱祕的殺機從心裡一掠而過。

「你……咳咳……不必擔憂。」

同一瞬間，有一個微弱的聲音在耳邊響起。

白王霍然抬頭，露出不可思議的神情——不知何時，身邊重傷昏迷的時影已經醒轉，睜開了眼睛，正在靜靜地看著他。那雙眼裡露出洞察而意味深長的表情，幾乎直接看到他的內心最深處。

這……這個年輕人，剛才難道對自己使用了讀心術？

白王心頭一凜，遍體生寒，攙扶著時影的手不由得緊了緊。然而剛想動，驟然發現身體已經麻痺——時影的手指輕輕搭在他的腕脈上，無聲無息中已經釋放了一個禁錮咒術。

這個年輕人雖然身受重傷，卻在反手之間奪去了控制權。

白王倒抽一口冷氣，連忙壓制住內心的殺意，不敢擅動。神廟內一片慌亂，沒有人察覺白王和皇太子之間微妙的劍拔弩張氣氛。時影顯然感覺到白王的殺機，卻只是嘆了一口氣，輕聲說：「放心吧，白王……你所擔憂的事情，咳咳……永遠不會發生……」

白王不知如何回答，只能沉默地看著年輕的皇太子。時影的眼眸深遠，雖然虛弱又疲憊，卻依舊不失光芒，似是看不見底的大海。

「一切，我早已安排好了。」

朱顏閉上眼睛，彷彿墜入最深的海底，眼前一片漆黑、深不見底，如同幽冥黃泉的路，耳畔只有空茫的風聲。隱隱約約中，她忽然想起這種感覺似乎曾經有過：那一次，被大司命從星海雲庭帶來白塔頂上神廟的時候，同樣的虛無、同樣的空茫，不知自己是生是死。

「師父……師父！」那一刻，朱顏下意識地喊出來。

「我在這裡。」一個聲音低聲回答。

「師父！」她倏地坐起，睜開了眼睛，只聽「哎呀」一聲，眼前俯身正在問診的御醫被她撞得一個踉蹌，幸虧身側的時影抬起手扶了一下。

是師父？他……他還活著？

朱顏睜大眼睛盯著眼前的人，一瞬不瞬，生怕只是一個幻影。時影看到她雙目圓睜的呆愣模樣，忍不住抬起手輕輕摸了摸她的臉頰。

那隻手，是有溫度的。

「這……這是哪裡？」她臉上一紅，一下子回過神四顧，發現自己在一個陌生的地方。時影揮揮手，讓御醫退下，和她單獨相對。

「這裡是空桑皇后住的白華殿。」

朱顏愣了愣。「我、我……真的沒死？」

「當然沒有。」時影的語氣裡透著憐惜。

她不由得發呆，低下頭看了看自己身上。她穿著乾乾淨淨的柔軟長衣，身上沒有傷口，甚至連疼痛的感覺都沒有，就像是什麼也沒發生過一樣。

「妳已經躺了整整一個月。」彷彿明白她的困惑，時影嘆了口氣。「妳的父王帶著雲荒最好的大夫日夜守護，把妳身上的大大小小傷口都治癒了，妳醒來便可以直接下地活蹦亂跳。」

「真的？」朱顏聞聲跳起，真的下地蹦跳了一會兒，然後呆了片刻，看向他問：「那……我們打贏了？」

這個問題卻讓時影沉默片刻，許久才搖了搖頭說：「沒有。」

「啊？」朱顏怔了怔。「那……我們怎麼還能活著？」

時影淡淡道：「因為祂也沒有贏。」

「哦……」朱顏似乎懂了。「我們最後打了個平手嗎？」

時影沉默了一下，似乎不知道怎麼回答。

那一天，他們兩人聯手而戰，終於重創那個來自西海的神祕智者。他一劍刺穿了對方的心臟。但是，當自己精疲力竭倒下的時候，對方顯然猶有餘力。為何祂並沒有取走他們的性命？難道是因為……

那一刻，時影的視線下垂，落在朱顏的手上。

后土神戒在她的指間閃耀。數千年來，這枚神戒第一次出現在白之一族以外的少女手上。但朱顏還未曾發現奧祕，順著他的視線低下頭，只是吃驚地嚷起來：「咦？為什麼你的皇天跑到我手上來？」

這個丫頭還是如此粗枝大葉，全然不明白這是一對神戒中的另一枚。時影嘴角忽然露出一絲淡淡的苦笑，再也忍不住嘆了一口氣，摸了摸她的頭髮，俯身親了一下她的額頭。

「嗯……」朱顏一下子說不出話，只覺得心臟狂跳。

那一刻，她才真正地確認，自己還活著。

還活著，多好。

還可以擁抱所愛的人，還可以和他同患難、共白首。

原本，她還以為自己要在黃泉之路上才能和師父相聚呢。

「啊……對了，你有沒有看到那個傢伙的模樣？」回憶起那個黑暗中的神祕人，朱顏忽然打了一個冷顫，脫口道：「那個傢伙！祂……祂居然長得和你一模一樣！你……你看到了沒？」

「看到了。」時影嘆了口氣，卻沒有驚訝。「我們身上流的血是一樣的，外貌相似也不足為奇。」

「什麼？」朱顏驚愕莫名。「你……知道祂是誰嗎？」

時影點了點頭，神色凝重，長久不語。

「祂是誰？」朱顏的好奇心如同火苗一樣竄起來，再也無法壓抑。

「能夠召喚皇天神戒，掌握空桑最高深的術法奧義，甚至得知九天之上雲浮城的祕密——這樣的人，在整個雲荒，古往今來也沒有幾個。」時影看了看四周，確認四周無人才輕聲回答：「如果我沒猜錯，祂應該就是傳說中空桑的開創者——」

時影聲音凝重，一字一頓。

「星尊大帝琅玕。」

「什麼？」朱顏大驚，直接跳了起來。「這不可能！」

時影看著她問：「為什麼不可能？」

「星尊帝……是、是空桑上古傳說中的人物啊！七千年了，怎麼可能到現在還活著？」朱顏訥訥，眼神充滿震驚，拚命搖頭。「不可能不可能……那個智者明明是從西海上來的，是冰族人的領袖！」

「天地之大，洪荒萬古，沒有什麼不可能。」時影的聲音卻是平靜。「為何七千年前的人不能出現在今天？對夏蟲來說，冬季是不存在的；對蜉蝣來說，日月又何曾更替？而我們，說到底，也不過是被時間和命運約束的囚徒罷了。我們無法窺知更高處那些生靈的一生。」

朱顏看到他的表情，本來還想繼續說什麼，終究忍住。

師父是認真的？他竟然認為星尊帝還活著？那……必然有他的理由吧？自己還是不要和他為這種事傷和氣比較好。

「就算祂是星尊帝，那又怎樣？」朱顏握緊拳頭，咬著牙道：「不管是誰，祂若要對空桑不利，我們都來一個打一個！」

時影看著她，忍不住笑了。

阿顏就是這樣明快熱烈、敢愛敢恨，如同即將到來的這個盛夏。她身上這種明亮的光芒，豈不正是最令他心折的地方？

「無論如何，終於都過去了。」時影嘆息一聲。「這一次我們讓祂鎩羽而歸，等祂下一次來的時候，又不知道是多久。」頓了頓，他彷彿是在自語：「或許，那時候我們都已經不在世間。」

「七十年後的事情，哪裡管得了？」朱顏點了點頭，有些沮喪。「我們只能再活二十七年，不能永遠守著雲荒。」

「沒關係，就算我們走了，我們的後代也會繼續守護著這片大地。」時影將眼光投向紫宸殿之外，語氣深遠。「世世代代，戴上皇天和后土，為空桑而戰，直至最後一人。」

「我們……我們的後代？」然而朱顏沒有聽進他後面的那番話，臉色忽然飛紅，如同一隻煮熟的大蝦。

時影看到她忸怩的臉色，心中忽然有一陣溫柔的湧動。

「當然。」他微笑著，把少女擁入懷中，輕吻她的額角。「我們自然會有我們的後代。那些孩子會延續我們的血脈，繼續生活在這片土地上，守護它、為它而戰。」

和……和師父的孩子？那會是什麼樣呢？

朱顏沒有去想這些家國千秋的大道理，只是反覆想著這一點，忽然覺得臉上發熱、心中甜蜜，不自禁地便往他身邊靠過去。

「啊，你這麼喜歡孩子？」她看著他，嘟起嘴巴抱怨：「我可不喜歡帶孩子……煩死了。我怕我暴躁起來會忍不住一巴掌打過去。」

時影笑了笑。「那我來帶好了。」

「什麼？真的嗎？」朱顏詭計得逞，笑逐顏開。「可不許耍賴。」

「這有何難？若不聽話，就打屁股。」時影頷首，意味深長地看著她。「當年我就這樣帶大過妳，不是嗎？」

朱顏沒想到他忽然提起這件事，臉色頓時飛紅。明亮的日光下，她的笑靨如花，臉龐紅冬冬的，說不出地嬌媚動人，令人明白什麼才是真正的「朱顏」。然而笑著笑著，不知道忽地想起什麼，她的臉色忽然一變，整個人又僵住。

「怎麼了？」

時影沒想到她的情緒變化那麼大，不由得微微皺眉。然而朱顏看了他一眼，嘴巴動了動，想說什麼卻又止住。

「妳想說什麼？」時影看著她的表情問。

「我……我只是在想……」朱顏猶豫了半晌，最終還是說出實話，語氣慨慨地說：「你將來當上空桑帝君，應該……會有很多很多孩子吧？」

聽得這句話，時影一震，臉色忽地沉下去。

朱顏脫口說了這句話之後便知道不該再說，立刻咬住嘴角，然而神色已經黯然，再也不復片刻前的明亮。

時影靜靜審視著她，目光深不可測。「那妳的意思是？」

「我……我沒有怪你的意思。」朱顏心裡一跳，急急忙忙補一句：「我是說……空桑的皇帝從來都是三宮六院，自然會有很多孩子。到時候，你可未必有時間一個個親自帶大了……是不是？」

時影點了點頭，居然一口承認：「是。」

朱顏只覺得心裡如同刀刺了一下，聲音都有點發抖。她明明知道自己不該繼續這個話題，卻彷彿著了魔一樣繼續道：「那麼……你打算迎娶雪鶯的哪個姊妹當皇后？你……」

說到這裡，她終於說不下去了，眼眶發紅。

寂靜的紫宸殿裡，時影看著她，忽然嘆了口氣道：「阿顏，妳要知道，有些事情是無法改變的，比如空桑傳承千年的皇室婚娶制度。若為某一個人強行改變制度，必然引起天下動盪不安。」

「我……我知道。我沒有怪你。」朱顏點了點頭，聲音卻有些哽咽。「你……你去娶白之一族的皇后吧。」

「是嗎？」時影凝視著她，眼神複雜，半晌才道：「妳果然長大了……要是換成以前，估計二話不說就去婚禮上搶親。」

他的聲音溫和，卻聽不出是讚許還是黯然。朱顏心中劇痛，眼裡的淚水再也忍不住地劈里啪啦落下來，大顆大顆砸到地上，哽咽著說：「那……那還能怎麼辦？空桑的皇帝，自然要娶白之一族為后。我……我總不能真的在大婚的時候去搶親……」

「嗯……」時影停頓一下，似乎想像了一下那個場面，嘴角忽然微微上揚。「其實，我倒是挺期待的。」

朱顏沒想到他在這當口居然還能說出這種話，一時間張口結舌：「你……」

然而下一刻，時影的手便按住她的肩頭，壓住即將跳起來的她，低下頭凝視著她紅紅的眼眶，嘆了口氣說：「讓妳為這種事擔憂，是我不好……我怎麼能把這樣的難題扔給妳，讓妳陷入兩難的境地？」

朱顏剛想發作，聽到這樣的話瞬間便軟了，垂下頭去喃喃道：「這也不怪你呀……誰讓你是空桑的皇太子。你沒得選。」

「不，我有得選。」時影的語氣卻忽然肅然。「事在人為，世上從來沒有真的無可選擇的事。」

「啊？」朱顏愣了一下。「歷代的空桑皇帝都要娶白之一族當皇后的啊……你難道能破例？」

「不能。」時影搖了搖頭。

朱顏心裡剛剛亮起來的那一點火苗「唰」地熄滅了，再度垂下頭去嘀咕：「我就知道不能……你當了帝君卻不娶白王的女兒，他還不得造反？」

時影搖了搖頭，一字一頓說道：「誰說我一定要當空桑的皇帝？」

「啊？」

這次朱顏大吃一驚，倏地站直身子，定定地看著他。時影神色嚴肅，並無任何說笑的跡象。

她漸漸明白了。「難道你不當帝君了？」

「不當。」時影淡淡回答，斬釘截鐵。

「你……你怎麼可以不當！」朱顏不敢相信地看著他，失聲叫了起來：「時雨已經死了……空桑的帝王之血已經斷絕，你要是不當皇帝，還有誰來當？」

「自然還有人來當。」時影卻不以為然。

「誰？」她睜大眼睛。

時影停頓了一下，開口：「永隆。」

「永隆？」朱顏想了半天，愕然問道：「從來沒聽過皇室和六部裡有這麼一個人啊……他是誰？」

「妳自然不曾聽說過。」時影看向她茫然的臉，嘴角微微上揚，低聲道：「因為，這個人還沒有降生到世間呢。」

朱顏聽得滿頭霧水。「你說什麼？他還沒生下來？」

「是。」時影頷首，眼神意味深長。「永隆如今還是個胎兒，要過三個月才能離開母親的身體，誕生在這個雲荒——他會是王位的新繼承人。」

「怎麼可能……」朱顏訥訥道，只覺得不可思議。

「怎麼不可能？」時影看著她茫然睜大眼睛的樣子，不由得嘆了口氣，摸了摸她的腦袋，輕聲說：「他的母親，其實妳也認識。」

「啊！」朱顏一震，忽然間明白過來，一下子跳起來。

她跳得如此突然，以至於一下子撞到了時影的肩膀。然而她來不及道歉，只是一把抓住他的衣襟，大喊：「天啊，你……你說的是雪鶯？她好像是快要生了，是不是？她的孩子叫永隆？」

「噓，別亂嚷。」時影低聲說著，按住她。「此事極度機密，除了白王，誰都不知道。」

「這……這……」朱顏團團亂轉，眼睛瞪得有如銅鈴大，飛快地把這些事情在腦子裡過了一遍，卻還是覺得有些混亂。「天啊……雪鶯她的確是懷了時雨的遺腹子！我居然沒想起這回事！」她抬起頭瞪著時影問：「你……你難道打算讓那個孩子當空桑皇帝？」

「是。」時影點了點頭。

朱顏想了一想，並無覺得有任何理由可以反駁，只能訥訥道：「讓雪鶯的孩子當皇帝？六王……他們……都同意嗎？」

「如今大司命已死，大神官空缺，空桑有權力認定帝王之血傳承的人都已經不在了，所以只要我認可就行。」時影眉梢微微一揚，沉聲道：「何況時雨本來就是皇太子，雪鶯是白王嫡女，他們的孩子血統純正，繼承皇位有何不可？」

朱顏聽他說得如此胸有成竹，不由得有些意外。「你……你一早就想好了？白王呢？他也同意？」

「白王當然同意。」時影簡短地回答：「那是他的外孫，從血緣上來說，比我更近一層。我提出了這個交換條件，他才乖乖地解除妳和白風麟的婚約。」

「那你呢？」朱顏睜大眼睛。「你……你怎麼辦？」

「我？」時影淡淡道：「在永隆成年之前，我會替他管理這個空桑。我們還有二十七年的時間，足夠讓這個孩子成長為合格的空桑帝王。然後，我們就遠遊海外，在天地間過自由自在的日子。」

他說得平靜淡然、井井有條，彷彿在說話間放棄的不是空桑的王位，只是一件可以隨手棄取的東西，無所掛礙、無謂得失。

朱顏聽得呆了，過了半晌才道：「你……你不當皇帝，難道是因為……」

時影簡短地回答：「不想讓妳受委屈。」

她簡直從沒有聽過這樣甜蜜的話，腦子轟然一響，只覺得血液往上湧，心裡劇烈地震盪，半天不知道說什麼才好。時影看到她臉上怪異的表情，想說一點什麼來安慰她，然而朱顏在那裡怔了半天，忽然間就拉著他的袖子，大哭了起來：「都是我不好！如果不是我……你是不是就能當空桑的帝君？」

她哭得那麼傷心，似乎是自己做了什麼天大的對不起他的事情一樣。

「好、好，別哭了。」他輕聲地哄著她，替她擦去臉上滾落下來的淚水。「我又不是那種喜歡當皇帝的人。妳和我在一起那麼久，難道不知道嗎？」

朱顏心裡又是內疚又是感動，哭得根本停不下來。「都是我不好……嗚嗚嗚……都是我……」

「別哭了！」時影蹙眉低斥，然而朱顏還是無法停止地哽咽。

忽然間，聲音停住了。

時影忽然彎下身，吻住她的嘴唇。朱顏的身子一震，連抽泣都噎在了咽喉裡，怔怔地睜大眼睛看著他，明亮的眼眸裡充滿晶瑩的淚水，猶如夏日梔子花瓣上的露珠，令他忍不住深吻。

忽然間，兩個人都有些恍惚，同時想起和現在相似的剎那。

那是在星海雲庭的地下，他們師徒決裂、生死相搏，最終他讓她如願以償地殺了自己。那時候，她也是哭得無法抑制，而他在臨死前和她吻別——那時候，他們都以為這是他們一生中最初，也是最後的吻。

那種苦澀，一直烙印般地留在記憶裡，哪怕從生到死走了一回也不曾忘記。現在，終於有新的甜味，可以完全覆蓋過那種苦澀。

原來，人生雖然漫長，可是一生的悲喜似乎都濃縮在這短短的一個春夏秋冬裡。

轉眼間，已是千帆過盡，幸虧身畔還是伊人。

時影捧起她的臉，凝望著她。朱顏終於不哭了，臉色緋紅地看著他，眼睛晶瑩透亮，如同一隻依偎在人身邊的小鹿。玉骨已經在那場生死一戰裡碎裂，她的一頭秀髮披拂下來，厚而柔順，如同最好的綢緞，令他的手指流連不捨。

「傻瓜，不要覺得內疚，這也是為了我自己。」他嘆了口氣輕聲道：「要知道，我是絕不會接受一個配給過來的陌生女人，無論對方血統多麼純正。我也絕不允許自己把妳推入那種兩難的境界，自己卻袖手旁觀。這是我自己的問題，我需要做出選擇。」時影的聲音很輕，卻帶著萬鈞之力。「我做這一切，不僅是為了妳，也是為了我自己——為了我們。」

她抬起明亮的大眼睛看著他，忽地笑了起來。

「不當就不當吧。」朱顏用力點了點頭，吐了吐舌頭。「雪鶯的孩子當皇帝，我也挺開心。她吃了那麼多苦，終於可以熬出頭了。」

「不用擔心別人。」時影輕撫著懷裡少女的髮絲，凝望著伽藍白塔頂上的天空，輕聲道：「阿顏，沒有什麼比我們一起度過一生更重要。」

「有！」朱顏卻忽然抬起頭反駁，時影不由得微微怔了一下，蹙眉看著頑皮的少女，只聽她嘟囔：「這一生太短了。我們下一生、下一世，不，生生世世都要在一起！」

「生生世世？」時影一怔，輕聲呢喃。

「對。」朱顏點頭，忽然學起他當初死別時的口吻。「這一生，我們之間有恩報恩，有怨報怨，兩不相欠——等來世，還是要繼續在一起！」

說到最後，她自己忍不住噗哧一聲笑了起來。然而他看著少女如花的笑靨、堅定熱烈的眼神，卻一時間微微失神。

輪迴永在，聚散無情，又有誰能說生生世世？

即便是七千年前空桑始祖的星尊大帝，掃平六合，滅亡海國，君臨天下，甚至突破了生死時間的界限，也留不住他的皇后。七千年了，那個曾經和他並肩開拓天下、聯手締造空桑王朝的白薇皇后，如今又在何方？

當年，他們只怕也曾經許下過生生世世的諾言吧？

皇天和后土還留在世間，一切卻恍然消散在歷史的煙塵裡，唯留史書上短短的幾行字，真假莫辨，以供後世傳說。

百年之後、千年之後，當命運輪盤轉動，滄海桑田變遷，當朱顏凋落、紅粉成灰，當新的群星閃耀天宇，新的時代風起雲湧，這個世上，還會有多少人記得他們兩人呢？

或者，記得與不記得都已經不重要。

重要的是此生此世、此時此地，他們曾經來過、活過、戰鬥過、相愛過，生死與共、同心同意，並肩守住他們想要守住的東西。

時影望向她明亮的雙眸，堅定而輕聲地回答：

「是，生生世世。」

（全文完）

外一章　海皇之殤

（註：本章內容涉及《鏡》系列劇透，尚未看過的讀者請斟酌閱讀。）

空桑夢華王朝玄胤二十一年，北冕帝駕崩。

幾乎是同一時間，北方的九嶷郡也傳來青王暴斃的噩耗，王儲青翼在內憂外患中繼位，為了取得空桑王室的支持，在第一時間向伽藍帝都表示臣服——青之一族未曾爆發的叛亂由此夭折。

北冕帝駕崩後，嫡長子時影並沒有順理成章地登上王位，而是暫時以皇太子的身分攝政，一方面安撫和平定了北方的內亂，一方面調解諸王之間的利益紛爭，用了半年的時間，將北冕帝遺留下來的問題逐一解決。

皇太子雖然尚未正式登基，卻已在空桑建立起自己的威望，六部均認為他是中興夢華王朝的明主。然而此刻，時影忽然下詔，宣布讓剛剛出生的前皇太子時雨的遺腹子——永隆繼承帝位，自己轉而以攝政王的身分臨朝。

六合為之震動，世人眾說紛紜。

有人說，那是白王操縱政局的結果；有人說，那是因為皇太子殺了自己的胞弟，心懷內疚，因而做出補償；也有人說，那是皇太子不愛江山愛美人，為了赤之一族的郡主而放棄唾手可得的王位……

六王經過協商，接受了這個意外的決定，轉而向襁褓中的嬰兒稱臣。那位嬰兒，便是空桑夢華王朝第六代的帝君永隆，史稱康平帝。

空桑的歷史又翻過了一頁，平穩無聲。

那一夜，蘇摩離開葉城，游過了整個鏡湖，筋疲力盡、傷痕累累，心裡只有一個想法：遠離所有人，不管是空桑人，還是自己的族人。

然而，眼睛雖然失明了，在黑暗中，眼前還是浮現出姊姊的臉，明明滅滅，伴隨著他這幾個月來難以磨滅的記憶。只是曾經溫暖如陽光的笑臉，卻變成了那樣不屑和冷漠，從雲端裡俯視著他。

『怎麼還跑回來了？趕都趕不走，真賤。』

『呵……我是獨女，哪來的弟弟？』

那樣的話語，如同利刃一刀刀地插進心底，比剜眼之痛更甚。

不，不要去想了……這個赤之一族的小郡主，說到底，其實和所有的空桑人一模一樣。都是一樣地看不起鮫人，都是一樣地把他當作卑賤的下等種族，當成世世代代的奴隸。

可笑的是，在最初，他居然還叫過她「姊姊」。

曾經認錯過一個人，那種恨令他刺瞎了自己的眼睛，猶未消解。

盲眼孩子孤獨地在水底潛行，咬緊牙關，默默立下誓言：從今天起，要把這段往事徹底忘記，如同抹去自己的視覺一樣，將這個空桑郡主從自己的記憶裡徹底抹去！

唯有徹底遺忘，才能覆蓋掉那個無法癒合的傷口。

瘦小蒼白的孩子隨著水流在水底潛行，緊緊閉著眼睛，手裡握著那個孿生兄弟做成的小傀儡，薄薄的嘴唇緊抿著，臉上沒有一絲表情。唯有一顆顆細小的珍珠出賣了他——那些鮫人的眼淚，從孩子的眼角無聲墜落，凝結成珍珠，灑落在通往葉城的黑暗水底，再也無人知曉。

如同這個傷痕累累的孩子，此刻永不回頭的心情。

在這樣一個月明星稀的夜晚，蘇摩孤身消失在了雲荒。

他沿著青水而行，朝著最杳無人煙的地方走去，一直走入東澤的南迦密林深處。孤獨的孩子在青木原深處住下來，過著與世隔絕的生活，隨身只帶著那個詭異的肉胎做成的人偶。

在那樣枯寂的深山生活裡，孩子嘗試著讓那個人偶動起來，用線穿過肉胎上所有被金針釘住的關節，把它做成一個提線傀儡。

那個傀儡有了一個名字，叫做「蘇諾」。

盲眼的孩子叫它「弟弟」，跟它在深山密林裡一起生活，避開了一切人。

直到七十年後，細數流年，知道外面的世界變遷，知道「那個人」應該已經死去，他才決定重回人世。

對壽命長達千年的鮫人而言，七十年不過是短短的片刻；但對人世而言，重來回首已是三生。

從他離開那時算起，如今雲荒已是三度帝位更替。

康平帝永隆早已去世，在位三十五年。前二十年因為有攝政王時影輔佐，空桑一度欣欣向榮，後十五年卻逐漸頹敗。特別是攝政王去世後，在太后雪鶯的溺愛之下，康平帝無所顧忌，更加放縱聲色，終於在三十五歲時因為酒色過度而早逝。

其子睿澤繼位，便是空桑歷史上出名的昏君熙樂帝。

熙樂帝繼位時不過十四歲，因為無所約束，便將繼承自父親的驕奢淫逸發揮到了極致。在位十六年，從六部徵收大量的稅賦，興建宮廷園囿，羅致珠玉美人，從東澤到西荒，整個雲荒幾乎為之一空。

終於，連六部藩王都無法忍受他的所作所為，在他三十歲生辰那一日發動了政變，將其廢黜，擁立其胞弟睿璽為帝，是為夢華王朝歷史上的最後一位皇帝，承光帝。

不過短短幾十年，整個雲荒便在極度繁華之後墮入極度的腐朽，內部勾心鬥角，外族虎視眈眈，卻再也沒有清醒的預言者出來警告天下，告訴醉生夢死的空桑人：命運的輪盤即將傾覆，空桑的最後一個王朝即將如同夢華一樣凋謝。

一切，終於還是走到時影預見過的境地。

就在那個時候，盲眼的鮫人終於走出叢林，踏足雲荒。

鮫人的壽命是人類的十倍，幾十年過去，那個瘦小的盲眼孩子剛剛成長為清俊的少年，容顏絕世，習慣了在黑暗中行走和生活。等他重回這個世間的時候，所有一切熟悉的人和事，都已不復存在——包括那個他曾經叫過「姊姊」的赤之一族小郡主，也早已長眠在那座帝王谷裡。

一切都已是滄海桑田。

歸來的鮫人少年甚至沒有機會當面問問她，當初為什麼背棄了諾言，遺棄自己？為什麼要把自己送去西市，置於死地？是不是空桑人都是這樣對待鮫人，就像是對待貓狗一樣？

長眠地底的她，已經再也無法回答。

盲眼少年不知道的是，在他失蹤之後，那個赤之一族的郡主終其一生都記掛著他的下落，四處搜尋，卻始終未能得到答案。

「那個小兔崽子……如果回來了……也只能去陵墓找我了。」踏上黃泉之路的時候，朱顏還在輕聲低語，有著無法割捨的牽掛。「鮫人的壽命是人類的十倍……真是有資本任性啊……」

然而，這樣的話，盲眼少年再也不可能聽到。

當他重新走出密林的時候，得到的消息是空桑已然更迭三代，身為攝政王夫人的朱顏早已長眠地下。

她的一生並不算長，卻絢爛奪目，無悔無恨，甚至在死後都被破例安葬在只有歷代空桑帝后才能入葬的帝王谷，和時影合葬在一起。她一生中唯一的遺憾，大概就是未曾找到在葉城戰亂中失散的小鮫人吧？

盲眼少年在與世隔絕數十年之後重返雲荒，躲避著族人的追尋，卻在前去帝王谷的途中不幸被空桑人抓獲，再度失去自由——沒有人知道，他為什麼想要去九嶷山的帝王谷。

這一次，重新淪為奴隸的盲眼少年再也未能有機會逃脫，在奴隸主手裡遭受了極大的折磨和摧殘。他在之後十年經歷的一切，甚至比那一次在井底惡夢裡的遭遇更有過之而無不及。

現實的嚴酷，勝過術法的作用，終於徹底抹去他心底對於空桑人的最後一絲憧憬和希望。

經歷過漫長的黑暗，眼睜睜看過無數同族的死亡，盲眼少年的心裡終於慢慢被喚醒了。他承認了自己的鮫人身分，站到同族的立場，同時，懷抱著對空桑人的刻骨仇恨。

關於海皇蘇摩的記載，也是從那時候開始。

在歷史的記載中，海皇蘇摩在童年時便父母雙亡，孤身流落葉城西市，身為奴隸飽受空桑人欺凌，最後不堪壓迫與侮辱，憤而自己刺瞎了雙眼。再後來，他被奴隸主送進青王府。因為盲眼鮫童尚未分化出性別，青王鑽了空子，把容顏絕世的少年送上伽藍白塔頂端，作為一個傀儡師陪伴在等待大婚的皇太子妃白瓔身側。

那之後，便是天下皆知的信史。

盲眼少年成為青王鬥敗白王陰謀中的一個棋子。他聽從青王的安排，引誘空桑最高貴的少女，又轉頭在諸王面前出賣了她，令其身敗名裂。在空桑皇室的婚典上，皇太子妃白瓔披著嫁衣，從伽藍白塔頂上一躍而下，震驚天下。

白王和青王由此決裂，雲荒內亂從此開始。遠在西海的滄流帝國趁機入侵，從西面的狷之原登陸，不出十年，鐵騎踏遍了雲荒。

那是空桑動盪的開端，從此，戰禍綿延百年。

戰火開始燃燒時，引發這一切的蘇摩卻離開了雲荒。

孤獨的盲眼少年帶著他的傀儡，翻過了慕士塔格雪山，去往遙遠的異鄉。他在六合之間浪跡，在日月之下修行，甚至去到遙遠的西天竺，佛陀涅槃之地，在桫欏雙樹之下頓悟，修習到了星魂血誓。

百年的浪跡之後，他最終決定歸來，為鮫人一族而戰。

——這，就是史書上關於海皇蘇摩的所有記載。

終其一生，海皇再也沒有和任何人提起過自己在孩童時代的這一段遭遇。其他的知情者，無論如意，還是後來死去的三位海國長老，也紛紛將這個祕密深埋在心底，就如一切未曾發生。

那個赤之一族郡主的存在被徹底地抹去，再無蹤影。

沒有人知道，在百年過後，成為海皇的蘇摩心中是否還殘存著那一段記憶；正如沒有人知道，那個盲眼少年在伽藍白塔頂上和空桑太子妃的初次相遇，其實是一種冥冥中的宿緣。

——太子妃白瓔的母親，是赤之一族朱顏郡主的直系後裔。

雖然歷經三代，血脈已經稀薄，但是太子妃白瓔依舊有著隔世而來的清澈眼神、明亮氣質，整個人彷彿是純白色的。即便盲眼少年看不見她的模樣，也能影影綽綽地感受到這種氣息，和記憶中的某個人重合。

不，那不是某一個人，只是某一個執念、某一個隱痛——那是童年時內心裡萌發過的，對於光明和溫暖的嚮往。

就算那一段時間裡的記憶都已經被否定，就算那個影子都已經全部消失，但這種深刻入骨髓的嚮往，永遠無法被抹去。就如有人昔年在孩子的內心種下了一粒種子，無論日後的黑暗多濃厚、多漫長，一旦有一點點的光射入，那顆種子便會萌芽，朝著光明生長，無可遏制。

就如少年傀儡師遇到白瓔的那一剎那。

身為鮫人奴隸，他不能接觸來自統治階層的貴族少女；身為海國的領袖，他更不能打從內心接受空桑的太子妃。然而，她的微笑、她的語聲、她輕撫的指尖，這一切都如同射入黑暗的光，如此令他想要靠近，卻也如此令他灼痛不安、輾轉難眠。

幾十年之後，他的眼睛已經看不到了，心卻再度被生生撕裂。

七十年前，曾經有一個空桑少女也如此對待過他。

曾經，他也相信這一切。

可是，最後呢？得到的又是什麼？

一個人的眼睛，難道還能瞎第二次嗎？

終於，他還是推開了那個純白的少女，也推開了靠近光明的機會。

她在他眼前飛身躍下高塔，然而，盲眼的鮫人少年看不到發生的一切，只聽到耳邊如同潮水般迴響在天際的驚呼，心裡知道一切已經終結。她指尖的溫暖還留在頰邊，然而那個人已經如同一片白雁的羽毛，從六萬四千尺高的伽藍白塔上飄落。

他的一生所愛，就如流星一樣消逝在生命裡。

只餘下黑暗漫漫無盡。

如同星象所預言，七十年後，空桑的命運之輪終於轉到生死關頭，天下腐朽不堪，搖搖欲墜。滄流帝國從西海上入侵，鐵蹄踏遍雲荒；空桑六部內亂紛紛，諸王兵戈相見。

亡國滅種的災難，無可阻擋地開始降臨。

然而，在伽藍帝都淪陷之前，空桑六王終於團結一致，並肩而戰，一起奔赴九嶷神廟，在傳國寶鼎前獻祭出自己的生命，合力打開那一座沉睡於水底的無色城。皇太子真嵐和太子妃白瓔帶領族人進入其中，百年來繼續抵抗著滄流帝國的統治，從未放棄。

空桑雖然覆亡，卻有星星之火藏於黑暗，得以度過漫漫永夜，最終重新復燃。

這一幕，卻又是星象上未曾預言過的。

或許，如同那個神祕智者所說的，當星象被觀測到的那一刻開始，命運就已經悄然發生改變，所以雲荒的命運永遠無法被任何人預料。

或許，如同時影所說的，無論宿命如何，空桑不會停止抗爭，一代又一代的戰士在皇天后土的加持下，守護家園，百戰不悔。

是他們改變了星辰的軌跡。

是那些勇者，逆著命運的洪流而上，披荊斬棘前行，指引著星辰的方向——寧鳴而死，不默而生。

相信命運，卻永不被命運桎梏。

（註：海皇蘇摩的生平故事，詳見《鏡》系列。）

國家圖書館出版品預行編目資料

朱顏 / 滄月作. -- 初版. -- 臺北市 : 臺灣角川股份有限公司, 2021.10
冊 ; 公分. -- (Kadokawa fantastic novels DX)

ISBN 978-986-524-877-2(第3冊 : 平裝). --
ISBN 978-986-524-878-9(第4冊 : 平裝)

857.7 110013826

Kadokawa Fantastic Novels DX

朱顏肆（完）

（原著名：朱颜II）

2021年10月25日　初版第1刷發行

作　　者：滄月
封面插圖：容鏡
封面題字：廖學隆

發 行 人：岩崎剛人
總 編 輯：蔡佩芬
編　　輯：溫佩蓉
美術設計：吳佳昀
印　　務：李明修（主任）、張加恩（主任）、張凱棋

發 行 所：台灣角川股份有限公司
地　　址：104台北市中山區松江路223號3樓
電　　話：（02）2515-3000
傳　　真：（02）2515-0033
網　　址：www.kadokawa.com.tw
劃撥帳戶：台灣角川股份有限公司
劃撥帳號：19487412
法律顧問：有澤法律事務所
製　　版：巨茂科技印刷有限公司
ISBN：978-986-524-878-9